中国当代文学
研究与批评书系

文学的风景与思想的风致

贺仲明 著

作家出版社

贺仲明

湖南衡阳人，暨南大学文学院教授。教育部长江学者特聘教授。兼任中国现代文学研究会副会长、中国新文学学会副会长、中国茅盾研究会副会长、中国作家协会全委会委员、《粤港澳大湾区文学评论》主编。已出版专著《中国心像——20世纪末作家文化心态考察》《当代乡土小说审美变迁研究（1949-2015）》等，在《中国社会科学》《文学评论》《文艺研究》等期刊发表论文200多篇，国家社科基金重大项目首席专家，曾获教育部高等学校优秀成果二等奖、王瑶学术奖一等奖等。

出版说明

　　当代中国的文学史，是当代中国社会史的重要组成部分。当代中国文学的发展从来都是与文学批评紧密相连的。自中国改革开放以来的三十年间，中国作家们创造了一个具有中国特色的社会主义文学的新历史辉煌，这中间文学批评发挥了应有的特殊作用。

　　文学批评的繁荣与批评的质量，既受时代和社会环境的影响，又取决于批评家队伍的集体力量和批评家个人的独特思想与水平。在当代文学批评家队伍里，有一批非常优秀的、能真诚和负责任地表达自己观点，并能让作家和读者信服与敬佩的批评大家，他们的独立思想与独立人格，形成了他们的批评风格，取得了相当的研究成果，是我们当代文学史的宝贵财富。在文学批评中，遵循文学批评的自身特点和规律，既是这门学科的内在需要，又是繁荣文学和促进文学朝着正确的方向发展的关键所在。郭沫若先生说过："文艺是发明的事业，批评是发现的事业。文艺是在无之中创出有，批评是在砂之中寻出金。"

　　今年是中华人民共和国建国六十周年，值此，为了回顾和总结中国当代文学批评家的理论研究与批评的历程，以及他们为中国当代文学所作的贡献，也为了进一步推动我国的文学事业，我社特别组织编辑出版了这套"中国当代文学研究与批评书系"，选择了有代表性的当代十余位评论家的作品，这些集子都是他们在自己文学研究与批评作品中挑选出来的。无疑，这套规模相当的文学研究与批评丛书，不仅仅是这些批评家自己的成果，也代表了当今文坛批评界的最高水准，同时它又以不同的个人风格闪烁着这些批评家独立的睿智光芒。

相信本丛书的出版，既是中国当代文学史的一个里程碑，更是广大作家和文学爱好者的一次精神盛宴，也是从事当代文学研究者必不可少的参考资料。

由于时间紧迫，本丛书难免挂一漏万，在此，我只能向那些被遗漏的优秀批评家和读者朋友深表遗憾，并致衷心的感谢。

作家出版社社长　何建明

2009 年 1 月 1 日

目　录

第一辑

介入现实　化为现实

——对"中国古代文论现代转化"的两点思考

一、古代文论现代转化的论争和症结

"中国古代文论的现代转化"[①]是近年来文学理论界受到广泛关注的一个重要问题。以之为题的学术讨论声势浩大,"就其讨论时间之长,包含内容之广,以及论辩的丰富性、争论的持久性、参与的广泛性、反思的深刻性等来说,都堪称是新时期以来最为重要的文论话题"[②];而且,结合近年来的学术潮流更可以看到,学术界对这一问题的关注远不止一次讨论,而是贯穿性地体现在连续的多个相关学术讨论中,并传达出文学理论界的一些共同诉求。

早在 20 世纪 90 年代初,就有学者提出中国古代文论的现代化问题:"中国的古代文论在当今还具有什么意义? 那些古代典籍是否可能以积极的姿态参与当代文论? 在学术的意义上,这已经是一个迫在眉睫的问题。"[③] 此后,文论"失语症"讨论更以集体性的方式表达了对这一问题的关注。正如曹顺庆所指出的:"长期以来,中国现当代文艺理论基本上是借用西方的一整套话语,长期处于文论表达、

---

① 学术界对此问题的表达存在"中国古代文论现代转换"和"中国古代文论现代转化"的差别。大多数学者使用前者,但童庆炳等学者坚持使用后者。虽然只是一字之差,但"转化"更侧重创造性,强调变化性;"转换"则更侧重保持本来面貌,更强调整体性。我认为"转化"才是更合适的方式。

② 高建平等:《当代中国文学批评观念史》,中国社会科学出版社,2019 年,第 262 页。

③ 南帆:《古代文论的当代意义》,《文艺理论研究》1990 年第 2 期。

沟通和解读的'失语'状态。"① 学者们对"失语"的针砭，最根本的症结就在于人们认为当前几乎所有文学理论话语都是建立在西方文论的基础之上，缺乏中国文学理论独立的声音，也就是实质上处于"失语"状态。对"失语"的关注和批评，是表达对"有语"的期盼，中国古代文论的现代转化问题呼之欲出。紧接着，以"古代文论的现代转化"为题的讨论更直接将问题提出来。参与讨论的学者众多，目的和观点也不尽相同，但可以确定的是，讨论的主流思想在于"'把古代文论的优秀传统作为当代资源进行开发'，使丰富的古代文论遗产尽可能充分地'为建设有中国特色的现代文艺学服务'"②，也就是具有将古代文论现代化，实现"古为今用"的明确目的和要求。正因为如此，讨论除了关注转化的必要性之外，还有很多文章涉及转化的可能性，对究竟应该如何转化的问题进行了深入探究。有学者甚至提出了转化的具体步骤和措施："我们现在所采取的具体途径和方法是：首先进行传统话语的发掘整理，使中国传统话语的言说方式和文化精神得以彰明；然后使之在当代的对话运用中实现其现代化的转型，最后在广取博收中实现话语的重建。"③

中国古代文论现代转化讨论热潮持续了十几年，近几年才渐渐沉寂。然而这并不意味着人们对此失去了热情，在另一个产生热烈反响的学术讨论中，这一问题实质上得到了延续和深入，这就是对西方文论"强制阐释"问题的讨论。④ 从表面上看，"强制阐释"讨论针砭的是西方文论，没有直接探讨中国古代文论，但其背后的深层问题仍与中国古代文论息息相关。因为"强制阐释"虽然属于西方文论的缺憾，但考虑到西方文论在当前中国文论中具有的绝对影

① 曹顺庆：《文论失语症与文化病态》，《文艺争鸣》1996 年第 2 期。
② 陈定家：《从古代传统到当代资源——"中国古代文论的现代转换"研究述评》，《求索》2001 年第 4 期。
③ 曹顺庆、李思屈：《重建中国文论话语的基本路径及其方法》，《文艺研究》1996 年第 2 期。
④ 张江：《强制阐释论》，《文学评论》2014 年第 6 期。

响力，因此，讨论的实质还是针对中国文学理论现实，内在的要求与之前的"失语症"问题一脉相承，都关联着中国文论主体性匮乏问题。所以，有学者在评述这一讨论时，非常明确地将它与中国文论的主体性联系起来，认为它体现着"新的理论创新……更加关注中国文学本体。只有有意识地激发汉语文学的自主意识，并与西方/世界优秀理论成果对话，才有新的创新机遇，也才能避免强制阐释的困境，给已经困顿、几近终结的文学理论以自我更新的动力，给中国文学理论和批评开辟出一条更坚实的道路"[1]。还有讨论者明确指出解决"强制阐释"的关键在于中国文论的独立性："中国必须要做的或许就是要回到自己的路子上去，回到自己的理论上去，因为我确信中国有自己的文学理论、文学发展的理论和文学发展史的理论。"[2]

以"古代文论现代转化"为中心的多次文学理论讨论，持续时间长达三十年，参与者更涵盖了文学理论界的许多著名学者。它体现了文学理论界的集体性焦虑和主体精神自觉，即不满和渴望改变在西方文学理论主导下的当前中国文论现状，直接或间接地传达出希望中国古代文论焕发青春的强烈意图。从更深远的文化背景看，这一讨论的产生，与改革开放以来中国社会的发展和文化的强盛，以及中华民族文化复兴的梦想都有深刻而密切的联系。不过，讨论固然促进了古代文论整理和研究工作，但就目前看，所取得的成绩与中国古代文论真正实现"现代转化"还有不近的距离。最直观的表现，就是中国古代文论概念实质上没有成为当前文学理论的实践话语，更没有在现实文学评论中具体应用，也没有影响到西方文论在当前文学批评话语中的统治力。换句话说，尽管文论家们努力探讨"意境""抒情"等中国古代文论概念的意义和价值，但这些概念却始终停留在纯粹的理论研究层面，没有为现实文学理论家和评论

---

① 陈晓明：《理论批评：回归汉语文学本体》，《文学评论》2015年第3期。

② 张江、西奥·德汉、生安峰：《开创中西人文交流和对话的新时代》，《探索与争鸣》2016年第1期。

家所接受和运用。各种《文学理论》著作所使用的概念范式，文学批评家所运用的话语体系，都是以现代西方理论为绝对主导，古代文论还没有融入文学生活当中。

中国古代文论现代转化所面临的困境，最关键的症结还是思想视域问题。目前学界基本上局限在古代文论内部讨论和思考，但这一问题的中心虽然是古代文论，关联的却是中国文学整体。因此，要真正解决这一问题，需要有更强的文学整体意识和现代意识，特别是需要有对现实文学的介入和实用性的价值观念。

二、古代文论的现实介入

在很多人看来，古代文论的现代转化问题似乎与现实文学无关，[①] 但实际上，它与现实文学的关联很重要。因为判断一种文论是否有现实价值，也就是是否完成了"现代转化"，一个最重要的标准就是看其是否具有现实应用性。如果不具有现实应用价值，那就说明其意义价值只是停留在过去，没有实现现代价值的转化。所以，古代文论现代转化最关键也是最核心的工作，就是要将它应用到现实文学中。只有能够在现实文学得到应用，古代文论显示了自己的现代生命力，才能说完成了现代转化。

古代文论产生的背景和应用的对象是中国古代文学。"五四"之后，中国文学道路发生了巨变。正如茅盾对传统中国文学的批评："以文学为游戏为消遣，这是国人历来对于文学的观念；但凭想当然，不求实地考察，这是国人历来相传的描写方法；这两者实是中国文学不能进步的主要原因。"[②] 以西方文学为蓝本的中国现代文学，在

---

① 虽然也有学者在讨论中提出有必要将古代文论运用于现实文学实践中，但都没有意识到文学创作也是关系古代文论转化的关键问题。参见陈伯海：《"变则通，通则久"——论中国古代文论的现代转换》，《文学遗产》2000 年第 1 期。

② 茅盾：《一年来的感想与明年的计划》，《小说月报》第 12 卷 12 号，1921 年。

思想内容和文学形式上都表现出对古代文学传统的反叛，差异和断裂比较明显。现代文学的出现，极大地改变了中国文学的面貌，也导致古代文论实用价值的时代性局限。现代文学是中国文学自身演变与西方文化冲击的共同结果，也是中国文学蜕变和新生不可缺少的重要过程，但这并不是说现代文学与中国传统文学的断裂一定会长期存在。在正常情况下，它应该是一个过渡性的阶段和过程。从历史上看，中国文学受外来文化（文学）的影响并不鲜见，甚至可以说，中国文学的发展和丰富过程中，必须接受外来思想观念和方法的冲击和洗礼，也难免会出现短暂的差异和断裂。但中国文学接受的每一次冲击，都以将其融入自身为结果。也就是说，中国文学接受外来文化（文学）影响的正常路径，是将外在因素与本民族文学传统相交流，融为一个有机的整体，并以文学的现实书写为基本方式，帮助其汇入民族文学的长河中，成为影响人们生活和思想观念的重要文化内容。只有当它水乳交融地融入民族文学和文化之中，才能说是完成了接受的过程。这一过程受多重因素制约，或顺利或坎坷，或时长或时短，但它最终都需要走过模仿和学习阶段，重新建立起独立主体性。

中国现代文学的情况也不例外。中国现代文学的正常发展，正如其在五四时期对传统文学的激烈反叛必不可少一样，它此后的发展过程也必然要经历回归自身传统的过程。当然，这不是简单的回归，而是融入现代文化之后的提升。在这一过程中，作家在创作实践上的努力至关重要。因为文学从根本上说不是一种观念或理论，而主要是以艺术形式对生活的表现。优秀的文学作品是文学观念的生动体现，也是文学赢得大众、融为社会文化的重要前提。作家的探索既出于感性的自觉，也是文学自身最深层意识的直觉，是文学融汇中国传统与西方现代最直观也最重要的方式。在这一过程中，理论家的意义也同样重要。特别是中国古代文论学者，需要承担重要的角色任务。具体而言主要有三方面：其一，引导作家关注传统文学精神，让他们了解其特点和价值，认识其魅力和个性，即充分阐扬中国古代文学的特点和魅力，阐释古代文论的现代意义，增加作家们对古代文学和理论的了解和兴趣。其二，在新文学历史中寻找和发掘具有中国传统文化因素的作家作品，从理论高度张扬其意义，总结其利弊得失，突出其样板性的方向和价值，并运用古代文论方法或精神，对这些创作进行分析和总结。在这一过程中，将古代文论思想融入现行的以西方文学思想为主导的文学理论中，进行融合和系统化，然后逐步形成自己的主体性。其三，以评论和理论方式予以推广、推介，影响创作实践，引导读者欣赏，改变社会审美习惯。

总的来说，在中国现代文学融入现代观念、重建自我主体的过程中，古代文论与现实文学应该构成一种良性互动关系。文学创作在感性和实践上进行探索，为古代文论的现代化转化提供充分的空间和新鲜活力；而经过现代文化洗礼的古代文论思想，则对创作实践进行理性总结和归纳，促进作家更高和更深的主体自觉。

从文学创作实践看，已经具有百年历史的中国现代文学在本土化回归方面所取得的成就不是很高。其中有文学思潮自身的原因，更与外在环境有深刻联系。百年中国受到战乱等多种因素的困扰，现代文学的本土化道路也充满坎坷，长期居于边缘化位置。但这并不意味着没有这方面的努力和成绩。从现代文学诞生之日起，就一直有作家在致力于探索现代文学的本土化道路，其中不乏与中国传统文学关联方面的努力。比如诗歌界的闻一多、废名、梁宗岱等。[①]小说界则更多，最早有废名、沈从文的抒情小说创作，稍后又有施蛰存对传统小说艺术的回归。近年来，更有莫言、贾平凹、李锐等作家在倡导"向后转"，探索与中国传统文学审美的联系。遗憾的是，作家们的这些实践，没有得到理论家的深入关注和系统总结。其中，

---

① 参见张洁宇：《论早期中国新诗的本土化探索及其启示》，《中国现代文学研究丛刊》2017年第9期。

古代文论的缺席是一个重要原因。因为只有在对古代文论非常熟悉和造诣深厚的基础上，才能很好地发现、挖掘和总结这些作家的创作实践，将其与古代文学传统进行有效的融合。而在现实中，一方面，很少有古代文论学者关注现代作家的文学创作；另一方面，大多数现代文学批评家缺乏深厚的古代文论功底，他们所运用的批评话语都是现代西方的，批评立场也都是以西方文学为主体的。所以，除了有个别批评家依靠自身良好的传统文学素养和深远的思想视野，能够运用一些古代文论观念和方法来批评现代作家作品——典型如李健吾在对沈从文、巴金等人的批评中，既借鉴西方文学理论，又有一定的传统文论思想介入，客观上推动了作家们的创作实践，大部分批评家都缺乏这种能力和高度，很难对这些创作的意义价值进行深入的挖掘，做出恰当的评价。所以，尽管有作家在实践上做出了贡献，但理论界和批评界并没有对他们进行深入的思考和总结。大家对这些创作的认识基本上停留在个体价值层面，没有有意识地与现代文学的本土化回归道路相关联，更没有将其置于深远的民族文学背景上予以深化和拓展。作家们的许多自觉和努力就只能处在自生自灭的环境中，被"现代化""西方化"的文学主流轻易压倒。诗歌界闻一多开创的"格律诗"理论近百年中没有得到进一步的发展，反而日益边缘化；中国现代抒情小说的创作和兴盛来源于废名、沈从文等作家对传统的深层自觉，也没有得到深入的挖掘和推崇，最终只能湮没。这些都是典型的例证。

　　我们当然不能将这些问题简单地归咎于学者方面，但学者的意识问题确实值得提出。一方面，也许受乾嘉学术遗风的影响，很多古代文学特别是古代文论研究者习惯于将自己的学术纯粹化，缺少与现实文学的关联。但其实，古代文论学者也是文学现场的重要组成部分，特别是在现代中国文学所处的新旧交替时代，古代文论学者更需要有现代转化意识和现实应用意识。另一方面，现代文学批评家也要加强古代文学和文论素养。其中有教育方面的因素，也有思想意识方面的问题，绝大多数现代文学批评家可能对西方文论谙熟于心，但对古代文学和文论则可能是门外汉。所以，如果说在20世纪上半叶还有部分批评家能够适当结合中国古代文论进行文学批评，但之后的批评家就已经缺乏这种能力了。

外在方面的原因主要是文学研究的学科设置和归属问题。这体现在两个方面：其一，文学理论学科划分太细。目前，文学理论被划分为中国古代文论、西方文论、现代文论等不同学科领域，不同领域之间各有学术团体、学术期刊、学术活动，学者的研究也很少沟通和关涉。这严重影响到文学理论的建设，因为无论中国古代文论还是西方现代文论，它们所讨论的都是同一个问题，只不过表现形态有较大差异性，这正需要学者们将它们关联起来研究——如果说一个人的研究能力难以做到融会贯通，就更需要学者们的共同协作，将问题关联起来讨论。目前文学理论界不同领域之间的隔绝封闭状态，严重影响了古代文论的介入现实，也影响了当代文论家和批评家对古代文学理论的学习和应用，进而难以与文学创作形成批判性的互补而不是同质关系，以便进行有效的建设性批评。其二，文学理论与当代文学的分离。当前文学的学科设置中，文学理论和现当代文学分为两个二级学科，二者有不同的研究领域和学科要求。于是，大多数文学理论学者从事纯理论研究，不介入当下文学创作。一些学者局限于自己的研究领域内，缺少对现实文学的联系和兴趣，也很难有针对性的思考。特别是古代文论学者，更难形成与现实文学的密切联系，更遑言将自己研究的古代文学理论应用到对现实文学的批评中。

这样的现实，严重制约了文学理论特别是古代文论对现实文学的介入，从而既限制了文学现场的理论高度，也限制了古代文论与现实文学的结合。这需要改革学科设置和研究体制，遵从文学研究学科的独特性原则，改变以简单化的自然科学设置学科的模式。但同时更需要学者的自觉和努力，任何外在的藩篱都不应该束缚住学者的自由探索，只要学者们有突破学科界限的自觉和介入现场文学的努力，就能够改变当前的格局，真正推进文学理论的深度建设，让古代文论在现实文学中再次焕发青春。

三、现代意识的融合与创新

除了介入文学现实，古代文论现代转化还有很重要的一点，就是化为现实。换句话说，古代文论的现代转化不是让其回到古籍之中，而是要让它融入现实，在对其进行深化、拓展、融合和发展的前提下，让它成为现实文学理论和批评方法的一部分，焕发出新的生命力。这样，就需要有思想观念和方法上的创新意识。

首先，需要充分认识古代文论化为现实的必要性和可能性。这与我们对文学发展的方向认识有关。现代性思想，是人类文明发展的基本方向，但是，从文学方面说，需要有更全面的思考。因为现代性的内涵应该是丰富的，而不是只有单一方式。更重要的是，文学艺术本身就是个性化的产物，多元的文学差异性是世界文学的基础。很多人描绘和期待全球化时代"世界文学"的美景，但其实在任何时代，"世界文学"都不可能是单一的面貌，而是丰富的构成。[①]正如荣格所说："除了德国人能写出《浮士德》或者《查拉图什特拉如是说》，我们能设想还有谁能写吗？这两部作品都利用了德国人在灵魂中回荡着的某个东西——一个'原始的意象'。"[②]独特深入的文学只有深邃的文化才能造就，中国文学要想卓立于世界文学潮流，借助深厚的文化和文学传统非常必要。甚至说，如果只是一味追随西方文学，却不能形成自己独特的文学观念和审美特点，中国文学就永远都无法达到世界优秀文学的高度。文学的独特性，必须借助于深厚的民族文化，借助于独特而悠远的民族文学和审美思想

① 参见方维规：《何谓世界文学？》，《文艺研究》2017年第1期。
② ［瑞士］容格：《寻找灵魂的现代人》，王义国译，光明日报出版社，2007年，第248页。

才能实现。

在这个意义上，古代文论的意义就充分彰显了出来。作为一种内容丰富、内涵独特而深刻的文学思想，古代文论体现的是一种文化精神和艺术个性，承载的是中国传统的思想文化，蕴含着中国人独特的思想方式和文化特质，包括世界观、审美观等等。而且，中国古代文论是一种综合的文艺理论，而不是一种技术、方法，因此，它具有高度的抽象性和概括性，也具有时空的超越性，在立足于创造和转化的基础上，在符合民族文化特性的前提下，它是完全具有再生和发展的充分可能性的。当然，这种可能性是建立在批判和反思的前提之上的。也就是说，对于古代文论，我们既要认识到其现代意义，也要认识到其时代局限性，特别是要认识到现代性是其现代转化的基本前提。正如有学者所说："没有一种文学理论能概括从古到今的文学，一个民族文学的古今差异远甚于同一时代文学的民族差异。文学理论体系总是反映一种共时性的认知结果。"①古代文论是针对古代文学的产物，在具体实用性上已经滞后于现实文学的发展，不具有简单的现实应用性。所以，古代文论在总体上不可能取代当前运用的西方文论，而只能是以渗透性和补充性的方式参与到当前文论之中，逐渐产生影响。在这一过程中，古代文论将在与西方文论求同存异的基础上逐渐融汇，既帮助西方文论思想更好地融入中国现实，也使自己更具现实适应性，从而形成既具有中国传统文学特色、又呈现开放和现代特征的文论思想。对待古代文论，也绝不是无条件地接受，而是需要细致地甄别和淘洗，予以现代性的改造和扬弃。如中国古代文论中较强烈的政治依附色彩和等级观念，以及对人性和普通大众生活的忽视等，都应该彻底地批判和放弃。古代文论的现代转化不是文化保守主义，这是一个重要的思想前提。

其次，需要对古代文论进行科学的现代转化。除思想准备之外，

---

① 蒋寅：《如何面对古典诗学的遗产》，《粤海风》2002年第1期。

还需要方法上的探索。古代文论现代转化是一个宏大问题，涉及许多方法和细节。概而言之，以下两方面是最基本的。

其一是系统性和实用性的结合。古代文论转化的目的是发展、丰富当代文论，而不是回归和复古。在现代文化背景下，现代化和体系化是一种理论生存的重要前提。当前文论的发展也需要进行系统性建设，因此，古代文论要现代转化，就需要部分借鉴更现代的西方理论模式，在此基础上进行整理和运用，使其更具现实可行性和科学体系特征。当然，这种建设不是完全照着西方文学理论的现有模式来硬套，而是需要充分尊重和保持中国古代文论的个性特点，并与西方文论进行辨析、关联和比较，在融汇中建立自己主体性地位。就当前成果来说，刘若愚的《中国文学理论》虽然受到一些学者的批评，认为它是以西方文学模式来改造古典文学理论，但它以融汇为中心的方向是非常有价值的。只有在这种融汇更为深入和充分的基础上，古代文论才能获得真正的现实价值空间。应该强调的是，"转化"的最终目标是实用，是让古代文论应用于文学批评实践中。所以，转化古代文论，重点不在于辨析内部细致的差异，而在于宏观整体的系统思考，在于将古代文学思想做现代方式的阐释、概括和表达，从而形成与西方和现实的对话。比如，在当前文学批评中虽然可以零星看到中国古代文论思想的影子，如"以意逆志""文如其人"等，但是，批评家们所应用的只是这些文论的思想内涵，却无法体现为外在的话语方式。究其原因，主要是因为这些文论思想还没有得到现代的改造和整理，无法进行系统性的现代表达。只有通过现代改造，它才可能获得新的生命力。

其二是对文学精神的侧重。中国古代文论包括抽象精神和具体方法两个部分，其中最有价值的，也是文论转化的核心部分，是具有民族文化底蕴的抽象文学精神。它大致包括中国式的思维和审视世界的方式——如天人合一的生命观，有限物质和有限发展思想，以"和""自然""善""节制"等为核心的文学观念，以及空白简洁、含蓄隽永、抒情美和意境美等艺术个性和富有中国特色的艺术传统，等等。这些文学精神是中国文化哲学的结晶。它们既是对中国传统文学作品的凝聚和提炼，也是中国文学艺术独特个性的深刻源泉，具有强烈的独特性和深刻性，并以之构成与西方文化鲜明的差异性，形成相互补充和启迪的对话关系。这也是为什么在西方后现代思潮中，一些中国传统文化成为其思想资源的重要原因。在文学传统中，形式和方法层面的内容具有较强的时代局限性，抽象精神则更为深刻和稳定，从而成为中国文学最本质的特征。对这一点的认识也许能够更好地启迪一些当代作家。当前有不少作家尝试以多种方式回归传统文学，但他们的努力基本上都停留在语言、文体等文学形式层面，没有深入到文学精神。当然，对抽象文学精神的理解、把握以及将其运用到现实生活中，比单纯的形式借取要困难得多，对作家的传统素养要求也更高，这在客观上也限制了这些作家目前所取得的成就。抽象文学精神的形成与哲学等多种文学之外的因素有关，因此，对文学精神的借取和转化也需要超出文学，进入到更宽泛、更具综合的文化中去。其中，哲学思想是最重要的部分。古代文论的根本源头与哲学密切相关，老庄、孔子的哲学思想不只是影响到中国人对文学的基本理解，也影响到更细致的文学理念和原则。要深入认识和转化古代文论，不深入认识古代哲学思想显然难以成功。同样，在中国传统文化中，艺术与文学有密切的共通性，特别是在抽象精神层面，二者很多思想甚至高度一致。古代艺术中的"以天地为师""传神"等思想与文学理论之间有深刻的关联，也完全适用于文学创作。所以，对传统哲学思想、艺术思想的综合和融汇是古代文论现代转化不可忽略的一部分。

任何时代文学中，理论都是非常重要的组成部分。它决定时代文学的个性和深度，也引导其发展方向，是文学具有独立性的重要标志。所以，古代文论能否完成现代转化，不只是影响中国文学能否形成自己的独立话语，在世界文学舞台上具有独立价值，而且还将影响文学创作的深度发展，甚至影响我们时代能否产生真正独创性的伟大作品。古代文论的现代转化也是民族复兴的一部分，当有着深厚中华文化底蕴的古代文论精神融汇到现实创作中，就是中国文化的思想和审美创造性焕发之时，也是中国文学再度腾飞之时。

时代之症与突破之机
——论当前青年作家的技术化倾向

从 20 世纪 90 年代以来,中国文学呈现的就是"多元与无序"[①]的格局,基本上没有具有明确一致性的思想潮流和创作方向。但 21 世纪以来,特别是近十余年以来,以出生于 20 世纪八九十年代的"80后""90后"青年作家的创作为代表,中国文学呈现出比较显著的共同特征,那就是技术化倾向。虽然青年作家[②]尚未占据文学主流位置,但他们代表着文学的未来,这一创作倾向也一定程度上是对当前文学整体态势的折射,非常值得我们关注和思考。

一

任何文学都离不开技术,或者说,技术是文学创作的重要内容,每一个作家在创作中都会重视技巧,追求艺术的提升和发展。但本文所言的技术化倾向不是如此,它的内涵是以技术为文学的中心和最重要的追求目标,深远的宗旨则是对技术的崇拜。

文学观念是文学倾向最直接的表征。作家们对文学观念的自我宣示虽然不一定与其创作实践完全吻合,但还是能够基本代表他们

---

① 丁帆:《乡土小说的多元与无序格局》,《文学评论》1994 年第 3 期。文章虽然针对的是乡土小说创作,但也可以作为对近年来中国文学的整体概括。

② 本文的"青年作家"主要指出生于 20 世纪 80 年代和 20 世纪 90 年代的作家,也包括部分出生于 20 世纪 70 年代后期的作家。

的心声。当然，要全面了解青年作家们的思想观念非常困难，但以叶窥木，通过一个典型个案来予以展示也是可行的。《钟山》杂志从2014年到2018年连续五年举办全国青年作家笔会，让每个作家写一篇文章，阐述自己的文学思想、创作目的等，集结为《文学：我的主张》①出版。该书囊括了近七十位青年作家，其中包括一些已经在全国范围内崭露头角的优秀者。由于笔会对作家发言没有任何特别要求，而是让作家们充分自由地表达，因此，作家们的文章都具有较强的自我个性色彩，真实思想表达的可信度较高。作家们表达了很丰富的文学思想，其中也包括部分作家谈到文学的思想文化价值等，将"生存""思想"等概念作为文学本质来认识。但大部分作家并非如此。尽管表达方式有显有隐，但很多作家都显示出将文学形式当作文学中心来看待的倾向，他们推崇各种文学形式的探索，将对艺术性的追求作为最重要的目标，其内在思想就是将文学理解为一种技术或方法。

青年作家们的创作与上述思想观念高度一致。以当前最重要的文体形式小说为例，青年作家们的创作特征都呈现出强烈的技术化特点：

首先，是较少关注宏大社会生活和事件，更多逡巡于虚拟和个人世界。扫描当前青年作家的小说创作，直面现实社会生活的很少，虚拟世界成为他们最热衷于表现的生活。比如，当前科幻小说的最主要创作者就是青年作家，涉猎过科幻文学创作的青年作家更是人数众多。此外，历史——非探寻历史真实，而是以虚构、游戏和戏谑为特征的历史书写——也是青年作家们的主要创作领域。如青年批评家陈培浩曾这样概括当前的青年作家创作特征："通过或隐或显的方式去触摸历史，成了当下'80后'青年作家一种相当显豁的表达倾向，它表现在张悦然《茧》、双雪涛《平原上的摩西》、王威廉

---

① 贾梦玮主编：《文学：我的主张》，江苏凤凰文艺出版社，2018年。

《水女人》、陈崇正《碧河往事》等作品中。"①此外，还可以以网络文学作为典型加以分析——因为从事网络文学创作的作家基本上都是青年人，而且不少网络作家也曾经有过传统文学的创作经历，甚至身兼两重身份，所以，虽然网络文学在当前文学中的位置不明，但依然可以从自己的独特侧面传达出青年作家的某些创作特征。网络文学数量庞大，但毫无疑问，虚拟和想象是网络文学的最重要特征。它的主要类型如穿越、盗墓、宫斗等都是科幻和历史，距离现实很遥远。

当然，这并非说青年作家们完全不关注现实，只是正如有批评家所说："他们更在意的是被个人体验过了的现实，是精神现实。于是，现实呈现出更为精巧、幽微，也更为狭窄的图景。"②青年作家们笔下的现实世界存在两方面的特点——其一是基本上以个人生活经验和情感世界为中心；其二是狭小、琐屑，很少反映广阔的现实社会，更少触及同龄人之外更广泛的生活和社会群体。比如，"80后"的韩寒、郑小驴、甫跃辉等，他们从一开始就普遍性书写自己的成长生活。青春校园生活、乡村童年生活是这些创作最广泛的书写对象，也是其最引人注目的文学主题。近年来，随着这些作家年龄渐长，成长记忆也书写殆尽，其中的部分作家逐渐远离文学，坚持创作者也基本上始终坚守在自己的个人生活世界中，只是其范围从乡村拓展到城市，从中学校园拓展到了文化界。

其次，执着于对小说形式艺术的追求。青年作家创作都很注重小说的艺术品质，特别是对叙事能力的追求，致力于把故事讲得精彩、吸引人，追求突出的艺术想象力。他们的作品多叙事曲折、富有想象力，情感幽微而语言精致，具备"好看"的特征。这一点，

---

① 陈培浩:《从青春自伤到历史自救——谈李晁小说，兼及"80后"作家青年想象的蜕变》，《当代作家评论》2018年第3期。

② 岳雯:《80后作家，文艺的一代》，《光明日报》2014年11月3日，第13版。

评论界已经有较充分的关注，这里不再过多赘述。^①

近年来很有影响的青年作家群体之一"新东北作家群"，可视为典型。以班宇、双雪涛、郑执等为代表的这一群体作家之所以引人注目，一个重要的原因是他们很关注现实——尽管不是作家本人所生活的当下现实，而是 20 世纪 90 年代东北下岗工人生活——并通过对个人生活和精神困境表达关怀，体现出一定的人文关怀和批判精神，在同龄作家中显得很突出。但即使是这些作家，也并不是将关注现实作为文学创作最重要的追求，他们的重心依然是在文学审美和艺术形式上。也就是说，对于他们来说，生活最重要的意义在于一个巧妙故事的优质题材，一个文学形式的优秀试验场。他们对文学的基本认识依然是"虚构"和"技术"。如双雪涛就这样看待自己的作品："《大师》全是虚构。真实的东西占多少？一点也没有。小说里的真实和虚构不是比例问题，是质地的问题。"《长眠》是胡写的。完全撇开了写。原本想的故事和这个完全不同，但是具体是啥样的故事，早就忘了。写着写着就变成了这样。"^② 因此，他们的作品少有对问题的深入针砭和执着追问，更少对社会政治问题的探讨，最多只有从人性出发的个人关怀，甚至不乏戏谑化的故事营构。作家们最突出的创作特色，也正如有学者的概括，是在幽默、荒诞与方言等艺术技巧方面的探索，而非思想上的突破："'80 后'作家笔下的'铁西叙事'更具有后现代的风格，叙事形态更加灵活新颖，结构多变，时间跳跃，文化符号更加生活化。"^③

上述技术化特征是对当前青年作家创作的概括，但它也具有时代文学特征的更广泛的普遍性。也就是说，这些特征在其他年龄段

---

① 目前对"80 后"作家作品的评论主要集中在艺术角度，对作家们的艺术探索有较全面细致的阐述。参见金理：《小议"80 后"文学之入史可能性》，《粤港澳大湾区文学评论》2022 年第 6 期。

② 双雪涛：《关于创作谈的创作谈》，《西湖》2014 年第 8 期。

③ 刘巍、王亭绣月：《沈阳籍"80 后"作家的"铁西叙事"——以双雪涛、班宇、郑执为例》，《沈阳师范大学学报（社会科学版）》2020 年第 4 期。

作家创作中也有一定呈现。比如，近年来的小说创作就呈现出明显的非现实倾向。特别是长篇小说领域，较之于同时期的现实题材创作，无论是主题的丰富性还是作品数量，历史题材创作都占据明显优势。如近几年出版的一些重要长篇小说，如刘震云《一日三秋》、王安忆《一把刀，千个字》、余华《文城》、胡学文《有生》、葛亮《燕食记》、孙甘露《千里江山图》、王跃文《家山》、邵丽《金枝》、叶舟《凉州十八拍》、叶兆言《仪凤之门》等等，都是在不同历史文化中逡巡。只是相对来说，与青年作家们相比，这些作家的创作背景更深远，对其技术化特征有所遮蔽，青年作家的创作历史比较短暂，技术化的创作倾向就更突出，也在当前文学中更显示出其代表性。

二

当前青年作家创作的技术化倾向，不是某个作家的个体行为，也不是偶然出现的，而是有着深刻的时代潮流背景，是社会现实和历史多方面影响的结果。

首先是高度技术化时代的直接产物。最近二三十年来，人类社会进入到一个科学技术高速发展的时代。信息化、智能化科技进入人们生活的方方面面，从最基本的日常生活到最前沿的科学研究都受到改变，包括人们的思想情感世界。文学也深受科技的影响。比如，人工智能软件的文学创作，完全改变了以往由人类创作文学的历史，也从根本上改变了人与文学的关系。科幻文学的快速发展，也体现出文学对现实科技发展的密切关注，蕴含着作家对人类未来的关怀和想象。科技也对文学观念和思想产生影响，渗透到作家的精神世界和创作方法中。正如青年作家王威廉说："一个越来越细腻的技术化时代已经到来。所谓'技术化时代'，不仅仅意味着使用技术统治一切，更加意味着文化政治上的无条件许可。换句话说，技术本身超越了任何的意义话语，开始深度地塑造起人类的精神生活。"①当前青年作家的技术化倾向，就是时代潮流对文学影响的体现，隐含着技术主导时代产生的"技术崇拜"思想。

与技术因素密切相关的消费文化也起到一定影响作用。技术发展对消费文化有深刻影响，因为高科技带给人们更多的生活便利，技术的意义渗透到生活的方方面面，也进一步促进消费文化的发达，并决定消费文化的特征和方向。比如大众阅读，随着科技进入人们生活，人们更倾向于采用简单便利的电子和图像阅读方式，内容上也日益朝被动接受的低级化和通俗化方向发展。在这种文化影响下，文学作品要获得大众认可，必然要适应时代消费特点的要求，也就是说，文学需要朝着故事化方向充分发展，努力运用高超的叙事技巧，把故事讲述得精彩、吸引人，才能获得市场上的成功。

时代文化的影响所针对的是所有群体，青年作家成为典型代表是时代效应的结果。技术快速发展和消费文化成为中国社会主导是在 20 世纪 90 年代。正是在这一时期，"一切坚固的东西都烟消云散了"，精神和信仰渐次成为人们嘲弄的对象。新科技工具、新媒介方式，也迅速进入人们的生活。对于这一时期的成年人来说，由于他们之前已经有一定的文化准备，所以具备一定的免疫力和对抗性。而"80 后"和"90 后"完全是在这一文化环境中成长起来的，是其直接的文化产物。他们既缺乏稳定的思想资源作为精神依靠，也很难形成确定的思想方向，只能接受消费文化的无情侵蚀，他们最有效和最可能的反抗就是依靠技术，在技术化潮流中寻求自己的创新和价值。而且，在对新科技的掌握和对新媒体的运用方面，青年人无疑是最快也是最熟练的。所以，青年作家成为技术化时代文学潮流的代表具有一定必然性。他们是技术时代的产儿，也自然要承担技术化的思想。

其次，是文学发展的一种结果。当前文学的技术化倾向，很容易让我们想到 20 世纪 80 年代的"先锋文学"潮流。包括创作题材上回避现实、选择历史，包括以技术为中心的文学观念，都与先锋文学潮流有着很多的相似。确实，从精神资源上说，"先锋文学"的影响是当前技术化文学潮流形成的原因之一，特别是从文学发展角度看，它可以说是对"先锋文学"遗产的继承，是文学主体性的生长愿望。在 20 世纪 80 年代，"先锋文学"的兴起有充分的必然性，它代表了文学追求自律、自我形式发展的强烈愿望。虽然作为潮流的"先锋文学"在中国文坛上只存在了短短几年时间，但就像王蒙在 20 世纪 90 年代初对"先锋文学"退潮做过非常准确的判断——"先锋文学"之所以不再被人重视，不是它被人们拒绝，而是它已经深入人心，成为人们文学观念的常识了。① 在当前青年作家的谈话和创作中，都可以清晰地看到其影响痕迹。前述《文学：我的主张》一书中，大部分青年作家在谈到自己的文学理想和崇拜对象时，大都列举卡夫卡、海明威、陀思妥耶夫斯基、福克纳等西方现代主义作家。双雪涛、班宇等也赞誉"卡夫卡伟大"，以之为自己的精神导师。班宇更明确表示："我对先锋文学很迷恋，多年以来一直是现代派的忠实读者。"② 从这个角度说，青年作家的技术化创作倾向具有文学自我完善和修正的特征，蕴含着新文学内在的艺术成长和完善的欲望和诉求。

当前文学技术化倾向背后可以清晰地看到一些相关文学思潮的身影。这一点在上海文学中体现得最为典型。上海是中国最开放的城市，也是当年"先锋文学"最早兴起的区域之一。在"先锋文学"退潮之后，上海对其"遗产"的接受时间最早，效果也最突出。代表之一是《萌芽》杂志从 1997 年开始举办的"全国新概念作文大赛"。

---

① 王蒙、潘凯雄：《先锋考——作为一种文化精神的先锋》，见《今日先锋》编委会编：《今日先锋》，生活·读书·新知三联书店出版社，1994 年。
② 班宇与理想国宝珀文学奖的对谈。见理想国微信公众号，https://mp.weixin.qq.com/s/vOFOZOJLV0Ln13HwVNFUqg。

这一活动具有全国影响，特别是在爱好文学的青年学生中具有很大影响，可以称作是近二十年青年作家成长的摇篮。其早期获奖者郭敬明、韩寒、张悦然等固然已经成为"80后"作家中最早具有全国影响的群体，后来的更多青年作家，也有相当部分参加过比赛和获奖，受其影响而从事创作的"80后"到"00后"作家更是难以数计。"新概念作文大赛"的最大特点，就是强调文学的技术性质，将艺术性作为第一品质。此后不久，"创意写作"也在上海的大学教育中迅速兴起，并影响到全国——复旦大学是中国第一个创办创意写作专业硕士点的学校，王安忆是最早的"创意写作"导师，培养出了甫跃辉等有影响的青年作家。"创意写作"的基本内涵与"新概念作文大赛"如出一辙，都是将文学理解为一种技术，一种可以教育的科学文学。以这一观念为主导，就是将文学创作视为一种训练，作家完全可以通过技术化培养。

最后，与青年作家们的现实处境和自我追求有密切关系。与成长环境一样，"80后"和"90后"作家的文学处境也比较尴尬。其一，前辈作家具有非常强大的影响力，而且，这种借助于20世纪80年代文学黄金时代建立起来的力量已经无法复制，这或许会成为后辈作家的巨大精神阴影。后辈作家要取得创作成功，必须另辟蹊径；其二，这些青年作家在相对平静和规范化的环境下成长，人生道路普遍缺乏更多的坎坷和复杂，生活阅历也比较匮乏，他们无法按照前人的创作模式写作，只能另找突破；其三，他们生活的时代，文学已经严重边缘化和商业化，消费文化的影响力无处不在，他们既感受到压力，也难逃其诱惑。"80后"青年批评家杨庆祥的《80后，怎么办？》[1]，在同龄作家中得到广泛共识，是这种情绪的典型表现。

所以，青年作家们的技术化文学倾向中也体现着他们自我突破的追求愿望。一方面，在对技术化的追求中蕴含着他们突破环境限

---

[1] 杨庆祥：《80后，怎么办？》，北京十月文艺出版社，2015年。

制的愿望，他们以之为突破前人窠臼、凸显个性价值的重要方式；另一方面，也体现着他们对文学的坚持。他们以深化文学技术高度，寻求改善文学与读者的关系，来促进文学得到更好的社会生存空间。

此外，如作家石一枫所表达的："再加上中国文学有过一个特殊的阶段，关心这个也不合适，思考那个也不稳妥，最后发现只剩下琢磨技术才是最'本分'也最贴切的……这种背景可能也加剧了对技术过分重视，以至于眼里只剩下技术的情况。"①现实文化多方面的影响也是技术化写作潮流产生的重要原因。

当前文学的技术化倾向是时代多方面因素推动的结果，它也具有一定的合理性。但是就总体而言，青年作家们的技术化倾向还是存在着一定的认识误区，对他们个人创作，对时代文学方向都造成某些负面影响。

其一，也是最根本的，是对时代认识的误区。技术化时代的到来任何人都无法回避，也无法抵御，从趋势说，人类社会的科学技术发展会越来越快，它对人类社会文化的影响也会日益强大。但是，如何处理与技术的关系，是完全的认同乃至屈从，还是呈现出自己的独立乃至反抗态势，是非常重要的选择。正如很多人文学者提出对科学要保持必要的警惕，我们既应该认识到科技的意义，也一定要看到单一性科学发展的危害。如果没有必要的节制，特别是人文精神的引导，科技发展最终很可能让人类文明走向歧途，甚至会导致人类走向末路。当前社会中的生态危机、战争危机以及心理危机都显露出这样的趋势，并引起社会的广泛关注。当然，我们不是要

① 石一枫：《不敢说是主张》，见贾梦玮主编：《文学：我的主张》，江苏凤凰文艺出版社，2018年，第60页。

文学的风景与思想的风致

24

求作家们做现代科技的简单否定者，以停滞和保守的思想面对社会发展，我们只是认为不应该做科技的简单崇拜者，而是要保持人文的清醒和冷静，对时代进行主动思考而不是成为被时代奴役的对象。文学作为一种重要的人文文化，应该承担起自己的责任，这是文学等人文学科存在的价值，也是其意义之所在。

从这个角度说，当前青年作家文学创作的技术化倾向折射出作家精神勇气上的某些匮乏。这并非单纯针对青年作家们的责难。事实上，在科技巨大统治力的影响下，整个人类文化都呈现出科技膜拜的趋势，人文精神的生存空间日渐逼仄，影响力也日益缩小。就世界文学来看，技术化思想也产生了很大影响，内在化、个人化和技术化的特征也弥漫其中。比较 21 世纪世界文学与 19、20 世纪世界文学就可以发现，像托尔斯泰、陀思妥耶夫斯基和卡夫卡那样具有深刻思想性和深远关怀意识的作家越来越少，更多作家朝着精致却显狭窄、细腻却欠高远的方向发展。如何坚持文学个性，保持对科技崇拜文化的清醒距离，是世界文学共同面对的难题，也是文学不可回避的使命。

其二，对文学本质认知的误区。毫无疑问，技术是文学非常重要的内容，但是却绝不是最核心的要素。文学本质上是一种人文精神，深刻的人文关怀思想是文学的根本性主导，也是其意义和生命力之所在。如果将文学理解为单纯的技术、形式，是对文学价值的严重局限，也将使文学丧失其在社会文化中最重要的精神品质。正如美国作家威廉·福克纳所说："人是不朽的，这并不是说在生物界唯有他才能留下不绝如缕的声音，而是因为人有灵魂——那使人类能够怜悯、能够牺牲、能够耐劳的灵魂。诗人和作家的责任就在于写出这些，这些人类独有的真理性、真感情、真精神。诗人和作家所能恩赐于人类的，就是在于提升人的心灵，来鼓舞和提醒人们记住勇气、荣誉、希望、尊严、同情、怜悯之心和牺牲精神，这些人类昔日曾经拥有的荣耀，以帮助人类永垂不朽。诗人的声音绝不仅仅是人的记录，它应该而且能够成为一根支柱、一根栋梁，从而使人类获得永生。"①文学需要表达、探索爱和同情等情感，需要展现出对抗苦难和罪恶的勇气，以及揭示人性的复杂，讴歌美和善。在这个意义上说，对现实的介入和关怀，承担时代的思想、意义和信心，是文学不可回避的责任，也是当前具有技术化倾向的作家们所特别需要注意和警醒之处。著名作家阿来在讨论"创意写作"时，曾批评过其中的一些问题，实质上也是对技术化文学思想的针砭："我们的文科教学存在过度阐释，并没有提供一种真正面对新世界新问题、寻找新方法的艺术的可能与勇气。"②

　　对文学接受的认识也存在着误区。如前所述，青年作家们之所以将艺术性作为文学的首要追求目标，与他们重视文学接受和读者问题有密切关系。这无疑是有意义的。但是，他们可能没有真正理解文学接受的本质。对读者来说，精致的技术（艺术）只是吸引读者的因素之一，而绝非全部，甚至不是最重要的因素。故事等技术性因素也许能吸引读者于一时，但很难做到持久。相比于技术因素，精神内涵对文学接受的意义更深远。"任何艺术作品中最主要、最有价值而且最有说服力的乃是作者本人对生活的态度以及他在作品中写到这种态度的一切地方。"③这是当年托尔斯泰非常睿智的论断。文学赢得读者最根本的因素是作者心灵的投入与对所书写对象的倾情关注。只有作者真正投入情感，书写他们的真实生存处境和关切点，传达出他们的内心渴求和深层心声，才能让他们产生深入而持续的兴趣，保持对文学的热爱。特别是在这个物质文化泛滥的时代，人们更渴求精神上的尊重和理解，更追求在文学中得到认同和共鸣。

　　① ［美］威廉·福克纳：《世界因诗而永生》，见程三贤编选：《给诺贝尔一个理由——诺贝尔文学奖获奖演说精选（第一辑）》，中国广播电视出版社，2006年，第149页。

　　② 周茉：《创意写作：培养消化新生活的艺术家——2018世界华文创意写作大会暨创意写作高峰论坛举行》，中国作家网2018年11月15日。

　　③ ［俄］弗·格·切尔特科夫：《笔记》，见［俄］康·尼·罗姆诺夫等：《同时代人回忆托尔斯泰》（下），周敏显等译，上海译文出版社，1984年，第186页。

当然，最理想的方式是既具有高超的技术性，又具备文学的心灵关怀和真实生活表达，将文学技术融入现实生活和人文关怀当中。

技术化倾向已经对青年作家们的创作构成了一定的制约和限制。正如有批评家所注意到的"他们可能尚且无力就宏观的结构性问题来进行叙事，转而投入到过去的哀伤和当下的无望之中，希望和目标是缺失的"[①]，当前青年作家创作没有呈现出一直向前、向上的势头，而是平行发展，甚至是下滑的趋势（典型如一些"80后"作家曾经气势逼人，让人对他们满怀希望，但其文学光辉却是日益黯淡，一些作家甚至逐渐淡出文学创作）。特别是这一作家群体始终没有创作出具有独特思想和文学个性的代表性作品，建立起他们在文学中的稳定位置。无论是对作家个体还是对整个创作群体来说，这都是不能让人满意的。

技术化倾向隐含着一些思想上的认识误区，但并非没有意义。换言之，青年作家们对技术的追求并非缺陷，而是需要改变以技术为文学中心的思想观念，理性地对待文学中的技术因素。如此，在这一潮流基础上，也可能绽放出非常有意义的文学前景，对青年作家来说，也可能创造出突破自我的重要契机。

其一，蕴含着与中国文学传统深入关联的重要契机。文学的技术因素与思想观念之间不是绝对隔膜，深入的技术探索很可能会触及精神层面的因素。特别是青年作家们的技术追求，本身就包含着期待大众接受的因素。这样，他们在寻求故事讲述多元化和技巧化的时候，必然会联系到中国大众的审美习惯，也会寻求与中国传统文学审美因素和小说技巧之间的关联——因为中国传统小说艺术本就是大众审美习惯的重要塑造者，要切近大众审美，借鉴中国传统小说技术（艺术）是必然的路径。

所以，青年作家们的技术化追求，有意无意间就触及了新文学

---

① 刘大先：《东北书写的历史化与当代化——以"铁西三剑客"为中心》，《扬子江文学评论》2020年第4期。

一个重要的方向性问题，也就是文学如何借鉴民族文学传统，如何呈现民族文学个性的问题。如果能够真正深入地借鉴传统文学技术，又不放弃现有的现代文学技术特点，而是进行有机的交织融汇，将很好地促进中国传统文学艺术的现代回归，并进而可能从技术进入思想，从自发进入自觉的层面。如果能够将技术探索深入到中国本土审美传统，并融入中国文化的精神内涵，完全可能诞生出具有鲜明本土色彩的、真正创造性的艺术杰作，并通过读者大众的认可，赢得社会文化中的较大影响力。事实上，在当前部分青年作家的艺术探索中，已经可以看到某些明确的古典小说影响印记，以及对传统思想文化意蕴的某些探寻。这无疑是很有意义的创作趋向。

其二，从青年作家角度说，这当中也蕴含着他们拓展自我的一个重要契机。如前所述，这一代作家具有较强的影响焦虑，重要原因在于他们生活积累上的先天缺陷。他们目前尝试以技术化来作为自己的创作突破口，确实不是没有其合理性，只是方向存在误区，难以获得应有效果。其实，青年作家们从思想角度来进行自我突破也同样具有合理性。因为生活经验匮乏并不妨碍深刻而独特的思想。最著名的例子是卡夫卡。卡夫卡的生活经验也比较狭窄，但他通过深邃的思想洞察力剖析了我们时代的人类困境，表现出独特而具有深刻创造力的思想价值，从而抵达了同时代文学的最高峰。青年作家如果能够调整好方向，将对文学技术（艺术）的热情与对思想的探究结合起来，以思想深度来深化自己的文学创作，其生活经验匮乏的缺陷将迎刃而解，也可望进入文学的更高境界。

在这一过程中，青年作家们还可能以之为契机，通过向中国传统文化寻找资源，对西方的发展主义思想进行反思和批判，从而呈现出独特的思想意蕴。中国传统文化确实存在着不少缺陷，特别是在政治文化等意识形态层面上，它具有明显的非人性特点。但在哲学精神层面，中国传统文化无疑具有自己的独特价值。特别是当前人类社会遭遇战争危机、生态危机、精神伦理危机等诸多困境，这些困境与西方文化的单向度发展主义思想有着密切联系。中国传统哲学的人与自然和谐、中庸节制等思想具有对发展主义的针砭和批判意义，可以启迪人类文明的发展，使其变得更为健康和合理。如果青年作家们能够在文学创作中借力中国传统哲学思想，对现实、科学发展等人类共同面临的问题提出自己独特的文学思考，将会极大地提升中国文学的品质，给世界文学以惊喜。那样，既可推动中国文学抵达高峰时刻，也可望促进中国文化的现代复兴。

在民族文化传承创新中建构中国当代文学经典

经典是民族文化的深厚积淀，凝结着深邃厚重的历史内涵。经典问题是时代文化建构的重要内容。如何对待经典，如何继承经典和对经典进行创新，密切关系着时代文化的价值和发展方向，也关联着能否从优秀的文化传统和伟大历史中汲取精神力量，推动历史进步的伟大进程。文学经典作为经典的一部分，既涉及传统文学经典的继承和发展问题，也涉及自身作为未来经典的建构问题，在现实文化中具有非常重要的意义。目前学术界对文学经典问题的讨论不少，也充分关注到文学经典与民族文化建设的关系问题，但是对当代文学如何建构自己的经典，特别是如何将当代文学经典的建设与民族文化传承结合起来，还缺乏足够深入的思考。本文试图就此展开一些讨论。

一、当代文学经典与民族文化传承和创新

对于当代文学有无经典，以及何为经典，文学界有过较多的争议和讨论。有学者以经典绝对性和永恒性标准来要求当代文学，对"当代文学经典"概念表示质疑。[①]这种质疑代表着一种比较传统的文学经典观。但在今天，随着文化传播越来越便捷、思想交流日益

---

① 参见刘悦笛：《当代文学：去经典化还是再经典化》，《文艺争鸣》2017 年第 3 期。事实上，该文尽管对"当代文学经典"持质疑态度，但也表示"经典是相对的，不是绝对的，这也许是一种真理"。

频繁，越来越多的人更认可文学经典的相对性和流动性。就像历史学家何兆武说的："一个历史学家不可能对历史事实是完全中立的，他总会不可避免地要受到自己的世界观、价值观和哲学见解（或信念）的支配。"①人们认识到文学经典是一种具有一定主观性的时代建构，受时代文化、思想等多种因素的深刻影响。如意大利作家卡尔维诺对经典的著名界定，就是以个人和集体"无意识"文化为基本特征："经典作品是一些产生某种特殊影响的书，它们要么本身以难忘的方式给我们的想象力打下印记，要么乔装成个人或集体的无意识隐藏在深层记忆中。"②英国学者伊格尔顿同样赋予"文学经典"以很强的个人属性，认为它"不得不被认为是一个由特定人群出于特定理由而在某一时代形成的一种建构。根本就没有本身（in itself）即有价值的文学作品或传统，一个可以无视任何人曾经或将要对它说过的一切的文学作品或传统"③。中国学者童庆炳也明确表示："文学经典是时常变动的，它不是被某个时代的人们确定为经典就一劳永逸地永久地成为经典，文学经典是一个不断的建构过程。"④

因此，在充分认识文学经典相对性特点的前提下，当代文学经典概念无疑是充分可行，也是非常合理的。正如杜卫·佛克马所提出的：文学经典存在着程度上的差异，其中既包括那些历经时间检验、魅力价值不减的传统文学经典，也应该包括尚未完全经历时间检验，但已经具有了较大社会影响意义的当代文学经典。⑤并且两类

---

① 何兆武：《论克罗齐的史学思想》，《历史与历史学》，湖北人民出版社，2007 年，第 95 页。

② ［意大利］伊塔洛·卡尔维诺：《为什么读经典》，黄灿然、李桂蜜译，译林出版社，2006 年，第 3 页。

③ ［英］特雷·伊格尔顿：《二十世纪西方文学理论》，伍晓明译，北京大学出版社，2007 年，第 11 页。

④ 童庆炳：《文学经典建构诸因素及其关系》，童庆炳、陶东风主编：《文学经典的建构、解构和重构》，北京大学出版社，2007 年，第 80 页。

⑤ ［荷兰］杜卫·佛克马：《所有的经典都是平等的，但有一些比其他更平等》，李会芳译，童庆炳、陶东风主编：《文学经典的建构、解构和重构》，北京大学出版社，2007 年，第 18 页。

经典的意义内涵、承担的责任和建构标准也不一样。其中，传统文学经典地位是定型的、很难移易，思想艺术价值更具有超越性和永恒性，而当代文学经典则体现出更多的变化性和相对性特征。简单说，即传统文学经典具有典范意义，可以看作经典的最高阶段。而当代文学经典则是传统经典建构的基础和起点，是文学经典建构过程中不可或缺的桥梁和过渡。

从民族文化传承和发展角度说，当代文学经典存在的意义更为明确。在一个民族的文化中，"文化传统是一个国家的灵魂，作为传统文化中的核心的经典，则是一个民族、一个国家的灵魂，对它的核心价值应深怀敬畏之心。经典资源除具有培养审美力、愉悦心灵之功能以外，还保有借鉴、参照、垂范乃至资治的社会文化功能"①。

作为文化经典的重要组成部分，文学经典参与着民族文化共同体的建构，其思想价值和审美观念对民族大众思想文化观念具有深刻而持续的影响，是民族文化传统的重要体现者。就中国文化而言，从最早的《诗经》《离骚》到谭嗣同的《绝命诗》、陈天华的《警世钟》等一系列文学经典，都参与了对民族家国精神的建构；而从"窈窕淑女，君子好逑"到"慈母手中线，游子身上衣"等优秀文学诗句，也塑造了中华民族大众的基本伦理观念，造就了其含蓄深沉表达情感的方式；不仅如此，就连中国文学经典"怨而不怒，哀而不伤"的审美风格，也参与了对中国文化性格的"中庸"特点的塑造，促成了整个中国审美文化的含蓄美和意境美特征。因此，从根本上说，参考美国学者本尼迪克特·安德森的民族国家观念，中华民族这一概念之所以能成立并历经数千年而不衰，一个重要原因就是有众多优秀文学经典构成了独特文化传统，从而成就了中华民族这样一个"想象的共同体"②。在未来，中华民族文化的赓延和发展同样离不开

---

① 宁宗一：《为什么经典值得反复品读》，《人民日报》2018 年 7 月 3 日，第 23 版。

② ［美］本尼迪克特·安德森：《想象的共同体——民族主义的起源与散布》，吴叡人译，上海人民出版社，2011 年。

文学经典的介入，当代文学经典是其中不可缺少的重要环节。

作为民族文化精神的重要体现者，文学经典自然应该在其中承担重要的作用，我们也应该充分重视文学经典的价值。但是，由于文学经典本身的特点限制和时代变化等原因，我们不能完全依赖过去的经典，而是应该具有建构当代经典的强烈意识。一方面，正常意义下的文学经典都需要经历较长历史阶段检验而形成，都是属于传统或亚传统经典。它们作为历史的产物，必然与社会现实之间存在一定距离和隔膜，难以直接影响社会、较迅捷地产生社会效果。另一方面，也更重要的是，不同时代对经典的理解和要求都不一样。所谓"一代有一代之文学"①，任何文学经典都有其时代特性，不一定适应于其他时代。特别是在当前，世界科技、文化和政治格局都呈现出很多新特点，对传统文学经典的地位和影响力都产生了较大冲击。当代文学既是一种文化传承，同时也是对传统的创新，它需要以当代意识为基础，建立自己的经典标准。优秀的当代文学作品，能够直面社会现实和大众生活，传达出新的时代精神和创新特点，也就能更好地契合时代要求，得到大众的接受和认同，这正弥补了传统文学经典因时空阻滞而导致大众接受效果不佳的弱点。它既以新的视野参与对传统文学经典的重构，也以自我建构的方式完成文学经典的使命。

在当前中国，当代文学经典具有更急切和更必要的意义。这与中国社会的现实文化处境有关，也与传统文学经典的当下命运有联系。

当前中国社会文化正面临着转型和重建。近年来，随着市场经济的到来，中国社会文化发生巨大变化。消费文化和个人主义等现代观念的影响日益增大，中国传统的以家族与和谐为中心的伦理文化受到了冲击。不能简单说消费文化就全是缺陷，它是中国社会现代发展必然伴随的一部分。而且，当前社会文化转型也是促进中华

---

① 王国维：《〈宋元戏曲史〉自序》，《王国维文集·观堂集林》，北京燕山出版社，1997年，第50页。

文化更新和发展的良好契机。如何厘清传统与现代的关系，如何深入辨析和体察民族文化的优劣，激发传统文化的创造性转化，既是现实的挑战，也是历史的机遇。对优秀文化传统，需要充分地倡导和弘扬。毕竟，中国大众接受这种文化传统的滋养已经有数千年，作为人们在社会变化中希望和信心的来源，它不仅能够赋予人们的日常生活以意义感，也能帮助人们抵御现代化带来的生活和文化冲击。同时，"中华民族在长期实践中培育和形成了独特的思想理念和道德规范，有崇仁爱、重民本、守诚信、讲辩证、尚和合、求大同等思想，有自强不息、敬业乐群、扶正扬善、扶危济困、见义勇为、孝老爱亲等传统美德"①。中国社会现代化进程中不可缺少优秀传统文化的介入，它将很好地帮助中国社会在物质与精神、现代与传统之间找到合适的平衡点，让社会文化正常运行。

在社会文化转型背景影响下，传统文学经典的价值和意义也受到一定的挑战和削弱。消费文化和高科技文化等促进了快餐文化的流行，需要较多时间和精力进行阅读的传统文学经典自然难以受到时代青睐，于是，近年来，文学经典呈现出读者数量和社会影响力严重下降的趋势，甚至还出现了一些对文学经典虚无化和戏谑化的文艺作品，对其所蕴含的文化秩序与审美规范构成了冲击。有学者对此做出这样的概括："90年代以来，'戏说'与'大话'之风横扫一切，通过影像与语言的双管齐下，试图撼动经典的基石，像《水浒传》《三国演义》《西游记》等古代经典，成了文坛新贵们肆意亵渎的对象。"②应该说，这是任何文化在转型期都难以避免的现象。它的直接影响是传统文学经典很难充分实现其文化传承功能，也对当代文学经典提出了更高的期待和要求。我们需要建构起优秀的当代文学经典，共同承担文学经典所肩负的文化传承使命，同时与时俱进，以现代思想意识引导民族文化传统的创新性发展。

---

① 习近平：《在文艺工作座谈会上的讲话》，《人民日报》2015年10月15日，第2版。
② 黄发有：《文学季风——中国当代文学观察》，山东大学出版社，2006年，第338页。

二、民族文化与当代文学经典的内涵

与以往文学经典相比，当代文学经典在民族文化传承和创新上具有自己的独特性。一方面，传承虽然也是其重要内涵因素之一，但与以往经典比较，时代创新性所占的比重更高；另一方面，它不是单向度的文化传承，而是与民族文化之间相互作用。也就是说，当代文学经典既传承民族文化，其自身的创造过程也接受民族文化的较大影响，是民族文化传承和创新的体现者。

首先，优秀民族文化（文学）传统是当代文学经典重要的创作资源。思想艺术的深刻和独特是每一部优秀文学作品的重要特征，也是当代文学经典建构的重要前提。在这当中，作家个人的创造性当然非常重要，但就像荣格对歌德《浮士德》的阐释"不是歌德创造了《浮士德》，而是《浮士德》创造了歌德"①，优秀的文学作品虽然由作家个体所创作，但它远非纯粹的作家个人所构建，而是需要深邃厚重的民族文化作为基础和源泉。它们往往孕育于深邃的民族文化之中，它们所表现出来的审视世界的独特思想和创造性的审美个性，都得益于深厚民族文化的滋养。所以，所有的文学经典在一定程度上都可以看作深远民族文化的回声，作家作品是在承担着民族文化传承和表达的任务。民族文化的独特个性，是文学作品拥有独立而深入思想内涵的重要前提。

毫无疑问，中华民族的文化和文学都是深刻而独特的。中国文化的内涵和价值是一个非常丰富的话题，这里不适合全部展开，故只选择传统哲学思想为个案。应该没有人可以质疑，中国传统哲学思想是深邃、独特且具有充分创造性的。中国传统哲学的"天人合一"思想，"和谐""平衡"思想，以及"以柔克刚"的融合文化，

35

---

① ［瑞士］荣格：《心理学与文学》，冯川、苏克译，生活·读书·新知三联书店，1987年，第142—143页。

在世界哲学中具有充分的个性，也是人类文化发展重要的思想源泉。同样，中华民族文学也具有世界文学意义上的深刻和独特个性。积极入世的文学观念、爱国爱民的文学精神，以及以抒情和深沉为中心的艺术特点，都具有浓郁的民族色彩。中华民族奉献出了如李白、杜甫、《诗经》《离骚》《红楼梦》等诸多伟大的作家和作品，他（它）们是世界文学长廊中非常璀璨的部分。

同样，悠久而独特的中国文化和文学传统，也是当代中国文学创造力的深厚资源。中国文化的独特世界观，对于生命世界独特的理解和审美表现特征，都可以通过与现实连接的方式，灌注于中国当代文学作品中。深邃的哲学和美学底蕴，将赋予这些作品以独特个性和丰富内涵，进而在世界文学范围内显示独立的创造性价值。

其次，现实民族生活是文学对民族文化传承和创新的必由之路。当代文学经典作品对民族文化的意义不局限于传承，更在于创新性发展。创新最重要的来源是生活。这有两方面的原因：其一，民族文化不只存在于典籍资料，人民的生活是民族文化最鲜活、最生动的体现。普通大众的日常生活中，也蕴含着传统文化的底蕴，体现着民族审美的基本特征。要表达出民族文化的真实和鲜活面貌，必须展现民族大众的现实生活。其二，民族文化精神不是固定不变，而是与时俱进的，当代文学经典必须对生活和时代有深入的认识，才能准确把握民族文化变迁的律动，才能以发展的姿态进行传承，以创新的视野引领发展。

举例说，强烈的社会意识、道德意识和进取精神是中国传统文化的重要特点，并构成了中国文学的主流传统。中国传统文化具有强烈的"入世"特点和社会使命精神，像"路漫漫其修远兮，吾将上下而求索""先天下之忧而忧，后天下之乐而乐""天下兴亡，匹夫有责"等文学名句，就从不同侧面体现了这一点。与之相关，较强的道德意识也是中国文化的重要特点。孔子的"兴观群怨"等"诗教"观念、①"文以载道""知人论世""文如其人"等文学观念是其在文学上的体现。至于"天行健，君子以自强不息"的思想，则造就了中国人积极向上、努力进取的人生态度，塑造了中国文化的基本人格内涵。这些文化内涵在历史演变中形成，也随着社会发展而不断创造和更新。比如，进入五四新文化运动时期，现代文化赋予它很多新的内涵。如李大钊提出现代知识分子"铁肩担道义"的精神品格，就将传统知识分子关注民族国家的内涵延伸到对大众特别是人民大众的关怀。鲁迅、路翎等作家创作的《在酒楼上》《财主底儿女们》等作品，又传达出知识分子的自我反思和自我批判精神，蕴含着现代个性思想意识。进入当代中国，其内涵又有与时俱进的发展。特别是"红色精神"成为当代文化的重要元素，拓展了民族文化精神的高度和意义。比如，它将中国传统的自强不息精神深化为民族自强、独立自主、自力更生等内涵，让传统思想结合于现代世界的政治格局中；同样，它将传统文化中"仁"的思想与服务人民、热爱人民的政治品格相结合；将严于自律的道德精神转化为勇于牺牲和奉献自我的现代道德内涵；将爱国主义与生态意识、人类命运共同体紧密结合在一起；还赋予了个人与集体、平等与公正以新的时代性内涵。

所以，当代文学经典的"当代"内涵非常重要。它既需要与时代同步，体现出对民族文化的当代理解和表达，还应该将民族文化内涵融入当代现实，进行现代性的转化和创新。这当中，需要坚定坚持民族文化的基本特征，又需要做出必要的调整，去芜存菁，同时更需要具有对现实的高度关切，真正结合现实，从问题出发，跟随时代发展，不断赋予民族文化以新的内涵特征。只有如此，它们才能呈现出中华民族文化鲜活的当代形象，并深刻把握到时代精神的真实脉搏，从而形成将民族文化特征与时代精神相融汇的当代中

---

① 方长安:《中国诗教传统的现代转化及其当代传承》,《中国社会科学》2019 年第 6 期。

国文学特点，实现对民族文化的创新和发展。

最后，较大的民族文化影响力是当代文学经典建构的标准之一。一般来说，文学经典都会具有一定的社会影响力和较广泛的传播性。这对于当代文学经典建构来说尤为重要。当代文学经典更侧重与现实时代的关系，而且，由于时效性原因，当代文学经典作品的传播主要局限在同时代民族大众范围，因此，在社会民族大众中拥有较广泛读者、获得大众较多认同，在社会文化中产生较大影响力，是当代文学经典建构的重要内涵。当然，不能简单以读者和社会影响力来评判文学经典。有一些优秀作品，因为思想超前或接受距离等原因，不一定能够得到同时代读者的广泛认可，但却可能产生深远的社会影响力，成为当代乃至永恒文学经典。也有一些作品，凭借与时代文化的某些契合，一时间产生大的社会影响力，但内涵价值不高，影响也昙花一现，并不具备当代文学经典的素质。

作家是文学作品的创作者，民族文化密切影响当代文学经典内涵，对作家也提出了相应的要求。

首先是深厚的民族文化素养。深邃文化孕育文学创新，因此，具有深厚的文化积淀，并不断浸润和陶冶，是作家创造性激发的重要前提。可以说，一个缺乏良好文化素养的作家，是很难创作出具有深刻思想内涵的伟大文学作品的。素养本身无所谓中外民族之分，它应该是全方位，具有世界性视野的。特别是在文学方面，更应该博采众长，充分学习和吸收外民族的文学资源，但对于中国当代作家来说，最首要的任务还是提高本民族传统文化和文学的素养。一方面，正如著名批评家艾略特所说的："从来没有任何诗人，或从事任何一门艺术的艺术家，他本人就已具备完整的意义。他的重要性，人们对他的评价，也就是对他和已故诗人和艺术家之间关系的评价。"①文学经典的历史构成一个以民族文化为中心的完整序列，所

---

① ［英］托·斯·艾略特：《传统与个人才能》，《艾略特文学论文集》，李赋宁译注，百花洲文艺出版社，1994年，第3页。

有文学经典都是其中的一部分，它们既在传承同时又在构造传统。从文学自身发展来说，一部作品只有置身于民族文学史的深远背景中才能显示出意义，一个作家的经典性必然与其文化传统紧密联系在一起，关联着他对民族文化的继承、发展和创新。并且，受语言、文化等方面的限制，绝大多数作家的文化源头都是在本民族文化和文学，这也是对他影响最深刻、最能激发他创造力的因素。另一方面，由于历史和现实的影响，当代作家在传统文化素养上的匮乏更为突出。历史造成的匮乏当然是中外文化两方面的，但在20世纪80年代改革开放潮流影响之下，中国作家普遍全力向西方文学学习，这极大地促进了中国文学的现代转型，作家们的西方文学和文化素养也得到一定弥补。相形之下，中国的民族文化和文学却始终处在受冷遇和轻视中。其结果是，绝大多数作家都缺乏必要的传统文化素养，甚至对传统文化和文学持简单的否定和拒绝态度。这严重影响作家的传统文化滋养和体认传统思想文化的能力，其立足于民族文化的创造性也因此受到很大限制。

其次是强烈的现实与人文关怀。一个优秀的作家必须有深远的人类关怀，具有高远的视野。当代文学作家也不例外。但任何关怀都不是空洞，而是要落到具体的生活和人物上。当代文学经典的时代性特点，要求作家具有与时代关联的积极愿望，具有时代责任感和使命意识。只有关注时代和热爱时代，并真正关切和深入时代生活，作家才能站得比生活更高，捕捉住生活的潜流，从而准确认识时代，对社会现实和未来做出前瞻性的思考，成为时代的真实记录者和民族文化的创新者。美国著名诗人惠特曼的话是非常准确而具有启迪意义的："命里注定做一个伟大诗人的人所面临的直接考验就是当代生活。如果他不同本世纪、同强大的海浪融为一体，如果他不拥抱祖国大地的灵与肉，不怀着无法形容的爱偎依着它们，不吸收它们的美质与恶行；如果他本人不打算去改变当代的现状，……那时，这个人就混在平凡的人群中间等待着，这时精神上的完善还没有向他走来。"①

现实关怀的一个重要内容是人文关怀，也就是关注现实中的社会大众，关注他们的生存状态、精神需求和审美需求，以深切和真诚表达对弱者的同情和悲悯，对强权的谴责和批判，对坚忍和追求精神进行肯定和赞颂。这些关怀将赋予作品以内在的思想价值，也将深化作品的情感力量。这就像艾略特的论述："经典作品必须在其形式许可范围内，尽可能地表现代表本民族性格的全部情感。它将尽可能完美地表现这些情感，并且将会具有最为广泛的吸引力；在它自己的人民中间，它将听到来自各个阶层、各种境况的人们的反响。"②在这当中，非常重要的内涵是对大众的平等和尊重态度，以及发自内心的真诚和热爱，还有奉献和牺牲的情怀。当然，关怀并不意味着对民族大众进行迎合和取媚，它需要有自我立场的坚持，也不排除对大众的批判和否定。关怀是内在的根本姿态，目的是促进社会的发展，表现的方式则可以多样。

当代作家中，有一些作家很好地处理与民族文化的关系，他们的优秀作品也呈现出当代文学经典的代表品质。

比如金庸，在民族文化素养和见识方面堪称突出。正如有学者所说："金庸不仅对中国传统文化的价值观念有着深刻的认识和独特的思考，还有高超的文学修养。认识、思考和修养三位一体完美融合，这是经典作品形成的必经之路。"③他对儒道文化、琴棋书画、饮食、武术、审美精神等中国传统民族文化都有深的造诣。并且，金庸文化视野开阔，能够多方面融汇中西文化思想和文学方法，对中国传统文化保持肯定与批判并存的客观态度。这使金庸的武侠小说

---

① ［美］惠特曼：《〈草叶集〉序》，《美国作家论文学》，刘保端等译，生活·读书·新知三联书店，1984年，第32页。

② ［英］托·斯·艾略特：《艾略特诗学文集》，王恩衷编译，国际文化出版公司，1989年，第201页。

③ 汤哲声：《金庸小说：文化是底子 人性是灵魂》，《光明日报》2019年10月30日，第14版。

能够超越普通的通俗小说，将深邃的中国传统文化思想融入生动的故事之中，并呈现出丰富多彩的民族文化状貌特征，其文学语言也能够兼具传统文言文的典雅与口语之生动。① 正如此，金庸的作品客观上成为民族文化的形象传播使者，使众多海内外华人读者在阅读中得到心灵的共鸣和情感的慰藉，因此广受华人读者欢迎，甚至被誉为"凡是有华人的地方，就有金庸的读者"。

在现实人文关怀方面，路遥则可为楷模。路遥将自己视作农民的儿子，并将文学与时代的联系作为自己的重要文学标杆："大多数作品只有经得住当代人的检验，也才有可能经得住历史的检验。那种藐视当代读者总体智力而宣称作品只等未来才大发光辉的清高，是很难令人信服的。因此，写作过程中与当代广大的读者群众保持心灵的息息相通，是我一贯所珍视的。"② 他在文学创作中投入全部心力和真挚情感，深切关怀底层大众的生活和命运，赞颂他们在逆境中顽强不屈的生命意志和拼搏精神，充分体现了中华民族"自强不息"的文化精神，是对当代中国社会生活的真实写照。而且，路遥的创作立场非常坚定。当他潜心创作的《平凡的世界》遭到评论界冷遇的时候，他始终不屈服，坚守自己的时代性创作立场："当别人用西式餐具吃中国这盘菜的时候，我并不为自己仍然拿筷子吃饭而害臊。"③ 正因为这样，路遥的《平凡的世界》《人生》等作品深刻地揭示了 20 世纪末的中国时代精神，特别是对当代青年农民的生存处境和精神欲求有非常准确的表达，他也因此赢得了当代读者特别是青年大众的高度认可。

---

① 参见陈墨：《金庸小说与中国文化》，百花洲文艺出版社，1995 年；徐岱：《侠士道：金庸小说与中国精神》，北京大学出版社，2009 年。
② 路遥：《路遥全集》（散文·随笔·书信），广州出版社、太白文艺出版社，2000 年，第 99 页。
③ 白描：《不要再为我们的文学批评护短》，《文学自由谈》2020 年第 6 期。

三、民族文化复兴与当代文学经典建构

当代文学经典的建构是一项社会性的工作，不是单纯文学内部行为。也就是说，社会文化整体上参与着这一建构过程。特别是当前中国社会正在进行中华民族的伟大复兴使命，如习近平总书记所说："文化是一个国家、一个民族的灵魂。文化兴国运兴，文化强民族强。没有高度的文化自信，没有文化的繁荣兴盛，就没有中华民族伟大复兴。"[①] 文化复兴是中华民族伟大复兴的重要内容。当代文学经典承担着民族文化精神传承与创新的使命，其建构密切关联着文化复兴的时代使命，也需要在这一高度上进行。

首先，建构当代文学经典需要有自信又开放的文化态度。

民族文化复兴，需要对民族文化的强烈自信。建构当代文学经典，同样需要这份自信心。人类文明以现代性为发展方向，但这并不是说文化应该单一化，而是相反，多元丰富是人类文明的必然特点。正如别林斯基所说："只有遵循不同的道路，人类才能够达到共同的目标，只有过各自独特的生活，每一个民族才能够对共同的宝库提出自己的一份贡献。"[②] 多元文化构成世界文化，多彩的个性化文学也造就了丰富多彩的文学百花园。

民族文化自信直接影响当代作家的文学创作。作家只有拥有对民族文化的充分自信，才能真正认识到民族文化的价值，并在浓厚的兴趣和热情下深入地学习和浸润，同时进行客观自然的表达，在其作品中建构起民族化的文学个性；也才能激发起对民族历史和现实大众的热爱，热情地投入对生活的改造、建设之中，并将自己的文

---

① 习近平：《决胜全面建成小康社会　夺取新时代中国特色社会主义伟大胜利——在中国共产党第十九次全国代表大会上的报告》，人民出版社，2017年，第40—41页。

② ［俄］别林斯基：《文学的幻想》，《别林斯基选集》第1卷，满涛译，上海译文出版社，1979年，第26页。

学情怀与对现实大众的关怀结合起来。相反，如果作家缺乏内心的对民族文化的充分尊重和自信，就不可能真正深入其中，不可能在对其洞察、辨析、借鉴和发展的基础上，形成独立的思想文化特征，而是容易陷入其他人的思想窠臼，将自己的文学沦为他人观念的附庸乃至传声筒。这显然创作不出当代文学经典作品。

中华民族文化的自信不是盲目的，而是有充分基础的。虽然不能说完美，但它确实构成与西方哲学的较大反差，具有强烈的独立性和互补性，对人类文明发展具有重要的启迪性意义。就现实而论，进入现代社会以来，西方文化给人类文明带来了快速发展，其价值显而易见。但它过于单一的发展性思维也带来了许多危机，给人类命运蒙上了阴影。当前人类社会面临许多困境，如无节制的发展主义和消费文化带来的人类精神危机和生态危机问题，引起人们的深刻反思。正如日本学者池田大作所说："一般而言，西洋思想强调革命、变化，有强烈的无秩序倾向；相反，以儒家为中心的中国的思想，却有着较强的顺从宇宙秩序的倾向……必须将维持稳定秩序作为优点来继承。我想这里所积蓄的中国文明是重要的人类遗产。"① 在这种情况下，其迥异于西方文化却并不滞后和保守的形象，充分展示了对西方单向度发展主义的针砭和警醒。事实上，不少西方后现代主义思想，在思考人类社会如何走出困境、保持更健康安全的发展时，都表示出对中国传统文化的充分推崇。

当然，需要特别强调，自信绝不是自满，而是以充分的开放性和包容性为前提。只有站在世界文化视野的高度上，才能认识本民族文化的价值，看到其不足，在与其他民族的交流和碰撞中，不断吸收新的因素，对原有内涵进行扬弃性的批判和改造，并在不断的重构中更新和发展。所以，文化自信应该建立在与其他文化平等友好相处、相互尊重和学习的基础上。文化和文学都需要有开阔的胸

---

① 金庸、池田大作：《探求一个灿烂的世纪——金庸／池田大作对话录》，北京大学出版社，1998年，第54页。

襟和宽阔的视野，对外来文化和文学要虚心学习、借鉴和汲取。将它们融入中国现实和文化中，形成具有活力的有机整体，是当代文学经典建构的重要前提。如费孝通所说的"各美其美，美人之美，美美与共，天下大同"①，强调中国文化和文学的个性特色，并不是要代替或遮蔽其他，而是让人类文化和文学世界更为丰富多彩。

从历史看，中国文化一直以善于学习和丰富包容见长。事实上，正是这种开放性和包容性，使中国文化具备了充分现代转化的基础，构成了民族文化复兴的重要前提。当代文学经典建构同样需要这种以内在自信为基础的开放态度。如孙绍振所说："要拿出民族文化主体的自信、自尊，把中国古典诗歌生命的基因结合欧美现代诗歌的新的元素，自觉启动诗歌领域中西转基因的伟大工程。"②充分的民族个性，多元的视野和方法，是当代文学经典建构的重要内容。

其次，建构当代文学经典需要有创造性的主体建设。

文化复兴的基本内涵，一是现实性。也就是以激活传统的方式，有效解决社会现实问题，促进社会文化和经济等方面的健康发展；二是世界性。就是能对人类文明发展有独特贡献，能够弥补或纠偏当前世界文化的不足，帮助人类更好地针砭现实和面向未来。要做到这两点，就需要有充分的创新性和主体性。创新性就是不因循守旧，它需要开放的态度对待外来文化，也需要对民族传统文化进行继承和发展。让民族文化中具有生命力和创造性的精华因素，在与外在文化的相互刺激中进行新的创造。主体性就是以自己的个体环境和独特经验为基础，进行独立的思考，形成自己的话语，做出自己的探索和总结。当代中国所走的道路具有与自己传统和现实密切联系的个性特点，与西方国家发展模式存在很大不同。对此，中国文学和文化都要进行充分的思考和深入的阐释，为世界文化发展提供自己的独特经验，也为世界文学展现自己的创造性面貌。这种将现实

---

① 费孝通：《反思·对话·文化自觉》，《北京大学学报》1997年第3期。
② 孙绍振：《担当起民族文化复兴的使命》，《文艺论坛》2022年第1期。

针对性和世界普适性高度统一的文化和文学，自然会赢得世界范围的认可和接受，也就实现了民族文化的真正复兴。

当代文学经典建构也是如此。具体说，它的创新和主体建构要求主要表现在这样两个方面。一是"中国文学"的形象建构。就是要具有创造性的个性，在世界文学格局中构建起"中国文学"的鲜明形象。一个作家要显示出较高价值，必须具有自己的独特创造性，在思想或风格上与众不同。同样，一个民族也是这样，只有在它表现出了认识世界方式或表现世界审美特征上的鲜明个性，才能赢得世界文学的充分尊重，呈现出独特的创造性价值。无论是从历史还是现实看，所有的成熟的民族文学都具有自己的鲜明特色，中国古代文学就是如此。中国当代文学如果能够形成自己的独特性和原创性特点，呈现出鲜明的面貌特征，为世界文学奉献出一个独特的"中国文学"形象，将极大地提升中国文学的地位和影响力，重现中国传统文学的辉煌。

二是建立融入民族文化内涵又具有广泛普适性的文学评价标准。文学评价标准是时代文学作品的重要引导，决定着文学发展的潮流和方向，更是当代文学经典建构最重要的基础。所以，确立恰当的文学评价标准，对当代文学经典建构具有特别重要的意义。文学评判标准具有一定的普适性，也就是在各民族文学之间，存在一些共同的评价标准，但并非所有评价标准都是一致的。事实上，由于文化传统、语言差异等多方面的影响，文学评价标准的民族性差异非常普遍地存在。简单地说，一些反映民族精神、具有较强民族个性气息的作品，在民族文化和文学中具有很高的价值和地位，却可能不为外民族文学所认可。甚至说，那些深刻传达民族文化特点的作品，外民族读者理解和接受更具难度，认可度反而会比较低。所谓南橘北枳，任何文学评价标准都是由具体的文化所造就，在另一种文化背景下，它们的适应度和价值意义都会受到严重影响。如果不充分考虑这种差异性和适应性，必然会导致评价上的误差。所以，我们在确立文学评价标准时，既应该遵循一些基础和共同的内涵，也应该具有一定的主体意识，结合中国文化和文学的具体语境，融入中国本土文化的因素。

这其中有许多问题需要讨论和辨析，无法一一展开，只是略举一例。各民族文学（特别是比较成熟的民族文学）都是在不同历史文化语境中发展的，它们之间有很多概念内涵都存在差异，对问题的理解和判断也都带有各自的文化特征。这时候，最需要的是求同存异，既努力寻求二者之间的相同点，又要保持其民族个性。比如在现代文学评价标准中非常重要的内涵之一人道主义就是如此。有些人认为人道主义完全是外来的西方文化概念，为中国民族文化所匮乏。其实并不如此。中国文化传统中也有以"仁"为中心的人文精神，孔子"仁者爱人"和儒家"民本"思想都是其集中体现，只是中国传统人文精神与孝悌、友信等"礼"的思想结合得很紧密，与西方人道主义思想内涵有所差异而已。在这种情况下，我们既要承认人道主义在文学评价标准中的重要性，但又不应该完全依照西方文化的内涵，而是要融入中国文化的内涵特征，在这一前提下对文学作品进行衡量和要求。以孙犁作品的评价为例。孙犁的抗战文学充盈着人文关怀精神，但他对战争的理解却不同于西方作家只是纯粹的"反战"原则，而是既揭示非正义战争对人的伤害，又充分肯定家国情怀思想，在此基础上对保家卫国的战争英雄进行赞美和歌颂——也就是说，孙犁的文学创作也反战，但其方式却与西方文化传统不同。孙犁的这一思想是典型中国传统文化的产物，其源头可以追溯到春秋战国时期的"以战止战"观念。① 如果我们局限于纯粹西方文化角度来理解人道主义，那么孙犁的战争书写似乎存在较多不足，但如果能够以更开放的态度、结合中国传统文化内涵来理解，就能对孙犁的创作做出更准确也更高的评价。后一种方式无疑

---

① 黄月胜、刘光权、钞群英：《略论〈司马法〉的"仁本"思想及其影响》，《江西社会科学》2006年第4期。

更恰当。

最后，从文化复兴的高度来要求和建构当代文学经典。

当代文学经典建构对民族文化复兴有着重要意义，也需要从这一高度来认识。首先是要对当代文学经典建构给予足够的重视。在当前文化建设中，当代文学经典具有特殊而重要的地位。当前中国科技媒体发达，以物质为中心的大众文化盛行，对主流精英文化构成了较大挑战。这是时代发展的结果，也有益于社会文化。我们应该寻求精英文化与大众文化的和谐与平衡，而不是简单的对立。由于当代文学经典具有与现实关系密切的"当代性"特点，相较一般文学经典而言，它具有更多的雅俗共赏特点，可以作为精英文化与大众文化的沟通桥梁，更好地促进文化健康发展；同时，当代文学经典既承担传承民族传统文化的使命，又对其进行创新性发展，它也可以协调传统文化与现代文化之间的联系，在时代文化转型中有所作为。从这个意义上说，当代文学经典建构对民族文化复兴具有不可替代的重要作用，非常有必要强化对它的建构工作，引导大众阅读当代文学经典，让其更充分地发挥社会影响力。

同时，还需要建构良好的文学经典生长环境，其中尤为重要的是文学批评生态。任何作家作品都是具体时代文化的产物，在当代文学经典的建构过程中，批评家、文学机构、文学史、读者等多方面的共同参与，都与时代文化氛围和文学观念有着不可分割的联系。因此，建构当代文学经典，需要全社会的积极认可和参与，让文学作品在良好的文学生态中成长和发展。具体说就是在坚持文学当代性为中心的基础上，保持客观公正的建构立场，这对于在文学经典建构中具有关键作用的文学批评和文学管理来说尤为重要，倡导开放、多元又积极向上的批评氛围，让当代文学经典健康顺利地建构，承担起民族文化复兴的历史使命。

当代文学经典是时代文学的范本，能够对整个当代文学产生重要的示范和启迪作用，推动当代文学的发展。所以，确立当代文学的经典品格、建构优秀的当代文学经典作品至关重要。只有如此，当代文学经典才能承担其民族文化传承和创新的时代责任，当代文学界才能推举出全面深刻呈现中华民族个性的伟大作家作品，中国当代文学也才能够真正卓立于世界文学舞台，再现中国传统文学曾经拥有过的灿烂和辉煌，为中华民族伟大复兴的光荣伟业贡献力量。

文学如何参与乡村文化建设

——以乡土小说创作为中心

当前，中国乡村文化凋敝相对严重。青壮年农民大量进入城市，导致乡村的"空心化"，造成乡村社会缺乏生气和活力。与此同时，乡村的文化伦理也发生嬗变。传统乡村伦理在消费文化影响下基本上失去原有的影响力，新的精神文化又没有建立起来，于是，追求物质利益一定程度上成为乡村社会的主导思想。当然，这一情况并不局限于乡村，但受文化条件限制，乡村社会受其影响更大，特别是乡村青少年的身心发展深受其危害，这潜在地影响到乡村社会的稳定和发展。所以，当前乡村建设中很迫切的任务是重建乡村精神文化，让乡村重新建立起稳定的精神伦理秩序。作为精神文化重要内容之一的文学，特别是一直以乡村为书写对象的乡土小说，应该在其中发挥自己的作用。

文学介入乡村文化建设是否可能

之所以提出这一问题，是因为人们对此普遍持比较悲观的态度。在可见的乡村文化建设方案中，人们谈论的大多是电影、电视等图像媒体以及各种新媒体应用，很少有人强调文学的作用。并且，在文学界内部，在乡村现实变迁的背景下，越来越多的乡土小说作家也拒绝认同现实乡村，并逐渐放弃了对乡村现实的书写，从而引发关于"乡土小说消亡"的讨论。文学的自动退场，也就意味着一些乡土小说作家主动放弃了参与乡村文化建设的可能性。

文学在乡村的接受状况不佳是造成这一情形的主要原因。文学要参与乡村文化建设，一个重要前提是为农民所接受。但是，当前乡村社会中，文学严重缺乏大众的认可。除了一些古典文学名著和《平凡的世界》等极个别作品在乡村拥有一定数量读者，文学在乡村社会的影响力非常有限，包括直接书写乡村生活的乡土小说也基本上没有得到农民们的认可。① 文学特别是当代文学与乡村之间的严重隔膜，限制了文学在乡村的影响，也削弱了人们对文学参与乡村文化建设的信心。

这种隔膜状况不是今天才形成的，而是有长久的历史。在新文学的百年历史中，除了极少数时期与乡村有过短暂的"蜜月"，其他绝大多数时间内文学与乡村的关系都很疏离。新文学初期的五四文学虽然对社会文化变革起了重要推动作用，但其影响力主要集中在知识群体，基本上没有波及乡村社会。正因如此，20世纪30年代，由瞿秋白、茅盾等人发起的"大众化"讨论对这一现象进行了尖锐批评，指出其社会影响不足的缺陷："五四的新文化运动，对于民众仿佛是白费了似的。五四式的新文言（所谓白话）的文学，只是替欧化的绅商换换胃口的鱼翅酒席，劳动民众是没有福气吃的。"② 20世纪40年代的延安文艺整风运动和毛泽东《在延安文艺座谈会上的讲话》的发布更是针对这一问题的重要举措。然而，这些批评措施虽然在一段时间内部分改变了有关情况，但问题并没有真正解决。致使在时过境迁后，这种隔膜依然存在，直到今天。

不过，上述历史并不是一种必然的常态。在中国当代文学历史上，也有一个时期文学与农民的关系很密切。那就是20世纪五六十

---

① 根据笔者的调查，很少有农民读者阅读和关注乡土小说创作。参见贺仲明：《当前中国文学的本土化与西方化问题——以一次作家文学阅读调查为中心》，《文艺争鸣》2015年第6期。

② 瞿秋白：《大众文艺的问题》，《文学月报》1932年创刊号。收入文振庭编：《文艺大众化问题讨论资料》，上海文艺出版社，1987年，第54页。

年代，也就是一般所说的"十七年文学"时期。这期间，《李双双小传》《三里湾》等乡土小说作品较广泛地进入乡村，并得到农民们的关注和喜爱。《人民文学》《文艺报》等文学报刊的"读者来信"中有不少来自农民，既说明当时农民对文学的参与度之高，也说明文学在这一时期真正进入了乡村生活，对乡村文化产生了影响。[①]

　　"十七年文学"与乡村的密切关系有其特殊的社会背景，包括文化政策向乡村的特别倾斜和支持等。今天的乡村与"十七年"时期已经有很大不同，也很难简单以"十七年文学"现象来对应和要求今天的文学。然而，尽管这种密切关系也许无法再复制，但仍有启迪意义，它至少说明新文学并非一定不兼容于乡村，而是完全可能与之保持密切、和谐的关系。更何况，相比于"十七年"时期，今天的乡村也有一些利于文学接受的条件，最突出的是农村青年的文化水平比之当年有大幅度提升，农民对文学的理解和接受能力也已明显提高。

　　更重要的是，从文化角度看，今天的乡村社会依然具有较大的文学存在空间。乡村并非不需要文学，农民和其他社会群体大众一样，都有对优秀精神艺术作品的欣赏要求，包括具有较高艺术品质的文学作品。比如，在文化生活非常荒芜的"文革"时期，《刘三姐》《三打白骨精》等电影就受到广大农民的特别欢迎，多部京剧样板戏在农村也非常流行。在今天乡村文学市场普遍不乐观的环境中，《三国演义》等传统文学经典依然占据着一定市场。而且，广大农民也具有追求更高水平精神文化的愿望。在之前的漫长阶段中，乡村社会流行民歌和地方戏曲等相对比较传统的文艺类型，这既是囿于农民的文化水平，也是因为当时传媒的不够发达；如今，他们逐渐出离那些比较简单的或传统的文艺形式而学习、追求更现代的文艺形式，比如抖音等新媒体迅速进入乡村并得到农民的普遍喜爱。所

---

① 参见斯炎伟：《"有意味的形式"——"十七年"文艺报刊中的"读者来信"》，《中国现代文学研究丛刊》2011年第4期。

以，当下乡村社会虽然仍存在低俗文化泛滥，文学、艺术等高雅文化匮乏的现象，但这并非不可改变。

无论从哪个角度说，在商业文化、高科技文化产生深远影响的背景下，文学要想进入乡村，在乡村文化中产生一定影响，确实有难度，更不可能一蹴而就。但只要给予适当的条件，完全有实现的可能。要实现这一目标，既需要对乡村文化环境进行优化，也需要文学自身做出一些改变。

文学如何才能影响乡村

文学进入乡村并产生文化上的影响，现实阻力固然需要改变，但在大的文化环境短期内难以实现较大改观的情况下，更可行的是文学对自身进行适当的调整和改变。检讨历史，我们可以从文学史上一些成功的个案中寻找启迪。具体说，现代文学时期的赵树理和当代文学中的路遥是可以参照的最突出典型。

在20世纪40年代的解放区，赵树理是最有影响的作家，他的《小二黑结婚》《李有才板话》等作品受到农民读者和主流文学界的一致好评，以至于产生"赵树理方向"的热潮。从读者方面说，"仅以当时的晋东南为例，读《三里湾》的人，时时可见，处处可见。笔者借工作方便，曾作过一个统计，在长治专区内的16县1市的新华书店，在短短的三个月内，就销售40000余册，还不包括本地人在外地买的"[1]。如果说对"方向"的推崇来自战争年代的特殊背景，难以作为经验来总结的话，那么，赵树理作品与农民之间的密切亲和却有其可以参考的价值。在1942年《在延安文艺座谈会上的讲话》发表之前，赵树理的作品就已经在当地农民中很有影响，"方向"的推崇不过起了推波助澜的作用而已，即赵树理受农民欢迎主要还是

---

① 一丁:《像赵树理那样做人》，申双鱼编:《赵树理在长治》，中国文联出版公司，1990年，第160页。

在其文学本身，在于他的作品反映的都是乡村的现实问题，是很有现实感的"问题小说"，而且其文学形式带有"地摊文学"的特点，非常切合农民的审美和阅读习惯。农民们在阅读上没有困难，又能够帮助他们解决现实问题，受欢迎是自然的事情了。

路遥《平凡的世界》情况也大体相似。这部作品诞生于20世纪80年代，正是文学受到市场经济较大冲击的时期，但这部作品却能逆时代潮流而行，获得广大读者的普遍好评，特别是受到农村青年读者的喜爱，[①]其原因大致有两个。一是与赵树理相似，作品关注时代大众最关心的问题。"作为血统的农民的儿子，正是基于以上的原因，我对中国农民的命运充满了焦灼的关切之情。我更多地关注他们在走向新生活过程中的艰辛与痛苦，而不仅仅是到达彼岸后的大欢乐。"[②]作品书写改革开放初期农民特别是青年农民的命运，展示他们艰难坎坷的人生历程和奋斗中的艰辛、困惑和迷茫，以及不屈的意志和理想主义情怀，都符合时代大众的精神要求。二是作者在作品中投入了对乡村的强烈情感。路遥是农民出身，后来考上了大学，离开乡村，但对农村一直保持着强烈的关怀之情，其作品具有很强的自我代入感，对农民充满真挚的同情和理解："从感情上说，广大的'农村人'就是我们的兄弟姐妹，我们也就能出自真心理解他们的处境和痛苦，而不是优越而痛快地只顾指责甚至嘲弄丑化他们……"[③]这两个特点，使《平凡的世界》具有鲜明的时代史诗性特点，容易在同时代青年人特别是农村青年中产生强烈心灵共鸣。

赵树理的小说和路遥的《平凡的世界》虽然只是两个个案，但他（它）们突出的共同性说明，文学进入乡村完全可能，亦有规律可循。换言之，文学要进入乡村，得到农民的认同，以下几方面是

---

① 参见邵燕君：《〈平凡的世界〉不平凡——"现实主义畅销书"生产模式分析》，《小说评论》2003年第1期；贺仲明：《"〈平凡的世界〉现象"透析》，《文艺争鸣》2005年第4期。
② 《路遥文集》1·2合卷本，陕西人民出版社，1993年，第286页。
③ 同上，第286页。

重要的基础：

其一，具备以人文关怀为基础的平等意识。文学本就是一种人文艺术，人文关怀精神是文学的基本内涵。以社会和文化都处于弱势地位的乡村和农民为书写对象的乡土小说，自然更应该具有强烈的人文关怀。人文关怀是一种文学表现，也是对创作者的精神要求，其重要内涵之一就是对乡村和农民的尊重，是一种自觉的平等意识。由于中国传统政治文化非常强调等级秩序，知识分子群体长期处于社会上层，因此，中国传统社会文化严重缺乏平等意识，知识分子的自我优越感也特别强。只有作者改变了这一心态，乡土小说才可能具有自觉的平等意识，蕴含更深刻的人文关怀精神。事实上，从文学接受角度说，平等意识也是乡土小说进入乡村的重要前提，因为，按照接受美学的原则，被尊重和被关注是得到接受者认可的重要前提。文学只有真正尊重乡村、关注乡村，才能让乡村中人产生阅读和接受的兴趣，才能真正深入到乡村文化之中。

其二，凸显深入乡村的问题意识。乡村关怀不是空谈，而是要落实到笔下，这就需要作家真正了解乡村、接近乡村。只有真正深入乡村，了解农民和乡村的真实状况，懂得他（它）们的匮乏和需求，才能发现农民最关心和最迫切的需要和现实中的问题，从而立足乡村角度来思考和书写。只有真正反映了乡村的真实面貌，说出了农民的心声，让农民们感受到真实和真诚，才能得到农民内心的认可和积极的回应。所以，这也是对乡土小说作家思想意识上的重要要求——要求作家们超出自我观念和生活限制，跳出个人情感上的眷恋和感伤，深入乡村现实，并具有发现问题的能力和揭示问题的勇气。

其三，艺术审美上应适度大众化。新文学来源于西方，在艺术表现和审美趣味上距离中国本土大众比较远。这有其合理性，但在新文学发展过程中，必须进行适度调整，朝着更贴近中国大众的方向发展。因为，如果一种文化不能被本民族大众接受，就不能真正成为社会中有影响力的文化，也就不能说是真正成功的文化。正如赵树理所说:"我认为写进作品里的语言应该尽量跟口头上的语言一样,口头上说,使群众听得懂,写成文字,使有一定文化水平的群众看得懂,这样才能达到写作是为人民服务的目的。"①文学切近生活,在艺术方式上与大众生活保持相对较近的距离,也是文学实现其社会效应的必要方式。

当然,这并非要求作家完全放弃自我,一味以乡村、农民为主体,而是要科学客观地处理好与乡村之间的关系,尽量取得一种平衡。具体说,其一,作家们既要有基于现代文明的立场和姿态,又要尊重乡村和农民;其二,作家们要关注乡村现实而不局限于现实,应该在更高思想层面上来认识乡村,包括各种批判性思考;其三,作家们在艺术表现上应该遵循"普及与提高相结合"的原则,可以坚持自己的艺术探索和艺术追求,也可以朝中国传统文学和大众化方向适度调整。严格说,上述三个层面的关系并非矛盾,它们之间具有内在一致性。新文学历史上不少乡土小说作家如周立波、丁玲、柳青、路遥等都进行过大量实践,具有丰富的经验和教训。当然,在今天的环境下,作家们会面临很多新的问题和困境,但如果能够很好地处理以上三方面的关系,我以为,中国乡土小说作家们完全可能创作出像《小二黑结婚》和《平凡的世界》这样深受农民欢迎的作品,甚至超越赵树理和路遥的时代局限,使自身作品呈现出比以往更高的文学品质。这样,文学进入乡村社会并产生一定的文化影响可望成为现实,乡土小说也能真正体现出其"乡土"特色,更好地实现自我价值。

文学影响乡村什么

当前乡村文化建设之所以忽视文学,还源于另一方面的认识,

---

① 赵树理:《当前创作中的几个问题》,《赵树理文集》第4卷,人民文学出版社,2005年,第27页。

就是认为文学对乡村建设缺乏实用意义，不能给乡村变革带来实质性的影响或具体实在的帮助。这其实是一种误解。文学的现实功用确实有限，但它具有自己独特的价值，其中有些方面对于乡村文化建设来说甚至是无法替代的。

其一，文学以独特思想启迪，助力乡村社会完成文化转型。在快速发展的全球化背景下，中国乡村由农业社会进入现代社会，文化转型不可避免。在这一过程中，文学能够起到独特的作用。文化转型不是简单以一种文化来代替另一种文化，而是需要对文化合理取舍，特别是在传统与现代之间的合理选择和过渡。如何保持乡村传统道德与现代精神之间的和谐，如何在坚持现代性方向的前提下适度保留乡村传统，重建让农民大众更容易接受，也更符合中国文化传统特色的乡村文化秩序，为乡村社会重建一个相对稳定的精神文化世界，是非常重要而艰难的课题。相比于与这一问题密切相关的政治学、文化学和社会学，文学的内涵具有更丰富的柔韧性，它提供的不是单向度的文化判别，而更灵活、更人性化，以对人的尊重和理解为前提，既密切关联传统精神，又与人的情感和心灵世界相融汇。文学的方式无疑更契合文化转型的复杂性特点和融合性需求，也能够更好地助力乡村文化完成现代转型。

其二，文学为转型期乡村大众提供精神慰藉。由于中国乡村社会乡土文化历史久远，农民群体的现代文化基础又比较弱，乡村的文化转型带给广大农民诸多精神性的问题，特别是传统伦理文化崩塌后精神信仰的重建问题。这既可能导致许多农民的精神困境，令其丧失生活的意义感，难以保持健康的生活心态，同时也可能让乡村社会陷入精神和文化的动荡。文学具有以情感人的独特方式，特别是能够"美善结合"，深入人的精神信仰和生存意义领域，通过对传统和现代的深入认识和理解，为农民提供精神的关怀、支撑和慰藉。当然，这种慰藉既是对于乡村大众而言的，也是对于乡土小说作家主体而言的，它需要作家自我主体思想的坚定和高度。

其三，文学可作为提升大众精神高度的文化消闲。文学阅读是一种非常好的文化休闲。文学进入乡村，可以丰富农民的文化生活，给乡村社会提供优质的精神娱乐。同时，文学还可以优化乡村文化的结构和层次，让农民大众在文学中陶冶心灵，提升整体乡村文化素质，营造良好氛围，从而全方位实现乡村文化振兴。事实上，中国乡村与城市有着非常密切的关联，乡村文化素质的提高也意味着整个中国社会文化素质的提高。

当然，乡村文化建设是一个综合问题，需要整体性的文化思考和丰富的文化措施，更需要全社会的关注和多方面的协调。比如，着力营造乡村青少年读书的氛围，让读书真正深入青少年生活（目前的乡村，"读书无用论"思想盛行，手机等电子设备已高度介入青少年的日常生活，严重影响青少年的身心健康特别是他们的正常学习）；解决乡村子弟的出路问题，给他们一个向上发展的顺畅通道；等等。同时，文学参与乡村建设也需要政府部门的大力支持。比如，支持作家们到农村第一线，扩大文学影响力，给予乡土小说创作一定的空间，帮助作家们深入乡村，让他们充分自由地接触乡村现实，允许针对现实的"问题小说"问世和传播等。

文学有助于改变乡村文化生态，反过来，文学对乡村文化建设的投入，对其自身发展也具有积极的作用，在一定程度上，这可以看作乡土小说的生活洗礼，在直面现实中改变和发展自己。比如，它有望改变长期以来作家与乡村生活、农民大众隔膜的状况，真正将文学融入生活现实，在生活的滋养中更深入地发展乡土文学自身。同时，在一些新的时代条件（如短视频、自媒体和听书等现代阅读方式）下，文学也可望改变被严重边缘化的生存境遇，扩大自己的影响力。在这个意义上，乡土小说参与现实乡村文化建设是一种真正的互惠与双赢，既促进乡村发展，也提升文学自身的品质和社会价值。

我们时代的乡愁情感和乡愁美学

一、农业文明时代的乡愁文学

"乡愁"是人类一种很丰富的情感，它大体包括旅人怀乡、思亲、相思、送别等内容，关联着人与自然、人与地方以及人与人之间的多重关系。漫长的中国古代文学中，"乡愁"是最悠久、最动人的主题之一。从遥远的文学经典《诗经》开始，历代文学家们奉献出了无数表达"乡愁"情感的作品，构成了一幅生动感人的艺术长卷。这些作品营造出了诸如"明月相思""十里长亭""折柳送别"等优美动人的意象，更有"昔我往矣，杨柳依依；今我来思，雨雪霏霏"（《诗经·采薇》）、"人生不相见，动若参与商。……昔别君未婚，儿女忽成行"（杜甫《赠卫八处士》）等动人的诗句，以及杜甫《月夜》、李商隐《夜雨寄北》、张若虚《春江花月夜》等卓越篇章，成为中国悠久文化传统中极深入人心、富有魅力的部分之一。

从文学与社会关系方面来看，传统文学中的"乡愁"之所以表现得如此普遍而深刻，很重要的原因在于物质生活上的不便利。换言之，空间和时间上对人们生活的阻遏，造成人与人、人与地方之间大的交流沟通障碍。然而这种艰难却促进了传统社会乡愁情感的兴盛和乡愁文学的发达。比如，由于交通工具落后，人们出行困难，就造成了大量长时间旅居在外的羁旅游子。游子们身处异乡孤旅中，很自然会滋生强烈的思乡、思亲情感，借助对往事的回忆和情感的抒发以度过长夜也成为常事。同样，通信的不便，相聚的困难，也深化了人们的离别之情。离别是生命中的常态，相聚也变得让人珍惜。于是，离别之后的相思情感和鸿雁传书的情感表达就非常普遍，也使"怀人"成为乡愁文学中很突出的部分。

传统的生活方式也加深了人们的乡愁情绪。慢节奏而相对封闭的生活，赋予传统时代人们与大自然的更多接触。外出旅行，都需要依靠徒步，攀登高山，则完全只能依靠自己的双足。在这些与大自然的密切关联中，人们与自然、家乡（故乡）之间就形成了独特而深刻的关系，个人对自然、家乡（故乡）的印象也会非常深刻，成为生命中无比珍惜的内容。比如，当人们攀登上一座高山，那种克服自我惰性的欣悦，征服大自然的成就感，与对美丽独特风景的喜悦感和与亲友们的勉励过程融汇在一起，构成他们深刻的生命体验。这些生活经验，既强化了人们对大自然和日常生活的感受，也深化了其生活记忆，促进了人们对家乡（故乡）和亲人的感情。

在乡愁文学的发展过程中，儒家文化起到了很重要的推动作用。儒家文化重视人伦，强调家族责任和渊源，对人们认识自身与家乡（故乡）、与亲人之间的关联，以及深化对家乡（故乡）和亲人的感情，都具有激发意义。特别是传统社会一些具有较强文化色彩的民俗活动，如登高、清明、端午、中秋等传统节日，都蕴含着深刻的儒家文化内涵，是人们历史文化记忆的一部分。这是中国文化中有"每逢佳节倍思亲"传统的由来，也是中国文学中抒发节日乡愁情感的作品特别多的原因。此外，传统文化影响还造就了乡愁文学一个重要特点，就是较密切地联系具体生活和实在的地域，较少超越和抽象性思考。因为儒家文化以家族为基础，地方意识强烈，因此文学中也呈现类似特征，"乡愁"中"乡"的内涵很突出。传统乡愁文学中虽然也有陈子昂《登幽州台歌》、张若虚《春江花月夜》等个别作品表达对人生短暂、个人渺小等抽象意义上的"乡愁"主题，但绝大多数作品是针对具体的地方、具体的人和事，寄托的是具体的生活情感。

传统文化激励着乡愁文学的发展，反过来，乡愁文学的发展也进一步深化了中国传统文化的伦理内涵，参与着对中国人独特人格精神的塑造。因为乡愁文学在抚慰人们心灵的同时，也进一步强化了人们对家乡（故乡）和亲人的感情。在对往事的回忆中，在对书信、诗词等乡愁文学的书写中，人们会全力投入自己的感情，而在思索沉吟之间，与家乡（故乡）、亲人之间的情感细节也被放大，与"乡"的联系会更为加深。与此同时，一些文学家还拓宽了文化的视野，将个人经验伸展到更广泛的时空之中。也就是说，他们的乡愁书写中不只是寄托个人深情，同时还寄托了更广泛社会和人性的关怀，传达出对生命的美好祝愿。比如，苏轼的《水调歌头·明月几时有》就将对弟弟的思念化为盼望："但愿人长久，千里共婵娟。"秦观则将达观的生命态度诉诸对情人的思念中："两情若是久长时，又岂在朝朝暮暮？"（《鹊桥仙·纤云弄巧》）

正如有学者分析："'乡愁'，生动地传递了中国在不同历史时期的具体生活情状、生存图景及情感结构，也在美学意义上完成了对具有悠久文化传统的'中国'形象塑造，成为我们理解'中国'的一个有效美学视角"[①]，乡愁是传统文化极浓郁的情感之一，它与亲情、乡情、家国情密切相连，是民族情感的重要基础。中国传统伦理中之所以具有那么强烈的家国意识、故土意识和人情意识，特别重视认祖归宗，山西洪洞树下被无数中国人作为自己的家族之"根"，那么多身在海外的侨胞侨民对家乡都始终怀着浓郁的感情，保持对中国传统文化的强烈认同，与乡愁文学、乡愁文化传统有着不可分割的密切联系。

---

① 杨吉华：《"乡愁"的审美表达与"中国"历史流变的文学书写》，《深圳大学学报》2018年第6期。

二、现时代的乡愁情感及意义

最近几十年，孕育乡愁文学的社会背景发生了巨大改变，社会文化中的乡愁情感也发生了较大改变。

首先，乡村社会的变化是最重要，也是最直接的。近年来，随着乡村城市化的高速发展，离乡进城的人越来越多，按理说，乡愁情感的存在会更普遍而强化。然而乡村社会其他方面的变化，更严重地制约和改变了乡愁情感。其一，现实中乡村数量在迅速减少，传统的乡村生活方式发生较大改变，文化伦理更经历着毁灭式的坍塌。乡村平常少人居住，乡村社会原有的亲密关系不复存在。即使是传统节日，也不再有以往的节日氛围，传统乡村的"乡"的生活气息基本荡然无存。这当中，时代政治历史的影响也不可忽视。几十年前的政治运动，对传统伦理文化进行了颠覆式的打击，乡村伦理早就摇摇欲坠。当消费文化迅猛来临，乡村文化自然很快分崩离析。其二，传统乡村生活正逐渐退出人们的生活。很多乡村已经不再有传统农耕作业方式，即使是在乡村长大的青年人，也可能不知道如何农耕，甚至辨不清麦苗和杂草。而且，由于父母亲多在城市打工，不少年轻人从小就过着留守儿童的生活，在生活和情感两方面奔波于城市与乡村、本乡与异乡之间，很难形成对乡村的深刻记忆和浓郁的家乡情感。其三，乡村生活向城市化的高度趋同，乡村建筑和日常生活方式的同质化，特别是乡村独特民俗文化的逐渐消失，传统的乡村"家乡"意味日益淡化，人们对"家乡"记忆的深刻性和唯一性也受到影响。

其次，中国社会的整体文化变迁也对乡愁情感产生较大影响。消费文化在近年来社会文化中占据绝对主导地位，对金钱、物质的崇拜盛行于社会每一个角落。消费文化以物质利益为唯一目标，追求即时享乐和快感，与"乡愁"的深沉复杂情感世界形成明显反差。

所以，在现代生活中，人际关系逐渐疏离，人们情感日益淡薄，乡愁也成为人们生活的"奢侈品"。

在社会变迁方面，还有一点深刻影响着乡愁情感，那就是信息时代的来临。近几十年，科技发展日新月异，一年内的发展速度超过以往几个世纪甚至更长时间。科技极大地改变了人们的生活，特别是改善了很多传统社会的生活困窘。如高铁、视频等信息技术的出现，极大地拉近了人们的时空距离。高铁使传统的出行艰难变得相对容易和快速，视频的出现则使相隔万里的亲人可以清晰地在网上见面与对话。信息社会的生活变化，也渗透到人们的精神层面，深刻影响思想和情感生存。换句话说，生活变得便利的同时，也在很大程度上改变了我们与自然、与人之间的相处方式。在传统社会，我们只有通过艰难的跋涉才能看到美丽的自然景观，但现在通过虚拟的视频等影像艺术，可以看到比我们亲眼所见还要更清晰的自然。同样，虚拟的视频技术，让遥远的人们见面、对话像真实世界一样清晰。这使人们与大自然之间的直接体验减少了，也一定程度上淡化了传统意义上的"游子"情感。而由于观景索道代替了登山，视频代替了真实风景，人们无须经历艰难阻遏就可以欣赏自然美景，也就无法产生过程回味的内心喜悦感。此外，快节奏的生活，每天蜂拥而来的海量信息会稀释个体生命感受，不断更新的物质需求，更让人们没有时间去充分体会、咀嚼、回味生活中的种种细节，形成复杂深沉的感情。最简单的例子，今天人与人之间的信息交流，普遍采用方式简洁、内容直接的微信问候，以往那种篇幅较长、书写难度较大、蕴含感情更深的书信写作几乎无人问津，也就无法体验到之前人们在书信的书写和等待中的深沉感情。现实中的人际关系也是这样。被虚拟生活所挤压，人们现实生活中的交流变得更少，心理距离也变得更远。人们很少投入时间去细致体会他人的感情，感受他人的爱和关怀，也很少深入思考自己的内心情感世界，回顾往事、纪念乡愁。①

凡此种种深刻改变了当代中国社会的乡愁生存形态，或者准确说，改变了社会大众的乡愁情感。

最突出的是情感严重淡化。在今天，无论在乡村还是在城市，人们的乡愁情感日益趋于平淡化。家乡观念、亲情观念、宗族观念都日益淡薄。至少是在外在表现上，人们所呈现出来的乡愁、思乡情感不是那么强烈。这与整个社会文化情感的疏离化高度一致，也是消费文化时代的必然结果。对这一点，学界已多有关注，这里不再赘述。

其次是情感的内在化和个人化。淡化是大趋势，但并不能说人们心中已经没有乡愁，只是它们被外在环境所压抑，大多处于内在化和个人化的表现状态。一个典型的例子，在全球化时代，人们大力推崇一体化。如语言上的普通话，生活上的品牌化和潮流化，对地方性持轻视和排斥的态度。在这种情况下，以强烈地方性为特征的乡愁情感就只能以个人、隐蔽、私密的方式来表达。比如，在公共场合，大家都用普通话交流，于是每个人都尽量隐瞒自己的方言口音，只有在私下与同乡亲人说话才恢复地方语言。同样，只有在私密场合，人们才可能坦承自己对家乡的思念，才会倾诉自己的内心情愫。对于很多现代人来说，乡愁已经内化为个人与现实之间复杂关系的一种中介，它只面对内心，不再呈现于社会。

最后是情感的抽象化和宽泛化。任何人当然都存在有具体的乡愁情感——对家乡，对亲人，但总体说，如前所述，由于很多人对家乡的记忆和情感都不够深刻，特别是众多有过留守儿童生活经历、从小就在城乡之间逡巡的群体，很容易产生一种"故乡缺失"的感觉，也就是难找到真正可以寄托自己心灵乡愁情感的具体地方。同时，由于当前人们现实生存压力普遍较大，很多人的乡愁自然会与

---

① 参见韩少功：《高科技时代里文学的处境与可能》，《南方文坛》2017 年第 4 期；贺仲明：《论高科技时代的文学意义》，《文艺争鸣》2021 年第 3 期。

他们的现实生存压力联系起来，其"乡愁"内涵就不仅仅是怀旧，同时也是伤时；不仅仅是对他人、他物，同时也是对自己。也就是说，这种乡愁情感已经超出了传统的个人生活环境领域，呈现的是更泛化、更抽象化的形态，更趋向于一种与生存价值、意义相关联的精神心态。

毫无疑问，社会发展的方向难以逆转。传统的农业文明不可能再回返，现代生活正成为我们不可避免的现实和未来。那么，在我们这个时代，还需要乡愁感情吗？乡愁还有意义吗？毫无疑问，任何社会中的乡愁都有其意义，甚至在社会越来越发达、乡村社会和乡土文化面临崩溃的背景下，它的意义更为突出。

其一，乡愁能够让我们更深刻地认识自己，特别是认识科技时代"人"的意义。在高速发展的社会，人们物质生活越来越丰富的同时，很多人却在情感上逐渐失去自己，遗忘自己。比较传统生活中的生活和情感，人们正变得越来越物质化、现实化，情感正在变得肤浅化、平面化，在逐渐失去对爱的感受能力以及爱的能力。人们的情感世界变得越来越自我，既不会爱他人，也不会接受他人的爱。正是在这种情况之下出现越来越多的心理和精神健康问题，很多人对生存的价值意义产生怀疑乃至绝望。

那么，生存的意义究竟何在？人类的精神归宿究竟是什么？这些问题如果不解决，很容易困扰人们的价值观念。我以为，人不是纯物质，精神与物质的统一才是完整的人。所以，除了物质方面的生存意义，人还需要在历史和传统中寻找生命的价值，特别是在大自然中寻找价值。人是自然的一部分，在自然中生命才能健康成长。"乡愁"的基本内涵是大地之乡、心灵之乡，是我们的存在之源。所以，人要敬畏自然，敬畏生命。在"从哪里来，到哪里去，人何以为人"的追问中体会生命的价值意义，从而找到完整的自己。

作为生活在信息化时代的我们来说，需要保持警醒，不要完全被信息化时代和物质文化所束缚。人不应该拒绝物质，但一定要保持必要的清醒，适当抽身出来，与时代、与消费文化保持必要的距离——至少不要完全被它所拘束和限制，成为其奴仆。一定程度上，乡愁情感可以成为一面反观现实的镜子，让我们反思自己是不是还拥有自己，是不是已经成为高科技和物质文化的奴仆？

其二，乡愁能深化我们与民族文化的情感联系，强化我们的文化认同感。

乡愁的重要内涵是家族伦理感情，其背后蕴含的是与民族传统文化的关系。也就是说，我们在乡愁中强化与家乡、亲人、他人的关系，实质上是在强化我们生命的群体化意义——人是一种社会动物，任何人都不能独立活着，人类本就是相互依存，生活不可能离开他人，意义也在关联当中。人的意义绝对不在于自己，也不仅在于现实，而是与整个群体、与群体历史密切相关。敬终追远，既是对前人的缅怀和追思，也是在强化我们的生命意义，是对我们自身价值的认可。

在人的生存当中，民族文化是一个非常重要的环节。每个人的语言文化、生活习惯、道德伦理、行为规范都建立于民族文化的基础之上，其价值意义也很大程度上归属于此。包括更高的人类终极意义，在绝大多数情况下，也会以民族文化、民族生活为基本的表现形式，是对它们的进一步升华。而且，个人作为文化方面的贡献（与自然科学不同），也主要通过民族特色的方式体现。深刻、独特的民族文化，是对人类文化的重要奉献，也是其价值所在。所以，借助乡愁的方式，人们可以进一步强化自己与民族文化的联系、感悟和涵泳，并在文化的滋养中丰富和发展自己，努力促进对民族文化的延续和发展。

其三，乡愁能帮助我们更好地应对现实、抗击现实压力。人类生存不能只停留在物质层面，人需要精神价值的支撑才能找到生命的价值所在，才不会被虚无感所吞噬。乡愁情感能够深化我们的情感和精神素养，远离物质主导，在深刻持久的深厚感情中体验和寻求内心充实，也在对传统的认可和追忆中认同精神价值，提高我们的生活质量，让我们变得更加自信和轻松，缓解现实的巨大压力。

换句话说，在对乡愁的感受中，我们可以更深入地认识到生存意义问题，认识到人的生存本质，认识到单纯的物质消费和欲望放纵绝对不能带来内心的安宁，反而会陷入虚无、怀疑和迷茫。所以，借助内心的乡愁感受，借助其中对"自由""自然"的生命理解，我们可以抗击现实物质的强大诱惑和压力，呈现我们生命本真的价值追求。举例来说，在长期规范的城市环境里，我们偶尔回想一下家乡，说一说家乡的方言，就可以适当放松心灵。这是乡愁倔强而坚韧的生命力所在，也是自然对人的精神守望。对于作家来说也是一样。扎根于作家内心深处的方言更关联着与地方的深刻情感联系，是作家创作不可遏制的自然力量："不管羞愧多么有力量，我多么想在写作中逃离我的土语，那些藏在身体里的东西总是会偷偷摸摸长出来，就像长在野地里的稗子。"①

我以为，当前社会心理问题，特别是青年人心理问题较为严重，一个重要原因是个人主义过于泛滥。从极端个人主义思想出发，很多人自我意识太强，将一切归结于我，缺乏对他人（包括父母和师长）的尊重和感恩之心。而且意识不到为他人奉献实质上是对自我意义的强化，是自身生命的重要价值所在。根据科学研究，乐于助人的人内心更安宁，也更有价值感，更有益于其身心健康。如果能够多感受乡愁情感，在与家乡（故乡）、亲人的关系中认识到生命的价值，以及如何处理自我与他人的关系，将很好地帮助解决相关精神困境。

① 孙惠芬:《羞愧的力量》,《粤港澳大湾区文学评论》2024 年第 1 期。

三、如何建立新的乡愁美学

当前文学并非没有表现现实生活中乡愁的文学作品，但是能够给人印象深刻的作品却很少。一个典型的表现是，只要谈到"乡愁文学"，人们自然想到的是传统文学作品和审美意象，很少会有当前文学作品浮现。显然，在如何书写、表现现实乡愁方面，我们的文学还有很长的路要走。毕竟，虽然传统文学的乡愁书写充分展现农耕文明的魅力，形成了自己独特的文学意象、审美品格，但它是建立在农业文明背景之上，呈现的是农业文明时代的审美特征。在今天工业文明和信息时代，乡愁的背景和内涵发生了改变，它的审美也需要改变，乡愁文学迫切需要建立起新的审美形态，创造出具有当前时代色彩的乡愁文学之美。

这一问题当然远非一篇文章可以讨论清楚，我在此抛砖引玉，提出一些初步思考。

首先，需要在继承传统乡愁文学的基础上，拓展其思想和价值意义。一方面，需要对传统乡愁文学有所继承。传统乡愁文学已经沉淀为民族文化潜意识，对当前大众思想具有深远影响。因此，在今天书写乡愁，需要接续历史，挖掘和深化传统文化和文学中的乡愁内涵，在激发人们与传统文化的联系中，提升文学感染力。同时，也要更深入地发掘出传统乡愁文学的现代意义内涵，让传统乡愁文学焕发出现代生机。其中，深入辨析传统乡土文化非常重要。因为在今天，家乡情感、民族情感依然是乡愁情感的重要内容，对现实乡愁书写具有重要启迪作用。而长期以来，现代文化对传统乡土文化一直持否定和批判态度，对其价值和意义构成了遮蔽。只有真正以平等尊重的态度深入乡土文化，特别是深入乡土人们的精神世界，才能深刻表达出今天的乡愁情感，发展今天的乡愁文学。这一点，当代作家孙惠芬具有一定启示意义，她将传统乡土文化与人们的精神困境密切联系，对现代人精神问题构成启迪："我的乡村没有教堂，寺庙也多年被毁坏，但是我知道因果报应，从来都是我们乡村人信仰的起点和终点。因为在苦难的深渊里挣扎，没有任何人能逃脱因果报应的追问，而只有打开在因与果胁迫下一直下沉的幽暗通道，才有可能看到上升的光辉和希望，看到人对于人性的超越可能……"①

另一方面，需要面对新的变化，寻求对传统乡愁文学的深化和改变。如前所述，在今天已经无法像以往一样书写乡愁了。乡愁在变化，乡愁书写也需要变化。包括对乡愁的理解和书写，就要突破传统的怀乡、恋乡内涵，呈现出超越性的反思意识和未来意识。对农耕文明的没落，不能停留在感伤、回忆、慨叹层面，而是要融入更多的现代理性认识和思考。"乡愁"不意味着完全的情感怀恋，更不是狭隘的文化保护和文化倒退。对历史的检讨、对文化的反思，甚至包括文化批判，都可以传达出乡愁情感——当然，这种文化反思和批判应该是结合乡土文化和现代性立场，以高远的姿态，深入思考文化变迁的复杂性。

这其中，包括对乡愁文学题材范围的拓展。以往讲乡愁，基本上局限在乡村地域范围内，但今天，乡愁情感已经远远突破乡村地域，弥漫于城市甚至海外异域，所以，今天的乡愁文学，应该将乡愁内涵深化，将其与更广泛生活世界相关联。包括历史、科幻题材，都可以表达乡愁主题。如爱尔兰作家乔伊斯《都柏林人》中的《死者》，将民族历史、个人心灵、生存意义等多重内涵结合起来，充分展示了现代的精神乡愁；日本作家深泽七郎的小说《楢山节考》，通过对艰难生存历史的考证，展示极端贫困对于人性的考验，从而提出善的情感和牺牲的意义，是一种借助历史表达跨越时空的"乡愁"；中国当代作家迟子建的《额尔古纳河右岸》则将一个民族的文化进

---

① 孙惠芬:《离家，是为了回家》,《小说评论》2023 年第 3 期。

行细致展示，在揭示其没落命运的同时，表达人类不可逆转发展脚步下的文化哀婉和沉思；一些优秀的科幻文学也在努力将过去、现实、未来相关联，表达人类亘古不变的永恒乡愁情感。

其次，在密切关注现实的前提下，深化对现实的揭示和提升。其重要内容之一是对现实的关注。虽然现代人和古人同样受到生命有限性的根本制约，但现代人面临的困境与古人已经有很多不同。古人遇到的阻碍更多的是物质生存上的困境，现代人则更多的是心灵精神上的困惑。所以，今天乡愁文学中的"乡"的指向不再具体，甚至不局限于乡土文化，而是一种自然、宁静、温馨的文化象征，关联着人类对理想生活状态的追求和想象。"愁"也不只是怀旧，而是包含着忧虑、反思与质疑，不是以物质为主体，而是更关注思想、精神和心灵世界，其最根本内涵是人类心灵对自由和自然的渴望。

这当中，需要对现实人精神状况进行特别的关注，也就是真正以"人"为中心，从人的生存本质出发，深入人们的精神世界，关注其现实和心理欲求，表现社会对其精神的压抑，传达其对自然、自由精神的向往。所以，"乡愁"的内涵要密切关联现实中的人的生存。如对"自然"的思考，就需要将自然与人的生存本质问题相关联，揭示现代人远离自然的精神困境，赋予自然以人性化的伦理意义，实现在自然主题中的心灵"寻根"，从而为现代人寻找到心灵源泉和支撑。此外，乡愁文学的表达方式也要更加多元化，特别是要适当照顾大众的接受习惯和接受水平，做到真正表达大众情感，也将文学传达到大众之中。

与之相关联，乡愁文学要更具有未来意识。传统乡愁文学大多都指向过去，很少关注未来。今天乡愁文学要表达现代人的精神困境，必然要伸展到对人类未来的思考，以及对与未来发展密切相关的科技发展的思考。对于快速科技发展中的人类未来，有两种截然相反的看法：一种观点认为人工智能的发达，将使劳动成为人的第一需要，于是，人们会逐渐摆脱对物质的依赖，转而以主要精力来

我们时代的乡愁情感和乡愁美学

69

进行精神追求。另一种观点则认为，科技发展背景下，人逐渐被科技异化，成为物质奴隶，更进一步远离精神世界。显然后一种观点更具可能性，也更能够引起我们的现实忧患意识和关切意识。所以，乡愁书写应该充分关注未来，与人类未来命运关联在一起。那些与之相关的问题，如生态环境问题、历史文化变迁问题、科学反思问题等，都应该成为乡愁文学的重要内容。

最后，也可能是最重要的，就是要努力创造出新的乡愁审美形态。

在工业化和信息化时代的今天，文学需要表达时代的乡愁感受，以当代生活的意象和形态来展现当代乡愁文学之美。要做到这一点，有两个问题是首先需要思考的：一是工业文明是否符合人的需求，这一时代的乡愁情感是否具有合理性，以及是否具有自己的美学特征？二是如果工业文明存在美，那么什么是工业文明中的美，文学应该如何去表现这种美？具体到乡愁文学，就是城市、现代、科技意象能否寄托乡愁情感，我们能否以及如何运用现代生活意象来传达乡愁情感？只有这两个问题得到深入思考和解答，工业化时代的乡愁美学才有望建立。

马尔库塞、阿多诺等西方马克思主义学者早就批判过工业化与人、与美之间的对立关系，这无疑极富启发性。但是，人类进入工业化社会不可避免，是否可以超越传统审美形态，创新建构工业化社会与人和审美之间的新型关系？我以为，在一定程度上，这种转型和重建是历史的必然。新的乡愁美学就是其中的重要部分。也就是说，在传统意义上，"乡愁"的内涵离不开"土"，但这是农业文明滋养下的产物。离开了农业文明时代，人们固然不可能完全摆脱在精神和情感上对"乡土"的依恋，但肯定会逐渐发生变化，"乡愁"的内涵也会随之而发生转型。换言之，在赵本夫长篇小说《无土时代》所代表的传统视野看来，现代城市的高楼大厦是水泥森林，它与乡土的自然泥土世界构成完全对立的关系，城市是"反乡愁""非

文学的风景与思想的风致

70

乡愁"的象征。但也许，在未来人们的视野中，高楼大厦也自有其美学意义，也可构成人们乡愁、乡愁美学的一部分。毕竟，未来人们不再有农业文明时代对乡土的深刻记忆，他们的成长本就伴随着城市高楼，其情感记忆与之有密切联系。

所以，就像苏轼的诗句"此心安处是吾乡"（《定风波·南海归赠王定国侍人寓娘》），城市承载着未来人们的情感和记忆，也自然会融入他们的乡愁，构成未来乡愁美学的一部分。也许在一段时间之内，人们还会习惯性地使用传统乡愁文学的生活场景和文学意象，但其发展趋势必然是传统的生活和意象会逐渐为新的所代替。可以设想，在未来乡愁文学中，我们读到的不会再是"村庄""麦苗""炊烟"和"月光"这样的意象，而是更多现代工业化色彩的物体象征。至于什么能够构成工业化时代的乡愁美学意象，在那些距离传统乡愁美学似乎很遥远，甚至相对立的现代生活中是否可以挖掘出乡愁美的内涵，以及如何将传统乡愁意象现代化，需要作家和理论家对生活的深入感受和潜心思考，需要诗人和作家去充分发挥想象力和创造力。

简单地概括，就像任何时代都会存在乡愁情感，文学审美形态也具有不可估量的发展性和开拓性，现代工业化社会既然存在，就迟早会建立自己的乡愁美学，并将深刻持续地存在于未来之世。一代有一代之文学，一代也有一代之乡愁文学。

重审 20 世纪 90 年代"人文精神讨论"的精神症候

——兼论当代文学的文化资源问题

回顾从 20 世纪 90 年代"人文精神讨论"[①]以来的近三十年中国社会，可以清晰地看到商业文化逐渐主导中国文化的过程。如果说在 20 世纪 90 年代，还有人在争论"人文精神"和金钱的价值孰高孰低，21 世纪初，不少人还在"没有爱情的宝马轿车"和"有爱情的自行车"之间犹疑、权衡的话，那么在今天，人们关心的已经只是最快获得金钱的方式了。在这一背景之下，人们很自然会关注和反顾那些曾经有过的抗击商业文化的声音。20 世纪 90 年代初的"人文精神讨论"也就浮出水面，成为让人反复讨论的事件。[②]确实，三十年间，它几乎是中国知识分子在商业化过程中发出的唯一的集体声音。基于人们对这一讨论的反思已经涉及多个方面，本文内容只针对它的精神内涵问题。

---

① "人文精神讨论"其实没有明确的范围。宽泛来说，它指的是 20 世纪 90 年代中叶以 "人文精神"为主题的相关讨论，主要包括 1993 年《上海文学》发起、《读书》《东方》 等杂志参与的"旷野上的废墟：文学和人文精神的危机"讨论，以及以王朔、王蒙"躲 避崇高"为中心的讨论，以张承志、张炜"道德理想主义"为中心的讨论。参见李建 周《王朔与"人文精神讨论"》，《当代文坛》2022 年第 3 期。

② 近年来，对这一讨论的总结文章甚众，其中有当事人的自我回顾，更多后来人的检讨 和反思。

一

"人文精神讨论"其兴也勃，其亡也忽。毫无疑问，它存在着比较重要的缺陷。在三十年过后的今天，这些缺陷呈现得更为充分，主体精神方面应该是它最重要的症候。具体说有以下三个方面的表现：

其一，精神内涵不清晰。

任何讨论，概念内涵的清晰都是最基本的要求。因为只有思路清晰、方向明确的概念内涵，才能让讨论具备基本的目标，讨论者能够在同一思想层面上进行对话，从而形成明晰的（尽管可能是多样的）思想方向，影响或启迪读者，在时代文化中产生自己的作用。这当然不是要将"人文精神"的内涵简单化，但无论如何，基本内涵、价值方向的一致是保证讨论顺利推进的重要前提。否则，讨论者虽运用同一词语，但各有含义，就不可能将讨论深入，更遑言取得某些共识。

然而，正如有批评者所说："不难看出，对于'人文精神'究竟是什么，学者们的解释五花八门，似乎从一开始就没有一个明确而清晰的概念。"[1]审视整个讨论，大家虽然都使用"人文精神"这一概念，但不同人的概念内涵却有相当大的差别，甚至存在着实质上的对立。《关于"人文精神"讨论综述》一文对讨论中不同学者对"人文精神"概念界定做了细致的梳理，[2]从中可以看出，概念内涵有很丰富的指向：有西方近现代的人文精神，也有中国传统文化的思想内涵，还有基本指向现实政治的"理想""信仰"等。概念的差异，代表的是讨论者完全没有形成基本相同的思想立场和价值观念。也就是说，虽然不少讨论者表面上都是在呼吁、倡导"人文精神"，但

---

① 杨蓉蓉：《90 年代"人文精神"大讨论之反思》，《兰州学刊》2005 年第 5 期。

② 文理平：《关于"人文精神"讨论综述》（上），《文艺理论与批评》1995 年第 3 期。

实际上，每个人的意图指向却不相一致，甚至可能南辕北辙。这样的讨论也很容易受到批评者的争议。比如，当一些学者提出"重建"或"回归"人文精神时，就有人质疑、针砭其内涵："如果现在是'失落'了，那么请问在'失落'之前，我们的人文精神处于什么状态呢？如日中天么？引领风骚么？成为传统或者'主流'么？盛极而衰么？"[①]"如果说是失落了革命传统，或者以儒家教义为基础的传统道德，人们很容易明白。"[②]

其二，精神指向不明确。

"人文精神"讨论是从批判和否定开始的。正是因为对现实文化中的某些现象不满意，才有这一讨论的产生。批判的目标有比较具体的（如王朔、王蒙、张艺谋等），也有相对抽象、概括性的。从表面看，批判对象似乎比较清晰，但实际上，讨论并没有真正准确地将目标指向所意图否定的对象。或者准确地说，它有直接而表面的目标，却没有抓住真正要针砭的实质对象。

讨论指向主要涉及两方面的问题。一是对时代文化的认识。20世纪90年代初期是中国社会的大转型时期，市场经济取代计划经济成为社会经济的主要形态。商业文化正是在这一背景下迅速发展，所以，"人文精神"讨论的否定对象也主要针对它。这似乎是明确的，但关键是，文化情况并非如此鲜明。简单说，当时社会主要存在政治和商业两种文化。二者密切关联，但呈现的是复杂交织乃至交错的状态，其内涵也很复杂。比如时代政治文化是一种新的、以开放为主体精神的文化，它刺激了经济发展，客观上推进了商业文化对社会的影响力，但同时也富有创新性，对整个社会的思想和文化起了重要的解放作用。如果只是简单地将它理解为商业文化的发展背景，无疑是非常片面的认识。

二是对"物质"（商业文化）和"精神"（人文精神）之间关系

---

① 王蒙：《人文精神问题偶感》，《东方》1994 年第 5 期。

② 王蒙：《沪上思絮录》，《上海文学》1995 年第 1 期。

的认识。人类生存离不开物质和精神这两个要素。但它们不是绝对分离，而是密切交叉的。换句话说，物质是人生存的基础，物质的解放也是人的解放，包含着人正常而基本的欲望要求。离开必要的物质基础来谈"精神"，只能是空洞和虚假的。所以，我们既需要认可物质在生存中的必要价值，又不做物质的奴仆，批判唯物质的商业文化。对"人文精神"的倡导，应该建立在包含着物质和精神、理性和感性不同层面的完整的"人"的全面理解上，特别是既不完全否定物质的价值，又突出精神更高的意义。如此才能为当时迷茫于物质和精神选择间的普通大众提供思想的启迪，帮助他们更好地面对商业文化潮流。

从这个角度来看"人文精神"讨论，其认识上的误区是明显的，批判对象也存着一定的偏离。比如讨论的主要批判对象王朔。王朔的文学作品具有对"崇高""理想"等文化调侃和讽刺的内容，也对物质文化持比较宽容的态度，因此获得社会大众较多的认可。不可否认，王朔作品确实存着彻底亵渎理想、精神的缺陷，但它同时也针砭了长期流行的虚假"理想主义"，其对物质的肯定也并没有完全陷入商业文化的陷阱中。因此，如果只看到王朔作品的负面特点而忽略其积极意义，特别是不能充分认识和理解这些作品为什么会受到大众广泛的欢迎，显然是相当片面化和简单化的。[①]同样，在讨论中也遭遇批评的张艺谋等人所谓的"暴露黑暗""技术化"等问题，更存在着观念陈旧和忽视大众权利的缺陷——任何艺术都有自律的内在要求，也有吸引读者和观众的目的，对此显然不能简单否定。

其三，精神表达方式过于简单化。

作为讨论，特别是以"人文精神"为中心的讨论，思想的宽容和态度的恳切应该是引导讨论深入的重要前提。然而，讨论的实际表现却没有如此。无论是"人文精神"的倡导者还是质疑者，都普

75

---

① 这一点，王蒙当年做出了相当细致的辨析，但没有得到讨论者的充分认可，反而引起了更大的争议。参见王蒙《躲避崇高》，《读书》1993 年第 1 期。

遍缺乏平和理性的态度，充斥着简单化和情绪化的意气之争。这导致很多问题被情绪所遮蔽，无法进行深入辨析。此外，在讨论方式上还存在着空洞抽象的缺点。"人文精神讨论"是针对现实问题的讨论，但很少有讨论者真正深入结合现实问题，特别是没有体察大众的生存匮乏，将社会大众问题作为个案进行深入讨论，并针对性地对问题进行剖析和探究。

如此多方面的精神缺失，严重限制了"人文精神讨论"的效果。讨论虽然参与者众多，时间持续也不短，但它没有对社会大众文化产生一定影响力，而是基本上局限在知识分子范围之内。换言之，讨论没有为社会大众提供有效的思想力量，没有在商业文化无所顾忌的侵凌中产生基本的阻挡作用。而且，因为缺乏清晰性和系统性，讨论的成果也无法作为重要的精神遗产为后来者所借用。这严重局限了它作为一个重要时代性文化事件的意义。

对于知识分子群体来说，它也失去了一个很好的重建社会文化信任的机会。漫长的前几十年是对知识分子"改造"的过程，也是知识分子精神沦落的过程。人们已经丧失了对传统知识分子的美好印象，知识分子自身形象和品格也亟待重建。"人文精神讨论"表现出这一愿望，也是一个很好的契机。如果讨论真能起到影响社会文化、启迪大众的作用，知识分子也许会获得不同的社会声誉和形象面貌，自身的价值建设也可能更有收获。然而，讨论的失败，知识分子承受的是社会和自我的双重打击。今天社会知识分子形象千疮百孔，屡屡成为嘲讽和否定的对象，根本原因当然是知识分子自身的思想行为，"人文精神讨论"是其表征，也是某种起始。

二

当然，我之所以在今天来讨论"人文精神讨论"的问题，绝非依靠后来者的时间优势，对历史进行简单的菲薄和指点。而且，我也完全不否认这一讨论存在的意义。正如"人文精神讨论"主要发起者之一的王晓明在后来对讨论起因的总结:"作为这个危机的一个重要的方面,当代知识分子,或者就更大的范围来说,当代文化人的精神状况普遍不良。这包括人格的萎缩,批判精神的消失,艺术乃至生活趣味的粗劣,思维方式的简单和机械,文学艺术的创造力和想象力的匮乏,等等,从这些方面都可以看到中国的知识分子、文化人的精神状况很差。"① 毫无疑问,在当时背景下,"人文精神讨论"是有充分价值的。参与讨论的知识分子也大多具有较深的人文情怀。他们对现实文化的深切忧虑和对自我的文化持守,都赋予了讨论一定的悲壮色彩。

更重要的是,检讨历史是为了更好地关注现实。如前所述,今天中国社会深受商业文化的侵蚀,精神文化问题正严重困扰中国社会的发展。所以,我在这里与其说是反思历史,不如说更是针砭现实;既是针对他人,也在解剖自己。也正从此目的出发,我认为检讨"人文精神讨论",一项重要工作是探讨其失败的原因。只有找到根源所在,努力改变和完善,才有可能避免重蹈覆辙。在我看来,有两个因素对讨论产生了最大的负面影响:

最外在也最突出的,应该是刚刚过去的政治历史。讨论进行时,进入改革开放时代已经有十多年时间,但对于刚刚过去的历史,社会还没有进行真正深刻和全面的反思。也正因为如此,这段历史对社会的影响力长期而深刻地存在,包括到今天社会。由于"人文精神讨论"主要参与者为知识分子,这里就重点谈这一历史对知识分子精神的影响,以及在讨论中的具体体现。

最突出的是知识分子缺乏现代思想意识,包括缺乏自我批判和独立意识。很多学者都指出过中国传统社会中知识分子强烈的权力依附弱点,事实上,这一弱点远没有随着封建时代的终结而消逝。

---

① 王晓明:《人文精神讨论十年祭》,《上海交通大学学报(哲学社会科学版)》2004年第1期。

刚过去的历史充分体现出这一点。"人文精神讨论"中，一些知识分子表现出的忽视和脱离现实以及不自觉的政治皈依意识，都可以看到长期以来形成的虚假中心意识的影响。如果能够具有现代知识分子的身份意识，讨论应该会有不同的发展。其次，在思想特点上也可以看出历史的影响。比如，如林毓生所指出的，以"文化解决问题"是中国知识分子的一个重要弱点，其背后隐藏的是缺乏现实关注意识，以及结合现实来思考问题的能力。① 在"人文精神"讨论中可以清晰地看到"文化决定论"观念的影响。讨论充斥各种文化概念，却未能切实联系现实大众的生存状况和精神欲求，空洞"理想主义"文化的影响很明显。再次，讨论方式上也可以看到历史带来的影响。相当一段时间中，社会文化盛行二元对立思维。它很容易造成人们认识事物的狭窄和绝对化，以缺乏宽容和极端的方式来讨论问题。"人文精神"讨论中最典型的表现是一些读者来信。"列举了当时一系列文化界的名流，要求参与者逐一批倒批臭，'定点清除'"；"对张艺谋'利用电影给祖国抹黑'的'无耻行径'，进行了'字字血声声泪'式的控诉"。② 从中可以清晰地看到历史留下的语言和思维暴力特征。相比之下，像施蛰存、郑敏、王蒙等经历过较多历史风雨洗礼的老作家，受历史文化影响就相对较小，在讨论中也能够保持相对宽容、平和的态度。③

历史对"讨论"有严重的制约，而更根本和更内在的原因则是思想资源的匮乏。检讨"讨论"全过程，无论内涵、视野还是方法，它们都关联着知识分子的思想能力和精神品格。这一匮乏，根源于知识分子的深层文化资源。

---

① 林毓生：《中国意识的危机——"五四"时期激烈的反传统主义》，贵州人民出版社，1986年。

② 《二十年前那场"人文精神大讨论"，是否还记得？》，天涯微信号tyzzz01，2017年3月29日。

③ 参见李丹、吴俊：《文学商品化与"人文精神讨论"的代际反应差异——20世纪90年代文学批评的一个现象观察》，《当代文坛》2020年第2期。

对于刚刚从相当长时间的文化封闭中走出来的中国社会来说，面对20世纪90年代汹涌而至的市场经济文化潮流，要准确地把握和认识，特别是针对社会现实做出准确的判断，绝非易事。在当时背景下，它没有旧的传统可以依靠，时代最需要的，是新的建设，是独立的、全新的思考。这一建设的根本，就是真正的"现代""人文精神"。也就是说，它应该包括两个基本内涵：现代思想意识和中国传统人文精神。

现代性思想的意义无可置疑——商业文化本是现代工业文明伴生的产物，只有现代性思想，才能建立起现代人文意识，准确辨析商业文化的合理性以及危害，才能对现实做出正确的判断。但同时，中国传统人文精神也非常重要。因为从社会文化来说，经历过长时间的文化激荡，人们内心文化已经非常空洞和匮乏，精神信仰出现严重的危机。在这种情况下，商业文化很容易对他们构成侵蚀和统治。中国传统以伦理为中心的人文精神，是大众内心最深层的文化，也是真正能够针砭时弊、对商业文化潮流产生有效抵制作用的思想。这两种文化思想需要创新性的融合，需要内在的统一。也就是说，中国传统文化思想和现代西方文化思想都是不可缺少的重要思想资源。它们是共同应对汹涌商业文化潮流的思想武器。

由此来说，"人文精神讨论"需要的文化资源不只是传统与现代的哪一方面，而应该是二者的融合。我的理解，主要内容是对民族传统文化的现代更新。它包括两方面内容：其一，民族文化是独特、深刻思想的最重要源泉。特别是传统文化认识世界和人与自然关系的方式，以及哲学层面的中国文化观念和艺术精神——它是中国古代思想智慧的结晶，也是中国文化的深邃精髓之所在，是区别于西方文化的根本，也是中国文化和文学的创造性之源；其二，对民族文化的现代化更新和改造是不可缺少的重要内容。传统文化是历史的产物，绝对不可能墨守成规、亦步亦趋，而是需要以宽阔的胸怀学习、借鉴和吸收其他民族文化，特别是先进的现代文化，丰富和完善自己。

在一定程度上，保持传统和开放学习是一个问题的两面。它们是一损俱损，一荣俱荣。一方面，只有开放的视野，借助外在文化的对比和观照，才能拥有对自我准确的认识力和批判力，做到去芜存菁，进行合理的选择和扬弃。反过来说，只有保有基本的传统内涵，才能谈借鉴和吸收，否则就是失去自我，是主体的丧失乃至消亡——放弃自我也就谈不上接受，而只能是投靠。

三

在当时环境下，以上对知识分子精神资源的要求是不可能成为现实的。或者说，这里所表达的不是一种现实要求，而是一种理想和期待。所以，这种期待对于"人文精神讨论"本身也许没有实际意义，但对于中国当代文学的发展却很重要。因为精神资源问题不只是"人文精神讨论"进行的 20 世纪 90 年代问题，也是困扰当前文学的重要问题。换言之，对这一问题思考的意义，深刻关系着中国当代文学的整体发展。

毫无疑问，中国当代文学的成就已经相当突出，但有两个方面制约着它的高度。一是缺乏真正超越性思想和创造性艺术的优秀作家作品。当代文学一个突出的特点是与现实关系密切，作家们关注现实、书写现实也思考现实。但是作家们的思考多局限于现实本身，缺乏超越现实层面的抽象性文化思考，更匮乏将中国传统文化思想予以创造性呈现的思想和艺术佳作。其结果是我们在当代文学中几乎看不到真正超越于一般社会大众之上的、对社会现实的深刻思考，也看不到具有真正独立哲学高度的优秀作家，也缺少真正具有民族个性的艺术特征和创造性的审美方法。所以，当代文学中达到经典高度的作品还很少，更缺乏像鲁迅那样思想深邃而具有广泛世界影响的文学大家。二是缺少鲜明而独特的文学特点，呈现出"中国文学"的整体文学个性。与作家创作上的创造性匮乏相似，当代文学思想也基本上都是尾随于西方理论话语之后，严重缺乏独特性和原创性。这样的结果就是中国当代文学无法在世界文学格局中呈现出清晰的独特个性，形成鲜明的面貌特征。一个常识性道理，一个作家要显示出较高价值，必须具有自己的独特创造性，思想或风格上的与众不同。一个民族也是这样，只有在与其他民族文学比较，它表现出了认识世界方式或表现世界审美特征上的独特个性，才能赢得世界文学的充分尊重，呈现出自己的独特价值。就目前看，虽然个别作家作品具有一定的创作个性，但无论是深度还是广度都远远不够，也没有为世界文学奉献出一个独特的"中国文学"形象。从在世界文学的地位和影响力角度说，当代文学远不能与伟大的中国传统文学相比。

当代文学这两大症结，原因当然不止一个，但最根本的原因也许在于其精神资源。没有深刻的文化为精神后盾，局限了当代中国文学无法产生超越性的思想和独特的艺术个性，也限制了它获得更高的成就。

现实往往由历史所造就。显然，检讨中国当代社会的文化历史非常有必要。中国当代文学前三十年基本沿袭"五四"以来的现代文化方向。其主体是从传统向现代的转型，以现代性为基础。这是一种必然也合理的趋势。然而其中也存在着一些较严重的缺陷。那就是对民族文化相当严重的淡漠和忽视。虽然现代文化也倡导对民族文化的"扬弃"立场，但在缺乏开放多元文化的背景下，更由于对服务现实的强调，实际上对传统文化的理解非常简单和片面。特别是在一些特殊历史阶段中，对民族文化更是采取强烈否定和打击的方式。长此以往，结果是普通大众对民族文化非常隔膜，心理上对立，缺乏对它的接受和认识能力。表现在文学方面，就是当代作家普遍缺乏深厚的民族文化素养，也缺乏对民族传统文化尊重、借鉴、继承和发展的自觉。

20世纪80年代后，社会文化进入开放时代，人们拥有了更开阔的文化视野。然而，社会文化态度和作家文化资源问题并没有很好地解决。人们意识到社会发展的阶段性差距，没有意识到差距形成的复杂原因，而是简单归咎于民族文化问题。于是，社会排斥民族文化之风没有断绝，而是更广泛地发展。作家们也是几乎全力倾向西方，试图以西方文学和文化为自己的创作资源，对民族文学和文化传统极少热情和兴趣。作家宁肯曾经这样概括中国作家的文化资源现状："中国当下写作的根源似乎都在西方，我们顺口就能说出卡夫卡、卡尔维诺、博尔赫斯，却独独对中国自己的文学传统处于失语状态。"①这一概括丝毫不夸张。对作家们的开放和学习姿态应该充分肯定，但对其方法却需要有深刻反思。完全抛弃民族文化传统地向外学习，是从一个极端走向另一个极端，不可能获得成功。因为任何文化都由长期积淀而成，有其深刻的历史渊源和复杂文化关联。要想在异文化背景下进入西方文化，依靠其作为文学创作的独特思想源泉，显然不太可能。对于绝大多数人来说，在民族文化环境中成长，潜移默化受到本民族文化影响，影响很深。长大以后，这种影响依然很深。在外在思想层面改变相对较容易，内在哲学思想改变却很难。当作家文学创作时，哲学世界观是根本而内在的。要换一种哲学思想来思想、创作，难度很大。所以，一个中国作家要完全吸取西方文化传统，以之为自己的深厚创作资源是难以做到的。最可能的情况是：他们既没有真正学习到西方文化，也失去了自我文化传统，最终陷入不中不西的浮萍般困境之中。

以上对当代文学历史的检讨，可以看出，虽然不同时期的文化背景和潮流方向存在差别，但共同承担着传统匮乏的后果。那就是不能深入地认识传统，对传统进行辨析、改造和转化，与现代思想进行融汇和发展，产生既具有现实性又富有创新性的思想和作品。即使是个别作家拥有依靠传统的自觉，也没有能力承担起这样的重

---

① 傅小平：《中国为何缺少"作家中的作家"？》，《文学报》2014年9月4日。

任。从心理层面看，这种状况会严重影响作家们对本民族文化和文学的自信——或者准确地说，是对传统文学现代生命力的自信。

以两个个案来作为不同方向的典型。一是中国现代抒情小说的当代命运。这一由废名、沈从文等人开拓，萧红、师陀、汪曾祺等人继承和发展的小说传统，既借用现代小说形式，又化用传统文学艺术特征，更将儒家和道家思想与现代人文精神结合起来，是具有很强创新潜力的优秀传统。然而，在当代文学中，这一创作却是日益萎缩。特别是在20世纪90年代后，它已经没有产生有影响力的作品，意味着这一传统的基本中断。究其根本，就是当代作家的传统文学和文化底蕴太薄弱，没有能力继承这一创作传统、维系其生命力。二是20世纪80年代的"先锋文学"。在长期历史所导致的思想狭窄和艺术匮乏背景下，这一创作自有其不可否定的历史意义。但从其创作本身看，价值成就确实有限。它的艺术表现固然完全是模仿西方，没有独创性。它的思想内涵也大多空洞虚幻，基本上是西方观念的表层体现。所以，它既没有融入现实，也没有被大众所接受。它只具有文学史意义，却匮乏文学本身的意义。

从精神层面则仍然回到"人文精神讨论"。由于缺乏深广的文化资源，就难以拥有独立而坚定的主体精神和文化立场。"人文精神讨论"中，不少讨论者最终都选择了以"回归"为基本的思想目标。如张炜回归以农业文明为中心的"田园"，张承志回归宗教以拒绝现实……作为文学来说，这种回归并非没有意义，但作为知识分子文化来说，它毫无疑问是一种现代力量匮乏的表现，背后蕴含着内在的软弱和犹疑。如果结合"人文精神讨论"过后近三十年间知识分子的表现看更是如此：在这当中，知识分子没有表现出其充分的社会批判精神，一些人选择了与主流文化的合流，乃至推波助澜；一些人选择"躲进小楼成一统"，规避与现实的对抗……无论从哪个角度看，这都是主体自信匮乏的表征，也是文化资源匮乏的结果。

乡土文学与乡村现代变迁

近一个多世纪以来，中国乡村社会发生了以"现代"为中心的巨大转型。从生产方式来说，传统农业生产已经逐渐从乡村退隐；从社会形态来说，传统的乡村社会已经完全瓦解；从精神文化来说，传统乡村伦理已经基本崩溃，取而代之的是现代城市文明。这一变迁当然是政治、经济、文化等因素合力的结果。但不可否认，与乡村有着深切关联的乡土文学也发挥了一定作用，值得深入探究。

乡土文学的发展关联着乡村社会的变迁

乡土文学的发生本就是现代工业文明映照的结果。由于映照而产生的对比，才能凸显出乡土书写的独特性，并折射出两种文明之间的复杂关系。所以，乡土文学的发展也自然关联着乡村社会的变迁。文学是一种社会文化，它很难对现实社会变革产生直接作用，只能通过间接的方式。百年来，乡土文学对乡村变革的影响也是这样。

启蒙是乡土文学影响乡村的最主要方式，其中最重要的是思想启蒙。从鲁迅开始，疗救大众、启迪民智成为乡土书写的最主要目的。作家们书写乡村的主要方式是展示乡村的黑暗和愚昧，进而呼唤和激发其觉醒。这当中并非不包含作家们对乡村的关注和同情，但毫无疑问批判是最基本的主题，且这种批判的重心不是在现实，而是在深层的乡村伦理文化。鲁迅曾明确表达了《阿Q正传》的创作意图:"我虽然已经试做,但终于自己还不能很有把握,我是否真能够写出一个现代的我们国人的魂灵来。"①作家们的创作目的是让社会大众认识到乡村问题的根本症结在其文化伦理,所以,改变乡村的关键和根本,是以现代文明对乡村文化进行改造和取代。可以说,思想启蒙引领着中国乡土小说创作,主导着其基本方向。

思想启蒙之外,政治启蒙也是极为重要的。20世纪30年代,受西方经济危机的影响,我国出现了乡村破产和"丰收成灾"等现象。茅盾等左翼作家希望以之为契机,以文学的方式来唤醒农民,呼应现实的革命潮流。这一时期,作家们在创作中更多展示乡村的现实艰难和疾苦,积极书写那些具有反抗意识的农民,将"躁动""变革"作为书写的核心。茅盾的"农村三部曲"、王统照的《山雨》,吴组缃的《一千八百担》等,都是这一期间的代表作品。

思想启蒙文学与政治启蒙文学存在一定差别。如前者的重心在文化,而后者的重心在于现实;前者对乡村社会基本上持全盘否定的态度,而后者对乡村社会的批判是选择性的,其中也包含部分的肯定——对于已经初步觉醒的农民,主要是青年农民,以积极而正面的态度书写其精神和行为。如茅盾的《春蚕》以及叶紫的《丰收》,前者的叙述基调较为沉重压抑,后者则表现出激情和鼓动的色彩。

当然,思想启蒙文学与政治启蒙文学在很多方面也存在着一致性。比如,在叙述姿态上,它们都是由上到下的俯视方式,所持的是现代知识分子(文化与政治)的批判立场。作家们基本上是站在乡村之外来看待和书写乡村的。这样的结果之一是,这些作品往往具有较强的主观意图色彩。作品中虽然有现实,但因其主要是为某一思想观念服务的,故缺乏对乡村现实真实全面的展示。结果之二是,艺术表现方式都是现代方式,与农民的阅读接受习惯有着较大距离。这些作品虽然以启蒙为目的,但其潜在读者对象并非乡村社

---

① 鲁迅:《俄文译本〈阿Q正传〉序及著者自叙传略》,《鲁迅全集》第7卷,人民文学出版社,2005年,第83页。

会的农民，而是具有现代文化的知识分子。

启蒙乡土文学之外，另一种影响乡村社会较深的是现实介入型乡土文学，其主要特点是直接书写乡村现实运动，并试图以文学的方式影响和促进这一运动，最有代表性的是"十七年文学"（1949 年至 1966 年的中国文学）。这一时期的中国乡村正在进行农业合作化运动，农民的生活和观念都受到影响。乡土文学作家的创作观念和方式也发生了较大改变，他们不再居于乡村之外，而是直接投入乡村现实之中，希望通过自己的作品对现实运动进行宣传和鼓动，从而深度介入乡村变革。比如，周立波、赵树理等很多作家都在现实生活中落户于乡村，真正深入到生活第一线。在思想观念上，作家们具有强烈的现实介入意图。如柳青的《创业史》就体现了与时代思想的高度契合："写社会主义思想如何战胜资本主义自发思想，集体所有制如何战胜个体所有制、农民的小私有制。"[①] 在一定程度上说，现实介入型乡土文学与政治启蒙乡土文学具有一致性——希望以文学来感召农民、启迪农民，呼应现实。但是，它们也有着显著的不同。现实介入型乡土文学直接深入乡村内部，全面细致地描写乡村现实运动，也较广阔地展现了乡村生活场景；叙述的主要基调不是批判，而是肯定和赞颂；以农民为潜在读者，在文学形式上更为贴近农民的阅读习惯，生活气息相当浓郁。

虽然乡土文学存在启蒙和现实介入的不同方式，但它们并不是截然对立的，而往往是互相杂糅乃至相互交融的。特别是进入 20 世纪 80 年代后，作家们的创作目的、创作方法都更为丰富，很少呈现单一方向。20 世纪 80 年代的乡村改革文学可以看作是文化启蒙和现实介入二者的结合。一方面，作家们往往对乡村生活有很直接的体验，对农民的欲求有深刻的感受，因此表现出强烈的现实介入意识，试图传达出农民改变贫穷现实的愿望。比如，路遥创作的《平凡的

----

① 柳青：《在陕西省出版局召开的业余作者创作座谈会上的讲话》，孟广来、牛玉青编：《柳青专集》，福建人民出版社，1982 年，第 34 页。

世界》现实意识非常明确，"从感情上说，广大的'农村人'就是我们的兄弟姐妹，我们也就能出自真心理解他们的处境和痛苦，而不是优越而痛快地只顾指责甚至嘲弄丑化他们"①。另一方面，这些作品在创作立场和艺术倾向上表现出对启蒙文学传统的高度继承，其在乡村边缘逡巡，既有乡村内部的关怀，又有对乡村的俯视式批判。朴素的乡村文化气息和知识分子的文学特征往往同时体现在同一部作品之中。以赵树理为例，他是乡土文学历史上最具有现实关怀意识的作家，他的作品基本上都是站在农民立场上的，为农民代言，表达农民的现实欲求。赵树理说："贫穷和愚昧的深窟中，沉陷的正是我们亲爱的同伴，要不是为了拯救这些同伴出苦海，那还要革什么命？"②

　　改革开放以来，特别是 20 世纪 90 年代建立市场经济体制以来，乡土文学的文化和现实态度更为复杂，对乡村的书写方式也发生了较大变化。总体来说，作家们试图以文学介入、影响乡村现实的愿望逐渐趋弱，自我表现的色彩更为强烈。一个典型的表现是，真正致力于再现乡村现实生活的作品逐渐稀少，以《土门》《秦腔》等系列长篇小说为代表的乡土文学作品大多关注乡村文化问题，传达的是对乡村文化嬗变的感喟、叹惋和悲悼。此外，还有一个思想倾向是对乡村文化的批判色彩削弱、认同色彩增强。这一点，在 20 世纪 80 年代初就有所体现。王润滋的《鲁班的子孙》、张炜的《一潭清水》都表现出了对乡村文化伦理变异的强烈忧虑，蕴含着对传统伦理较多的认可和依恋。

---

① 路遥:《早晨从中午开始》,《路遥文集》第二卷, 陕西人民出版社, 1993 年, 第 67 页。
② 戴光中:《赵树理传》, 北京十月文艺出版社, 1987 年, 第 156 页。

尽管乡土文学在乡村变革的不同时期起到了不同的作用，但仍然具有一定的短板和局限

乡土文学对中国乡村变迁的影响是毋庸置疑的。其中，思想启蒙乡土文学的主要读者在知识界，其影响在乡村之外，最大的影响结果是整个中国社会对乡村的基本认识——对乡村文化的否定性认知，大家耳熟能详的"小农思想"和"阿Q精神"就是典型。当然，思想启蒙乡土文学的影响力不可能始终都在乡村之外，它以各种方式进入乡村内部，特别是通过接受现代文化教育的青年农民对自我的精神体认，有效地促进了乡村文化的自我更新，使其朝着现代方向转型和发展。

与思想启蒙乡土文学基本一致，政治启蒙乡土文学的社会影响也主要是在乡村之外。在文化水平较低的中国近代社会中，真正通过阅读某部乡土文学作品而走上革命道路的农民为数不多。但在整体上，政治启蒙乡土文学的思想符合现代革命"农村包围城市"的基本理念，与乡村的政治革命之间有着内在的契合，其社会影响深远。现实介入型乡土文学的影响则更切近于乡村本身，对乡村现实变革具有直接的作用。比如，《创业史》《山乡巨变》《三里湾》等文学作品，深刻影响了农民特别是青年农民对待合作化运动的态度，进而让他们更多地了解到城市和现代文明，这为乡村社会的开放及其走向现代文明提供了更广阔的视野。

尽管乡土文学在乡村变革的不同时期起到了不同的作用，传达了现代文明对乡村生活烛照的精神光芒，但从总体上看，在波澜壮阔而深邃复杂的乡村变革中，无论是从外在乡村政治层面，还是从内在农民自身层面，乡土文学的作用还是有限的，而且，其中一些作品还引起人们的反思和检讨（最突出的是对"十七年文学"的反

思）①。具体来说，笔者认为以下两点是值得思考的：

其一，思想独立性和多元性的匮乏。启蒙思想是乡土文学的主导方向，这是符合社会发展大趋势的。但是，现代性本身是非常复杂的概念，文学应该以自身的细致和丰富展开这种复杂，态度和方式都不应该是单一的，而应该是多元的。但是不可否认，大多数启蒙乡土文学作品都是对乡村的现代发展思想和政治方向简单的迎合，真正独立的思想相当匮乏。当然，也有一些值得肯定的作品，如以沈从文等为代表的"文化怀乡"作品，其表现出了对现代性的批判性思考，体现了充分独立的思想意义，对于促进对乡村文化和乡村生态的深度认知具有启迪意义。遗憾的是，表现这种思想主题的作品数量并不多。现实介入型乡土文学表现出同样的缺憾。一个显著的表现是，其基本停留在对现实政策服务的层面，缺乏批判性和超越性。如"十七年文学"就只有对农业合作化运动的完全赞颂和鼓动，却很少对问题进行批判性揭示。尤其是其视角充分集中于现实政治，却忽略了当中的人——农民，缺乏对农民真实生存状况和精神世界的深切关怀，远离了文学应该以人为中心的基本原则。也正因为如此，在时过境迁之后，当社会学界充分认识到农业合作化运动存在许多弊端时，文学界也就产生了对这一时期乡土文学价值的批判性思考（当然，这一创作是受时代客观环境的限制，并非没有自身的存在价值，不应该进行简单的批判和否定）。

其二，乡土文学的农民接受效果较差。乡土文学要真正对乡村社会产生较大影响，一个很重要的基础就是要被大众阅读和接受。只有这样，它才可能具有真正的深度和持久性。然而这一点却正是百年乡土文学的集体缺陷。早在20世纪30年代，就有针对这一问题的严峻批评："五四的新文化运动，对于民众仿佛是白费了似的。五四式的新文言（所谓白话）的文学，只是替欧化的绅士换换胃口

---

① 最突出的是对"十七年"乡土文学价值的反思。事实上，对这一文学价值的认定已经成为中国当代文学研究中争议很大的部分之一。

的鱼翅酒席，劳动民众是没有福气吃的。"[①]此后的发展中，虽然有过像"十七年文学"那样与农民相对密切的"蜜月时期"，但总体上乡土文学与乡村之间依然是有隔膜的。即使是鲁迅这样的乡土文学大家，《阿Q正传》这样的优秀作品，也很难说真正进入了乡村，为农民所熟悉。包括被认为在乡村中接受效果最好的赵树理，都表达过这样的失望："过去我写的小说都是农村题材，尽量写得通俗易懂，本意是让农民看的，可是我做了个调查，全国真正喜欢看我的小说的，主要是中学生和中小学教员，真正的农民并不多。"[②]赵树理的这段话虽然说于某一个历史阶段，但用以概括乡土文学整体也完全适合。

乡土文学与乡村关系问题的思考与探索

经历百年洗礼，当前的中国乡村社会已经呈现出与传统乡村社会的巨大差异，同时也滋生出一些新的问题，最突出的是文化状况。当前乡村正处于文化转型的重要时期。一方面，曾经长期在乡村中占据重要地位的传统伦理文化正面临消解。经历了漫长政治运动的冲击，传统伦理文化基础已经非常脆弱。与此同时，市场经济进入乡村，面对汹涌而至的消费文化，乡村基本上处于不设防状态，传统伦理文化受到巨大冲击，在一定程度上仅仅依靠惯性和权力限制而存在。另一方面，真正的现代文化还没有很好地进入乡村。现代文化缺失的状况不仅局限于乡村，只是乡村的状况更突出一些。当市场经济到来，乡村被卷入都市文化的洪流当中，农民更容易处于被动状态，其接受水平、心理需求都没有被充分地考虑。当然，农民的生活状况和精神需求也在不断发生改变。对于今天的农民来说，物质生活已经不是第一需求。他们维持日常生活已经普遍没有困难，

---

① 瞿秋白：《大众文艺的问题》，《文学月报》1932年创刊号。
② 戴光中：《赵树理传》，北京十月文艺出版社，1987年，第438页。

更需要解决的或者说是对其生活更重要的是精神上的愉悦和满足。还有一个情况是，随着农民文化水平的普遍提高，其传统的文化和审美趣味正在消失，正在趋同一般大众。

当前的乡村社会比以往任何时候都需要文化建设，文学需要承担的任务也更为急迫。乡土文学必须借鉴之前的经验和教训，适当调整和改变自身，才能更好地适应现实要求。特别是以下几个问题，长期困扰着乡土文学与乡村社会的关系。对其进行深入和独立的思考，是推动乡土文学发展、突破乡土文学与乡村社会关系现有困境的重要前提。

第一，乡村文化与现代文化的关系问题。这一问题关系到乡土文学在进行乡村叙述时应该采取的立场或者方式。更准确地说，在对乡村文化批判启蒙的现代性方向之外，是否还有其他方式可以采用（这关联的是乡土文学的基本思想方向）。

毫无疑问，人类社会的整体方向是朝着现代性发展。正如传统乡村生活方式要被现代生活方式所取代，传统农业文明在主体上很难再有独立生存价值。这是大势所趋，没有人能够阻挡。但是，传统农业文明是否完全丧失了存在价值？这是很值得商榷的。在人类文明中，有很多因素是具有跨时代意义的。最简单的如人与自然的关系问题。在农业文明中，人较多受自然制约，基本与自然保持和谐的关系。现代社会不断发展，人拥有了更多控制自然的手段，但与自然和谐相处仍是人类生存的主要前提。再如发展的问题。传统农业文明具有安于现状、不求改变的特点，其不足之处明显，但以发展为唯一目标的思维方式也必然给人类带来巨大恶果。当前人类社会在生态、生存和精神等方面出现危机，都是这一行为观念的后果。所以，乡土文学作家需要突破既有的文化观念，在现代性与反现代性以及现代性的多元内涵和价值观念上，进行充分的思考和多元的艺术表现。其中，在农业文明背景下滋生的中华传统文化具有深刻而丰富的启迪价值——启迪不是固守，而是激发起创新性的思考。这样的思考不仅能够提升乡土文学的思想高度，也可以对中国乡村社会变革产生较大影响。

第二，乡土文学如何保持与乡村现实的关系？这是一个复杂的两难问题，应该努力寻求二者之间的协调和平衡。一方面，文学应该具有对乡村现实的关怀意识。人文关怀本就是文学的重要精神基础，乡土文学关注乡村现实和农民生存具有充分的必要性。另一方面，文学应该适度与现实拉开距离，不能完全成为服务现实的工具。文学现实关怀的中心是人文关怀，也就是对人的关怀。如果文学过度介入现实，成为现实宣传品，则很可能迷失自我，丧失独立性。因此，作家们应该对自身的责任和能力有清醒的认知，即作家不是乡村建设的专家，文学作品不是乡村建设的方法，其只能以个人性的方式去观察和思考乡村，这些思想可能会对民众心智和乡村建设有所启迪，却不一定完全适合在现实中具体落实。

另外，文学对社会作用的方式多样，不是单纯的某一种。就乡土文学与乡村现实变革的关系而言，它当然可以直接关注现实，但也可以选择予以回避，转而提供一些与现实无关，但生动鲜活的故事或者通俗流畅的诗歌，给农民日常生活以娱乐和消遣。这样的作品，只要其主题积极、正面，能够丰富农民的精神文化生活，就完全具有存在和推广的意义，是在以另一种方式进行乡村文化建设。事实上，当前乡村最缺乏的就是这种功利性较弱、娱乐性较强的文化作品。

第三，乡土文学究竟如何才能进入乡村？乡土文学要充分发挥其作用，拥有一定的读者是不可缺少的前提。那么，如何才能让乡土文学进入乡村，进而实现其对乡村社会的影响力？文学形式是人们反复讨论的层面。因为农民的文化水平普遍较低，难以接受现代文学形式，因此，在审美形式上对农民的适当妥协和靠拢是不可缺少的。但笔者以为，一定不能因此而放弃文学的现代姿态，更不能放弃自己的思想标准。如果完全迁就农民的思想和审美习惯，文学也就失去了真正的存在意义。

对于乡土文学来说，更有意义的是：不仅要使农民接受，更要具有丰富的文学价值。以诗歌为例，传统民歌是中国诗歌发展的重要资源，也完全可以赋予现代诗歌以新的生命力。同样，民间故事也具有自身的价值。莫言在小说叙述上借助民间故事获得了创新和成功，足以给乡土作家们以充分启迪。从这个层面来说，文学改变乡村，并不是单向度的事情，其与乡村审美文化之间应该是互相影响和互相改变的关系。当然，这不是要求文学离开现代性方向，对传统和民间文学（文化）的汲取主要在于其精神而非具体的方法。①

事实上，乡土文学的乡村接受效果强弱，重要的影响因素是作家的创作态度和作品的书写内容。文学接受是一种心灵的交流，只有作家投入了真诚和热爱，才可能得到读者的认同和回报。比如，赵树理、路遥等广受农民欢迎的作家无一不对乡村和农民投入了强烈的感情。②此外，只有作品内容真正反映农民所关心的问题，表达农民内心最深处的渴求，其才能被农民所关注和认可。正如赵树理所说："所谓'大众立场'，就是'为大众打算'的意思，但这不是主观上变一变观念就可以解决的问题，因为各阶层的生活习惯不同，造成了许多不易理解的隔阂，所以必须到群众中去体验群众生活。劳苦大众的生活，比起洋房子里的生活来是地狱，我们必须得有入地狱的精神。"③一些学者将赵树理的广受欢迎归因于"加强了同人民之间的联系，使人民在这些人物的声音中听到了说的是自己，在他们的形象和思想感情上找到了自己的理想"④。这方面的经验值得今天的乡土作家们深刻思索。

① 贺仲明：《传统文学继承中的"道"与"器"》，《文艺争鸣》2018 年第 8 期。

② 李建军：《从自反批评看两位晚熟作家的新作》，《粤港澳大湾区文学评论》2021 年第 1 期。

③ 赵树理：《小更正》，《新民报》1950 年 1 月 14 日第 5 版。收入董大中主编：《赵树理全集》第 4 卷，北岳文艺出版社 2000 年版，第 191 页。

④ ［捷克］普实克：《赵树理和中国民族文学》，［日本］荻野脩二、［美］马若芬等著：《赵树理研究文集》下卷，中国文联出版公司，1998 年，第 278 页。

当前，中国特色社会主义进入新时代，我们在中华大地上全面建成了小康社会，历史性地解决了绝对贫困问题，农村现代化取得显著成绩，农村的经济发展水平以及农民的生产生活水平都得到了空前的提高，因而更需要乡土作家们承担历史重任，书写乡村振兴战略取得的崭新成果。

为什么读经典？

——兼谈我的文学批评观

关于文学经典阅读的话题，很多人谈过。宁宗一先生几年前就写过一篇标题差不多的文章，钱谷融先生也曾经特别谈过读经典的问题，我从事文学批评和文学研究工作，主要从文学批评角度来谈这个问题。因为在创作界，作家们阅读经典、学习经典的意识都非常强，绝大多数作家在谈自己创作经历时，都会谈到文学经典对他们的滋养和启迪。但在文学批评和研究界，人们谈经典问题相对比较少。在我看来，文学经典阅读对文学批评、文学研究也特别重要。

一、文学经典阅读对文学批评和文学研究的意义

主要体现在三个方面：第一，从经典阅读中感受文学的乐趣。文学的重要价值之一在于审美，优秀文学作品的阅读是对心灵的滋养，也是一种美的享受。经典是经历漫长时间淘洗留存下来的最优秀的文学作品，阅读它们肯定最能让人感受到文学的魅力，享受文学之美。此外，在经典阅读中，我们的人生也能够得到滋养和塑造。特别是在青年时期，我们处在心智发展时期，经典阅读能够改变、深化我们的心智。因为经典往往具有丰富的可阐述性，能够在思想、知识、审美上给以深刻的启迪，陶冶我们的情操，挑战我们的思想成见，让我们更具有思想洞察力，也变得更阳光、温暖和善良。我们常说"教学相长"，阅读文学经典过程也是一个帮助我们心智和审

美能力成长的过程。

第二，阅读经典能够提高文学鉴赏力。经典阅读是文学评论和文学研究的重要训练过程。经典作品能够树立优秀文学的标杆，让我们体会到真正好的作品是什么，进而提高鉴别能力，辨析作品的好坏优劣。只有比较，才能有鉴别。只有读过优秀经典作品之后，你才会感受到一般作品与它的距离。而且，通过阅读不同经典，你可以体会到文学之间的多样性——由于经典的高度，这种多样性往往是具有创造性、代表性的，不像普通作品较多模仿性，缺乏真正的独特性和创造性——知道文学评判没有绝对单一的标准，不同的风格类型都可能抵达文学的高峰。

所以，阅读经典一定要有高远视野，不要局限在自己的研究范围内。比如研究中国现当代文学，就不能只读现当代文学作品，还要读世界文学、中国古典文学的经典作品。因为只有读了这些经典作品，才具有宽阔的视野和评判高度，才能在中国文学史、世界文学史的背景下，更准确地认识到现当代文学作品的个性和特点，评判它的得与失。

第三，阅读经典能够更好地认识文学史、理解文学史。从某种程度上说，一部文学史就是一部经典作品史，文学史就是文学经典的关联史和发展史。从长远背景上说，文学史就是一个淘汰的过程，一些为数并不太多的经典构成了文学历史。把这些经典进行全面的了解和阅读，也就能对整个文学史有大体的认识和理解。另外，文学史也是一个相互影响的历史。特别是经典作家作品，可能对后世文学有长久的影响，在后代作家作品中看到它的影子。所以，弄懂了一部文学经典的特点，明了其传播和接受史，也就从一个角度对文学史有了很深入的认识。如果能够了解多部经典的相关情况，一个人的文学史素养就很可观了。

二、什么是经典，我们要读什么样的经典

文学经典数量很多，对经典的理解也存在一些需要明确之处。

一方面，要认识经典的相对性。当然存在绝对意义上的经典，如中国的《诗经》，西方的《荷马史诗》，这个无可争议。但也有一些经典具有争议性。比如有世界文学经典与民族文学经典的差别。某些作品只是在一定民族或时空范围内被视为经典，而另一些作品则可能是在世界范围内具有经典地位。二者其实并无简单的高下之分。也就是说，并非世界文学经典一定高于民族文学经典，因为其中关涉到诸如民族特性、文学翻译等多个问题。这里不展开论述。当然，正常情况下，能够成为世界性经典的作品，都是很优秀的。

另外，近年来，人们对"经典"的使用开始宽泛化，不同于以前——很严格地认为只有经历漫长时间淘洗之后才能被称作经典。现在我们谈中国现当代文学的经典，严格地说还不能说是完全意义上的经典，因为它们的历史还不长，还没有经过严格的完整的经典化过程。但我们现在习惯说现当代文学经典，在某种程度上应该是可以的，当代文学也可以有经典。只是这里"经典"的意义具有相对性，它的准确意义是指在现代或当代范围内具有典范意义的优秀作品。它是一个漫长经典化过程的阶段，一个经历了初步淘汰的经典准备阶段。文学批评和研究运用这一概念具有一定合理性。

另一方面，需要明确经典的绝对性，也就是经典之所以成为经典的原因。对于这个问题，学术界也存在争议。因为不同的社会发展阶段，不同的民族国家，都有自己不同的经典标准，很难做到完全一致、绝对统一。就我个人的理解，以下三点是构成文学经典的重要标准：

第一，对人类生存境遇有深刻的关怀和揭示。人类生存于世，

既有丰富的意义，也有艰难和困境，以及一些现实问题。对人类境遇有深刻的认识，揭示出生存的本质，表达对生命的尊重、热爱，以及对生命有限性的叹惋，都是其表现。特别是对社会问题的批判性揭示，对弱者的同情，对社会不公正的鞭挞，以及强烈的悲悯精神，是其中很重要的内容。这当中还应该特别提到理想主义色彩，也就是正面的、积极的人生观。文学让我们更加热爱生活，对生活充满希望和期待，而不是悲观和绝望。美国作家福克纳在诺贝尔文学奖致辞中的概括非常深刻而全面："作家的天职在于使人的心灵变得高尚，使他的勇气、荣誉感、希望、自尊心、同情心、怜悯心和自我牺牲精神——这些情操正是昔日人类的光荣——复活起来，帮助他挺立起来。诗人不应该单纯地撰写人的生命的编年史，他的作品应该成为支持人、帮助他巍然挺立并取得胜利的基石和支柱。"

第二，对时代的深刻展示，并对时代有所超越，呈现出深刻的思想启迪性。任何作品都是具体时代的产物，所以，对其时代的揭示是最基本也非常重要的。因为任何抽象的思想和精神都只能通过具体的个体来体现。文学作品深刻揭示时代，也就蕴含着更丰富的内涵，具有对时代的超越性。优秀的文学作品，虽然都是以具体时代为背景和书写内容，但其蕴含的思想却超出了时代和事件本身，具有超越时空的更普泛意义。

所以，经典作品的思想往往在其时代中处于前沿位置，甚至远远超越其时代。这也是为什么不少经典作家的作品在其时代中并未得到认可，只有在时过境迁之后，其价值意义才得到充分认识。同样，真正的经典作品，其思想永远都不会过时，而是能够跨越时空，给不同时代人们以思想启迪。比如《诗经》中否定战争的作品，思想朴素，却充分立足于人的立场，是对人本身价值的尊重和维护。这种思想超越其创作的具体时空。同样，《诗经》中歌吟爱情、友情、亲情的作品，也蕴含人们对美好情感的期待和赞美，是人类永恒的精神恋曲。

第三，成熟或具有创造性的艺术性，呈现出文学作为语言艺术的独特美感和创造性审美价值。文学从本质来说是一种以语言为载体的美的艺术，所以，文学经典的艺术品质是很重要的方面。个别作品甚至完全凭借艺术性而赢得经典地位。语言是文学的基础，所以，文学作品中语言的运用非常重要。当然，文学的艺术性还包括各种文体的特点。不同文体具有不同的美学个性和美学要求。比如诗歌的意象、节奏、音乐美，小说的情节、人物美等等。文学之美是它让人愉悦、吸引读者的重要前提，也是文学经典不可缺少的重要因素。除了艺术上的成熟，创造性也非常重要。俄国形式主义学者谈过"陌生化"对文学的意义，美国学者布鲁姆也谈过"影响的焦虑"。无论是作者还是读者，都希望在文学中感受到创造性的魅力。文学也是在作家们不断地探索和创新中得到丰富和发展的。所以，有些作品，尽管在艺术上并不太圆熟，但凭借其对传统的大胆突破、强烈的艺术个性而获得广泛认可，从而步入文学经典的殿堂。

从这个意义上说，阅读文学经典也应该有所选择。比如，个性就会影响读者对经典的选择——有些作品很经典，但不一定符合你的审美习惯和阅读期待，不一定对你有所裨益。我以为，经典阅读既需要开放性、多元性，也可以兼顾读者的个人兴趣、阅读习惯。这样才能在经典阅读中获得最大的收获。

三、阅读经典的方法

文学经典阅读方法与一般文学作品阅读有相同之处，也有相异之点。我以为最重要的有三点：

第一，文本细读。任何阅读都要立足于文本细读。文学之美要通过细读才能充分体现，对作品创新性的解读也是如此。比如，近年来学术界对鲁迅《秋夜》《伤逝》等作品具有新意的解读都是充分建立在细致的文本解析之上。事实上，文本细读是文学批评和研究工作的职业要求，是一种基本能力。通过文本阅读，形成对作品的基本认识，进而准确把握作品意义，对其价值进行判断，是一个优秀文学批评和研究者的重要素养。当然，这种能力不是一开始就存在，而是在阅读中训练出来、逐步提高的。

需要特别提出的是，阅读文学经典，肯定会碰到之前很多批评家、学者对该经典的解读和评论，包括作家本人对其作品的阐释。在这方面，我非常认同英国诗人、学者艾略特所说的："根据我自己鉴赏诗的经验，我总是感到在读一首诗之前，关于诗人及作品了解得愈少愈好。"[①] 阅读中非常重要的一点就是形成自己对作品的直觉，有不受他人影响前提下对文本的直接感受。所以，建议在阅读作品之前，最好不要去读其他人对该作品的评论和研究文章，特别是作者自己对其作品的讨论。否则就很容易受人影响，形成一些先入为主的观念，影响我们形成阅读作品的基本感受。

第二，深入了解作品背景。对作品形成了初步阅读感受之后，就需要对作品相关资料做多方面的细致了解，包括作家方面的材料、时代背景方面的材料，其他研究者的著述，也包括作家对其作品的自我认识、作家与作品相关的生活情况等。一方面，经典作品往往具有较为丰富的内涵，单靠文本直觉可能很难充分体会，需要结合多方面背景才能做出准确、深入的理解。另一方面，只有在了解现有学术观点的基础上，才能知道什么是创新，如何才能创新。在这一过程中，理论视角的切入非常重要。理论具有很强的思想发散性，能够启迪我们的思想，让我们更深刻地理解作品。所以，经典阅读与理论学习并行不悖，它们可以互相促进。

第三，批判性思维。文学经典是优秀的文学作品，我们当然要给予充分的尊重。但这并不意味着只能仰视和欣赏，不能有自己的独立思考。作为文学批评、研究者，所进行的不是业余阅读，而是

① ［英］托·斯·艾略特：《艾略特诗学文集》，王恩衷编译，国际文化出版公司，1989年，第72页。

专业阅读，也就是说，我们不仅仅是欣赏，还要有判断、批评和商榷的眼光，要拥有独立思考的精神。判断力是文学批评和研究中非常重要的能力，要能准确判断作品的特色、价值所在，判断作品有没有不足和遗憾。这种判断当然不是主观武断，而是要有充分的理由。这种判断的形成，需要进行反复的斟酌和论证。这也就是阅读能力训练的重要过程。

除了对作品应具有独立思考能力，对其他批评家、学者（包括那些学术大家、学术名家）的观点也要敢于进行批判性反思，持平等对话的态度。只有敢于独立思考，敢于挑战权威观点，才能具有创造性，才能有充分的创新思考。这适合于所有经典的阅读。因为任何解读都具有其相对性，只有在发展视野中，对经典的认识才会更充分、更深入。比较之下，阅读现当代文学经典时这样的态度更为重要。因为这些经典是处在建设中的、未完成的经典，相对性更强，更有反思和重构的空间。

上面谈到阅读文学经典的态度，事实上已经关联到我的文学批评观念了。因为文学经典是最优秀的文学作品，是文学的高峰，文学批评就应该以经典的标准来进行评价和期待。文学批评的终极目标是经典，也就是趋向于完美——至少是朝着这一方向，所以，文学批评大胆指出作品的缺陷是完全应当的。当然，它不应该是求全责备，而是有自己的原则和要求。其一是持多元化的标准，不能以单一标准来要求所有作家——文学本来就是丰富多彩的，硬要以某种模式来要求，显然有扼杀创造性的嫌疑；其二是持同情兼理解、充满善意的态度来进行批评。在这个意义上，文学创作与文学批评确实具有同一性，它们都是朝着优秀和完美努力，期待在其时代中能够出现伟大的作家和作品。

从批评态度上来说也是一样。前面说过阅读文学经典不应该只是抱着简单的崇敬态度，那么，对待一般文学作品，或者说对待还没有经历经典化的作品，更可以也应该持批评态度。因为我始终认为，文学批评最基本的功能是促进文学创作越来越好，是雪中送炭，而不是锦上添花。任何一个作家，对自己创作的认识都会存在盲区，很难准确判断自己作品的价值。旁观者清，一个普通读者都可能比作家本人对作品的认识准确。作为批评家，更应该发挥自己的专业性和旁观者的优势，以经典的标准对作品进行批评。

所以，我希望作家看待文学批评能够更冷静更理性。在我看来，心怀恶意和偏见的文学批评是很少的。甚至说，能够被人批评，就说明作品已经具有了一定价值，具有了值得讨论的价值。优秀的作家能够从批评中吸取有益成分，让自己变得更好。对批评家不准确的批评，大可以一笑置之。当然，批评家也需要注意自己的批评态度，特别是将批评目标针对文本与现象而不针对作家个人，以及态度尽量平和、避免情绪化语言。这样，将营造出真正以文学为中心、以促进文学发展为目标的良好批评氛围，对文学创作和文学批评都是非常有意义的促进。

第二辑

"美善相生"传统的继承与创新

——论美学意义上的孙犁

作为中国现当代文学的重要作家，孙犁的诸多方面都得到了人们较丰富的研究，包括很多学者曾指出过他的创作关注"善"，体现了中国传统伦理文化对他的深刻影响。然而，迄今为止，学术界还缺乏对孙犁创作美学的系统研究，①特别是没有将"善"与其美学特色进行关联研究。事实上，善不仅是孙犁创作的重要内容，更渗透到其审美精神中，构成他"美善相生"的审美品格。这一品格既造就了孙犁创作的深刻性和创造性，也蕴含着丰富的启迪性内涵，值得从美学角度进行深入探究。

一

孙犁创作"美善相生"的审美品格主要体现在以下几个方面：

其一，以善为美的美学观念。孙犁作品有一个突出特点，就是从善的伦理出发认识和看待世界。孙犁曾经这样谈论自己进入文学创作的初衷："善良的东西，美好的东西，能达到一种极致。……我的文学创作，就是从这个时候开始的。我的作品，表现了这种善良

---

① 阎庆生的专著和系列论文对孙犁美学思想有所研究，但其研究主要侧重于文学思想层面，较少涉及具体文学创作，而且比较侧重于孙犁的晚年思想。参见阎庆生:《晚年孙犁研究：美学与心理学的阐释》，中国社会科学出版社，2004年。

的东西和美好的东西。"①这一自述，结合评论家鲍昌对孙犁创作的概括，"对人民（主要是农民）有着深厚的爱。这种爱，我怀疑在他的思想中往往超过了他对一般政治问题的思考，从而成为他进行创作的根本契机"②，都准确地体现了孙犁文学创作的根本在于对"善"的追求，其认识世界的基本立场也是"善"。

孙犁文学创作主要包括抗日战争和土改、合作化运动等题材，与同类题材的绝大多数作家不同，孙犁很少从政治角度出发，而主要是立足于人的解放和伦理文化层面，从"善"的角度来进行阐释和书写。如其作品表达对土改运动的认识，就是基于朴素的平等、正义思想。乡村社会存在着强烈的贫富差距、人与人之间的不平等，孙犁认同和支持土改运动的重要原因，政治内涵是这一前提的附着。典型如《一别十年同口镇》，作品充分肯定了土改运动的效果，立足点就是对平等正义的实施和对道德状况的改善。所以，作品对拒绝改造的地主的否定，既有不劳而获、剥削人民的政治内涵，更是否定好逸恶劳和游手好闲等道德品质。而对那个接受改造依靠自己劳动生活的富农，孙犁就给予了肯定。③同样，《农村速写·王香菊》中贫农王香菊对地主的不满，主要针对的是财富不均导致劳动工具的不能充分利用。而革命的重要意义之一就是对人心灵的解放，"翻身"也被有意识地解读为"翻心"。④孙犁对"合作化运动"的理解也是如此。《铁木前传》之所以独特，就在于它与柳青、赵树理等同时代作家的政治视角不同，它书写的出发点是对美好人性人情的维护，关注的是人和人的关系："进城以后，人和人的关系，因为地位，或因为别的，发生了在艰难环境中意想不到的变化。我很为这种变

① 孙犁：《文学和生活的路——同〈文艺报〉记者谈话》，《孙犁文论集》，人民文学出版社，1983年，第144—145页。
② 鲍昌：《孙犁——一位有风格的作家》，《河北文学》1980年第7期。
③ 孙犁：《一别十年同口镇》，《孙犁全集》第2卷，人民文学出版社，2004年，第159—162页。
④ 孙犁：《玉香菊》，《孙犁全集》第2卷，人民文学出版社，2004年，第174—177页。

化所苦恼。"①作品中表达对合作化运动认可和支持的基础，是对财富、享受等生活方式对年轻人美好心灵腐蚀的批判和不满，是对善良、真诚等传统善的伦理受到冲击时的叹息和感伤。

孙犁的战争书写更具代表性。他之赞颂抗日战争，之表达对日本侵略者的仇恨和愤怒，都充分立足于人们日常生活、家庭亲情和民族国家等伦理层面，其内在基础是对遭受战争戕害的老人、儿童、妇女的深刻同情，是对老百姓平静生活被战争破坏的强烈反感。所以，孙犁小说中的抗战故事，都是将家庭亲情、友情、爱情与民族国家之情关联在一起，是真正将战争本质理解为"保家卫国"。孙犁笔下的抗战英雄，不只是战斗勇敢，同时还具有勤劳、善良、乐于助人等伦理品格。他所展现的军民关系，也不只是源于战争政治，更包含着家人一样的相互扶持和关爱。《碑》中那对农民老人对为保护他们而牺牲的八路军连长的感情，已经与真正的亲人没有任何区别。《琴和箫》中老人对那对少年兄妹的感情，也与祖父对孙辈的关爱和疼惜没有两样。《浇园》中八路军战士与乡村女孩的感情，更是很难辨别究竟是军民感情还是男女爱情。对此，《风云初记》非常明确地表达了对战争与人、与日常生活的密切关联："因为，有了妻子，就有了牵连，也就有了保卫她们的责任。生活幸福，保卫祖国的感情也就更加深了。"②"家乡啊！你儿女众多，你贡献重大，你珍爱节操，你不容一丝一点侵辱，你正在愤怒！"③

孙犁的晚年写作多是对"文革"等往昔生活的回顾，视角同样是以伦理为中心。孙犁在"文革"中受过很多磨难，但他的作品很少谈及自己的遭遇，也很少从政治方面来评判运动，他主要是从伦理和人性角度表达对故人的怀念、同情和惋惜之情，记叙运动中让

---

① 孙犁：《关于〈铁木前传〉的通信》，《孙犁文论集》，人民文学出版社，1983年，第543页。

② 孙犁：《风云初记》，《孙犁全集》第4卷，人民文学出版社，2004年，第286页。

③ 同上，第348页。

他感动的真诚和同情。包括对那些曾经风云一时的政治人物（如《芸斋小说》中之《王婉》《冯前》、《如云集》中之《悼曼晴》等），孙犁都很少涉及政治评价，只是褒贬其道德人品，叹惋其人生际遇。

与文学创作完全一致，孙犁的文学思想也传达出以善为中心的审美思想。这一点最典型的体现是在孙犁晚年。晚年孙犁多次表达自己的文学观念，它们基本上都是建立在与伦理道德相关的基础上，部分观点甚至是将文学作为伦理思想的化身，将教育视为文学最重要的使命。比如他这样理解文学的本质："艺术家创造出美的形象，以之美化人类的心灵，使之向善，此即谓之美育。"[1] "文学艺术，除去给人以美的感受外，都是人类社会的一种教育手段，即为了加强和发展人类的道德观念而存在。文学作品不只反映现实，还要改善人类的道德观念，发扬一种理想。"[2] 他所寄予高度认可的文学也是以善为中心："他们的吟歌，大抵是为民族，为国家，为群众的幸福前景着想。用心如此，发为语言文字，无论是歌颂、悲愤、哀怨、悲伤，从内容到形式，都出自美和善的愿望。"[3] 包括对自己一生文学创作成就评价时，孙犁也是明确的伦理道德角度："看看是否有愧于天理良心，是否有愧于时间岁月，是否有愧于亲友乡里，能不能向山河发誓，山河能不能报以肯定赞许的回应。"[4] 虽然晚年思想不能作为孙犁全部文学思想的概括，但它们与孙犁的创作整体并不冲突，而是有着内在的一致，显示他思想与创作之间的共同性特征。

其二，美善合一的文学世界。孙犁的文学世界里当然不只是善，它们也同时是美的结晶。准确地说，孙犁是以善为前提来书写美，努力保持对善的肯定和期盼，并赋予善以美好的形态。他笔下的美，也因此而具有了善的内涵，成为善的一部分。孙犁作品建构的文学

① 孙犁：《谈美》，《孙犁全集》第6卷，人民文学出版社，2004年，第284页。
② 吴泰昌：《一次愉快的对话》，《梦的记忆》，花城出版社，1990年，第37页。
③ 孙犁：《小说杂谈》，《孙犁文论集》，人民文学出版社，1983年，第208页。
④ 孙犁：《文学和生活的路——同〈文艺报〉记者谈话》，《孙犁文论集》，人民文学出版社，1983年，第151页。

世界，是美和善相统一的世界。

最典型的表现，就是孙犁一直努力发掘和书写生活中的美好，而尽量回避生活中的丑和恶。他的战争题材作品中极少写到悲剧事件，更少直面死亡和丑恶。他还多次把生活中遭遇到的不愉快事情，进行美化处理，改变其本来面目。如《山地回忆》《访旧》等作品，生活原型都渗透着世态炎凉和人情淡漠，但作者在小说中都把它们写成了美和善的赞歌。在评价其他人的文学作品时，他也是同样的态度："但是，你的终篇，却是一个悲剧。我看到最后，心情很沉重。我不反对写悲剧结局，其实，这篇作品完全可以跳出这个悲剧结局。也许这个写法，更符合当时的现实和要求。我想，就是当时，也完全可以叫善与美的力量，当场击败那邪恶的力量的。"[①] 这显然是缘于孙犁对善的珍爱，他不愿意书写善的毁灭，而是尽量赋予它良好的结局和美丽的形貌，保持其品质和尊严。

孙犁战争题材作品的人物塑造充分体现出这一点。他书写最多的人物形象是儿童、妇女和老人。在战争中，这些人无疑是弱小者。而且，他（她）们基本上都具有善良的品格，青年女性更是美和善的结合体——既具有外表美，又善良忠贞、勤劳、爱家，是中国传统女性美德的化身。孙犁通过书写战争给予他（她）们的伤害和创痛，既表达出人性关怀和怜惜的感情，也对侵略战争进行了严厉否定和谴责。但是，孙犁并没有刻意强调这些人物的弱小，更没有去渲染他（她）们的悲剧命运，而是表现他（她）们的顽强和不屈，挖掘他（她）们弱小背后的坚忍精神。如他这样书写在战争环境下被迫出生在地洞里的女孩："女孩子的第一次哭声只有母亲和那深深相隔不远的井水能听见，哭声是非常悲哀和闷塞的。在外面的大地里，风还是吹着，太阳还是照着，豆花谢了结了实，瓜儿熟了落了

---

① 孙犁：《关于〈大墙下的红玉兰〉的通信》，《孙犁全集》第5卷，人民文学出版社，2004年，第372页。

蒂，人们还在受着苦难，在田野里进行着斗争。"①这样书写被战争戕害致死的李佩钟——在牺牲前，她依然保持着美丽的形貌："她那苗细的高高的身影，她那长长的白嫩的脸庞，她那一双真挚多情的眼睛，现在还在我脑子里流连，……"②

也就是说，孙犁书写这些女性的重要意图，就是通过对她们积极乐观生活态度的渲染，赋予对善的希望和信心。这些女性既是善和美的结合体，同时又承担着以美来慰藉受伤害的善的使命，她们是善的鼓励者和期待者。这一点，与孙犁对女性的认识完全一致："二十多年里，我确实相信曹雪芹的话：女孩子们心中，埋藏着人类原始的多种美德"③，"我在农村中遇到过的那些妇女，她们并没有多少学问，但她们都能直觉地认识到斗争的实质。她们总是那么奋发、乐观、勇敢，特别是那些青年妇女。为了解放斗争，情愿献出自己最心爱的人：丈夫、儿子、情人，献出她们全部的爱"④。

孙犁作品还有一个很突出的细节特点，典型地体现出其文学世界的美善结合，那就是洁净。孙犁很多小说作品都很着意描述人物环境的洁净。特别是对正面人物生活场景的书写，他（她）们的生活环境可能是贫穷、简陋的，但无一例外是整洁干净的。著名的如《荷花淀》开头对水生嫂编席场景优美洁净特征的描述；《村歌》对双眉住所的描写也是这样："别的陈设也不多，可是拾掇打扫擦洗得明亮干净"⑤；《铁木前传》也这样书写小满儿打扫过的住所："小小的擦抹得很干净的炕桌上面，放着灌得满满的一个热水瓶；一盏洋油灯，罩子擦得很亮，捻小了灯头。摸了摸炕，也很暖和"⑥。洁净，既

① 孙犁：《"藏"》，《孙犁全集》第 1 卷，人民文学出版社，2004 年，第 104 页。
② 孙犁：《风云初记》，《孙犁全集》第 4 卷，人民文学出版社，2004 年，第 445 页。
③ 孙犁：《谈铁凝的〈哦，香雪〉》，《孙犁文集 续编 2》，百花文艺出版社，2002 年，第 174 页。
④ 吕剑：《孙犁会见记》，原载《新港》1979 年第 10 期，收入《孙犁作品评论集》，百花文艺出版社，1982 年，第 311—312 页。
⑤ 孙犁：《村歌》，《孙犁全集》第 2 卷，人民文学出版社，2004 年，第 7 页。
⑥ 孙犁：《铁木前传》，《孙犁全集》第 2 卷，人民文学出版社，2004 年，第 131 页。

是一种环境的外观，却也折射着内在的精神，它既蕴含着内在的自尊，也是勤劳品格的体现。可以说，洁净以内在的善的本质赋予了孙犁文学世界更丰富的美感。

第三，美善和谐的艺术形式。善虽然是一种伦理文化，但其内涵与美有密切的关联，其呈现关联着一些特定的艺术表达。比如说真诚的情感。中国古代的朱熹曾说："诚能体而存之，则众善之源，百行之本。"（《仁说》）韩愈也表示："欲修其身者，先正其心；欲正其心者，先诚其意。"（《原道》）西方伦理学家同样强调真诚情感与善的关系。"在舍勒看来，爱的范围涉及除道德的善的价值之外其他全部价值对象。在《论同情》一书中，舍勒强调了这一点，并且指出：一个人所具有的善的程度只取决于他所付出的爱的程度。"① 显然，真诚情感与善之间具有内在的和谐与统一。同样，正如《论语》所说："巧言令色，鲜矣仁。"（《论语·阳货》）庄子也说过："为善无近名。"（《庄子·内篇·养生主第三》）善的表现往往采用温和、轻柔、内敛的方式，与暴烈、凶猛、张扬是相对立的。

孙犁作品的艺术表现与善的内涵有着高度的和谐和统一，最突出的是强烈情感色彩。孙犁曾经明确表示过对文学作品感情真实的认同："所谓感情真实，就是如实地写出作者当时的身份、处境、思想、心情，以及与外界事物的关系。"② 他的作品也充盈着强烈而丰富的情感色彩。他曾这样阐释自己的抗战小说："我写出了自己的感情，就是写出了所有离家抗日战士的感情，所有送走自己儿子、丈夫的人们的感情。我表现的感情是发自内心的，每个和我生活经历相同的人，就会受到感动。"③ 确实，将自己感情与人物感情融为一体，甚至直接对作品中的人物和生活抒发感情，是孙犁小说作品的

---

① ［美］弗林斯：《舍勒思想评述》，王芃译，华夏出版社，2003年，第47页。

② 孙犁：《关于散文创作的答问》，《孙犁全集》第7卷，人民文学出版社，2004年，第101页。

③ 孙犁：《关于〈荷花淀〉的写作》，《孙犁文论集》，人民文学出版社，1983年，第519页。

重要艺术特点。比如《铁木前传》开头的情感表现，就是将自己的人生感喟与作品故事充分结合在一起，形成了相互呼应和感染的效果："在人们的童年里，什么事物，留下的印象最深刻？如果是在农村里长大的，那时候，农村里的物质生活是穷苦的，文化生活是贫乏的……童年啊！在默默的注视里，你们想念的，究竟是一种什么境界？"① 孙犁的晚年散文创作也具有强烈的感情色彩。其中有对战争时代战友、军民情感的深情怀念，有对一些生活弱者和苦难者的满怀同情，也有对自己某些遗憾的慨叹和惋惜，包括对自己一些往事非常坦率的忏悔。就如孙犁对文学虚假的明确否定："文学创作虚假编造，虽出自革命的动机，尚不能久存，况并非为了大众，贪图私利者所为乎。"② 这些真挚的情感，传达出孙犁对人生的多重感慨和对历史的深沉喟叹。

也许是因为对真诚的追求过于急切，孙犁晚期散文的部分篇章在表达上经常有情感溢于外，因此而存在不够含蓄深沉的特点。相比之下，孙犁早期小说在情感表现上更为成熟。这些作品感情深切，也有直接抒情，但更多是借助于景物描写、日常生活细节，无形而含蓄地传达感情，从而将真诚情感之美与含蓄蕴藉之美很好地进行了结合。

比如《荷花淀》《嘱咐》等作品，都具有强烈深刻的感情色彩，但它们的表达方式都含蓄委婉。如水生对父亲和妻子表达感情的方式都是完全生活化的语言，人物情感在日常琐事中得到体现。此外，孙犁还很擅长将情感隐藏在客观描写中。如《村歌》写老邴对双眉外表美的感受："老邴看准了她的脸，她的脸在太阳地里是那么白，眼睛是那么流动。"③ 丝毫没有描述老邴的内心世界，但细节当中却明确传达出他对美的爱慕情感。至于通过景物描写来揭示人物心理和情感，《铁木前传》《风云初记》等作品中都有非常丰富的表现。如

---

① 孙犁:《铁木前传》,《孙犁全集》第 2 卷, 人民文学出版社, 2004 年, 第 79—81 页。

② 孙犁:《读萧红作品记》,《孙犁文论集》, 人民文学出版社, 1983 年, 第 371 页。

③ 孙犁:《村歌》,《孙犁全集》第 2 卷, 人民文学出版社, 2004 年, 第 4 页。

《铁木前传》对小满儿内心苦闷的书写:"园子里有一棵小桃树,也叫流沙压得弯弯地倒在地上。小满儿用手刨了刨沙土,叫小桃树直起腰来,然后找了些干草,把树身包裹起来。她在沙岗的避风处坐了下来,有一只大公鸡在沙岗上高声啼叫,干枯的白杨叶子,落到她的怀里。她忽然觉得很难过,一个人掩着脸,啼哭起来。"①《风云初记》也将自然风景对春儿的美和单纯做了很好的映衬:"这时候,春儿躺在自己家里炕头上,睡得很香甜,并不知道在这样夜深时,会有人想念她。她也听不见身边的姐姐长久的翻身和梦里的热情的喃喃。养在窗外葫芦架上的一只嫩绿的蝈蝈儿吸饱了露水,叫得正高兴,葫芦沉重地下垂,遍体生着像婴儿嫩皮上的绒毛,露水穿过绒毛滴落。架上面,一朵宽大的白花,挺着长长的箭,向着天空开放了。蝈蝈儿叫着,慢慢爬到那里去。"②

以上可以看出,孙犁文学的美和善是密切联系在一起的。美赋予善以更好的形态和色彩,善也使美更充盈丰富,它们互相包含和呼应,又相互促进和发展。尽管孙犁的小说和散文两种文体对美和善的表现存在一定差异,作品面貌甚至具有较大反差,但对善的向往,对美的执着,却毫无疑问是它们的共同特征。特别是孙犁的小说创作,完全构成一个善与美交相辉映的精彩舞台,那些集美丽外表和善良伦理于一体的女性群体,是舞台上最亮丽的中心,而美和善的人性情感,对生活的真挚热情和强烈希望,则弥漫于孙犁文学的每一角落,呈现出真诚乐观的精神特征。

二

文如其人,孙犁的审美品格,在最外在的层面上来自他的个人品质和性格,来自他内心深处的善良,可以看作是他精神世界的充

---

① 孙犁:《铁木前传》,《孙犁全集》第2卷,人民文学出版社,2004年,第129—130页。
② 孙犁:《风云初记》,《孙犁全集》第4卷,人民文学出版社,2004年,第12—13页。

分体现。

孙犁曾这样概括自己的一生："我少年时，追慕善良，信奉道义。只知有恶社会，不知有恶人。古人善恶之说，君子小人之别，以为是庸俗之见。"①孙犁不是一个性格外向、朋友很多的人，但正如他助手的回忆，他的为人是非常善良的。②如孙犁自己所说："在运动中，我是没有按过别人的。"③看到"文革"中斗争人的场面，孙犁也是"心里非常难过"④。所以，他尽量避开各种人事纠纷，保持自己正直的人格，不做违背自己良心的事情。在当时背景下，这是非常难得的。在他晚年回顾往事的散文中，也可以充分感受到孙犁为人的善良。作品中充满对朋友的真挚关心和怀念，对被生活摧残和伤害的弱者的同情，以及对自己的严厉反思。可以说，孙犁的做人原则都是首先考虑他人，以与人为善为中心。这正如他一篇作品表达的感慨："只有寒冷的人，才贪婪地追求一些温暖，知道别人的冷的感觉；只有病弱不幸的人，才贪婪地拼着这个生命去追求健康、幸福；……只有从幼小在冷淡里长成的人，他才爬上树梢吹起口琴。"⑤

当然，作为一名作家，孙犁具有对美的热爱和敏感，他也会在理解和表达美的时候将善的内涵融入其中，或者说自觉地从善的角度出发来理解美和表现美。孙犁晚年有一篇《我留下了声音》的散文，充分表现了孙犁的这一特点。⑥作品真切传达了孙犁对美的喜爱和依恋之情，在他的理解中，人物的外表美与内在美——也就是内心的善——应该具有天然的合一。尽管文章表达了对现实的失望，但在文学世界中，这一特点却深刻而坚韧。

① 孙犁：《读〈旧唐书〉记》，《孙犁全集》第 9 卷，人民文学出版社，2004 年，第 187 页。
② 王家斌：《孙犁的与人为善》，《慈善》2018 年第 4 期。
③ 孙犁：《冯前》，《孙犁全集》第 8 卷，人民文学出版社，2004 年，第 271 页。
④ 孙犁：《书林秋草》，生活·读书·新知三联书店，1983 年，第 344 页。
⑤ 孙犁：《芦花荡·邢兰》，《孙犁全集》第 1 卷，人民文学出版社，2004 年，第 151 页。
⑥ 孙犁：《我留下了声音》，《孙犁全集》第 9 卷，人民文学出版社，2004 年，第 14—17 页。

人是文化的产物，孙犁的这些性格和行为，与他的家庭和成长环境，以及接受的熏陶和教育都有着深刻的关系。就主体来说，中国传统文化是其背后最重要的底色。孙犁童年时代受到的家庭教育，他身为地方乡绅的父亲和恪守传统伦理的母亲，都深刻地影响了孙犁的人格和审美品格。孙犁一直对父亲保持很高的尊重和深厚的感情，对母亲的启蒙教导"饿死不做贼，屈死不告状"，更是到晚年还记忆深刻。[①] 晚年孙犁对中国古代典籍的广泛阅读则更深化了传统文化对他的滋养。

具体说，孙犁审美品格的多个方面都可以看到中国传统文化的影子。比如，在最根本的以善的伦理作为认识世界方式上，就可以看到中国传统儒家思想家孟子"性本善"观念的影子。事实上，孙犁在晚年的一篇散文中，就明确表示了自己对这一观念的高度认同："中国古代哲学家，从人类的进化和完善着眼，一贯把性善作为人的本性肯定地提出。"[②] 再如孙犁从"家国情怀"角度对战争的理解，也与儒家伦理传统有着不可分割的密切关系。儒家文化强调修身—持家—治国，内在思想逻辑就是家国一体，国家是个人精神的归宿地，属于民族国家的一部分。孙犁正是立足于这样的认识，从民族国家的大善和大爱的角度出发，才以赞美的态度来认识抗日战争。而且，因为在民族抗战的背景下，人们更增添了相互依存和相互信赖的情感，人们对民族国家的感情和善良人性得到更充分的表现，所以，孙犁才表示："我现在已经快七十岁，我经历了我们国家民族的重大变革，经历了战争、乱离、灾难、忧患。善良的东西、美好的东西，能达到一种极致。在一定的时代，在一定的环境，可以达到顶点。我经历了美好的极致，那就是抗日战争。我看到农民，他

---

① 参见孙犁：《诗外功夫》，《陋巷集》，山东画报出版社，1999年，第104页。另，关于孙犁的童年记述亦可参见孙犁：《〈善暗室纪年〉摘抄》，《陋巷集》，山东画报出版社，1999年，第1—6页。

② 孙犁：《答吴泰昌问》，《孙犁全集》第6卷，人民文学出版社，2004年，第4页。

们的爱国热情，参战的英勇，深深地感动了我……"①

当然，孙犁的审美品格绝不只是传统文化的产物，而是融入了很多的现代思想和文学内涵。他作品中充盈的对弱者的关怀和对人性的关爱，既可以看到孔子"仁者爱人"和儒家"民本"思想，也渗透有西方人道主义思想。艺术上，孙犁作品对人物心理的细腻刻画，以及具有强烈抒情色彩的风景描写中，可以看到西方文学细描方法的较大影响，而其含蓄蕴藉之美，则可以看到中国传统文化的节制、谦逊与中庸美学的特点。②特别是孙犁塑造的小满儿（《铁木前传》）、双眉（《村歌》）、慧秀（《钟》）、李佩钟（《风云初记》）等具有较强叛逆个性和独立思想精神的女性形象，无论是从审美还是从精神层面，都与中国传统文化存在较大差异，主体内涵是现代西方的个性解放思想。可以说，孙犁审美品格中融合了中国和西方、传统和现代的多种元素，它们是以中国文化为主体、多文化的内在而自然结合。

这一方面缘于人类文化具有很多共同性，以善为中心的中国传统伦理文化与西方人道主义思想之间存在很多相通之处。更重要的，还是孙犁能够对中国传统文学（文化）与西方文学（文化）持客观而融合的认识态度："五四以后的新文学，倒是多接受了一些西洋的东西，这当然和'五四运动'的精神有总的关联，而且也不是徒然的。但是这样做，造成了一个很大的损失，它使文学局限在少数知识青年的圈子里，和广大劳动人民失去了联系。"所以，他对中国传统文学能够有批判地继承和学习的愿望："很多人以为中国旧小说的传统是传奇的，但仔细研究宋人话本和几部优秀的长篇，其长处还

---

① 孙犁：《文学和生活的路——同〈文艺报〉记者谈话》，《孙犁文论集》，人民文学出版社，1983年，第144—145页。

② 对于孙犁美学思想与中国传统文化的联系，阎庆生的系列论文已有比较全面细致的论述。参见阎庆生：《孙犁与中国传统美学关系之整体观——兼论孙犁晚年文学创作的现代转型》，《文艺理论研究》2005年第2期；《论孙犁崇尚"平淡"的审美意识——兼论孙犁文学创作的美学价值》，《陕西师范大学学报（哲学社会科学版）》2003年第5期。

在于丰富地反映了当时当地人民的生活，反映了很多当时的社会制
度……叫广大人民从新的认识上阅读它们，学习它们。"① 而对西方
文学，孙犁既持开放和学习的态度，但也不是一味地接受，而是有
自己的主体选择立场。比如他曾经高度评价过人道主义："凡是伟大
的作家，都是伟大的人道主义者，毫无例外的。他们是富于人情的，
富于理想的。"② 但他只对契诃夫、托尔斯泰等作家予以充分认可，对
陀思妥耶夫斯基这样较多现代意识、与中国文化差别较大的作家却
有所批评和否定。③

　　孙犁的美学品格来源于其生活经历和文化世界中，这种品格也
融入其人格中，对其生活方式、人格特征产生深刻的影响，可以看
作是他个人精神品格的外化。从生活方面说，孙犁一直对城市生活
感到烦扰，对农村生活充满怀念，就与之有所关联。一方面，在孙
犁看来，城市密切关联着物质文化，与他善和美的审美原则构成严
重冲突。他在城市生活中见识了太多的纷争和丑恶："城市是个非常
复杂的所在，人也是很混杂的，它固然可以是首善之区，藏龙卧虎；
但也可以是罪恶的渊薮，藏污纳垢。"④ 于是，他努力采取避世而居的
方式远离是非："余之晚年，蛰居都市，厌见扰攘，畏闻恶声，足不
出户，自喻为画地为牢。"⑤ 另一方面，乡村的宁静、美的自然以及往
事记忆中的人情美唤起他对乡村伦理的美好记忆，激发起他对乡村
和农民的关怀之情："我是在农村长大的，……但我一直热爱它，留
恋它，怀念它。直到现在，我已经很老了，还经常不断地做梦，在
它那里流连忘返。"⑥ 有件事可以体现。20 世纪 50 年代，在一次看到

① 孙犁：《五四运动与中国文学遗产》，《孙犁文论集》，人民文学出版社，1983 年，第
　　405—406 页。
② 孙犁：《文学和生活的路——同〈文艺报〉记者谈话》，《孙犁文论集》，人民文学出版
　　社，1983 年，第 145 页。
③ 同上，第 154—155 页。
④ 孙犁：《关于"乡土文学"》，《孙犁文论集》，人民文学出版社，1983 年，第 158 页。
⑤ 孙犁：《一九五六年的旅行》，《老荒集》，山东画报出版社，1999 年，第 132 页。
⑥ 孙犁：《文学与乡土》，《老荒集》，山东画报出版社，1999 年，第 87 页。

有关农村灾情新闻的电影后，孙犁在日记中记述了自己难过的心情：
"难过不在于他们把我拉回灾难的农村生活里去，难过在于我同他
们虽然共过一个长时期的忧患，但是今天我的生活已经提高了，而
他们还不能，并且是短时间还不能过到类似我今天的生活。"①

　　孙犁的美学品格还密切关联着其文学创作的兴盛与衰微，以及
对文体的选择和文体特征。如前所述，孙犁讴歌抗战，是因为他在
战争中看到了民族大爱和人性之善，他对美善的寻觅和赞美中寄托
着他对生活的希望，他所营造的美善世界是他生命的信心。所以，
他的创作在抗战中达到高峰。对于"文革"后的孙犁，文学之美更
成了他维系对善、对人生信心的重要方式："风雨交加，坎坷满路。
余至晚年，极不愿回首往事，亦不愿再见悲惨、丑恶，自伤心神。
然每遇人间美好、善良，虽属邂逅之情谊，无心之施与，亦追求留
恋，念念不忘，以自慰藉。"②

　　文体选择上的影响则典型体现在孙犁创作的晚期。经历过"文
革"后的孙犁，对虚假已经有了本能的反感，以至于对以虚构为特
征的小说文体都产生了拒绝的情绪，对以真实为基础的散文有了独
特的热爱。其晚年创作基本上都是散文，即使是命名为"芸斋小说"
的作品实际上也都是对生活的纪实性书写。这一点，孙犁自己有明
确的表达："看到真善美的极致，我写了一些作品。看到邪恶的极致，
我不愿意写。这些东西，我体验很深，可以说是镂心刻骨的。可是
我不愿意去写这些东西，我也不愿意回忆它。"③"这种东西（指虚伪
和罪恶。引者按）太多了，它们排挤、压抑，直至销毁我头脑中固
有的，真善美的思想和感情。……它受的伤太重了，它要休养生息，
它要重新思考，它要观察气候，它要审视周围。……假如我把这些

①　孙犁著，金梅编：《两天日记》，《孙犁自叙》，团结出版社，1998年，第221页。
②　孙犁：《我留下了声音》，《孙犁全集》第9卷，人民文学出版社，2004年，第17页。
③　孙犁：《文学和生活的路——同〈文艺报〉记者谈话》，《孙犁文论集》，人民文学出版社，
　　1983年，第145页。

感受写成小说，那将是另一种面貌，另一种风格。我不愿意改变我原来的风格，因此，我暂时决定不写小说。"①

在审美风格上，孙犁的小说与散文构成比较鲜明的反差。他的小说尽管也有感伤，但整体上无疑是积极乐观，是满怀着对生活的信心和希望的。但晚年散文创作，情绪却较为消沉，对现实的批判和幻灭感也较强。这既源于现实生活对他的影响，也可以看作是孙犁善美相生的审美品质在不同背景下的存在方式。如果说前者呈现的是强烈的美善向往和追求精神，后者则蕴含着追求无果之后的失落和虚无情绪。

三

尽管孙犁的审美品格与孙犁的个人气质具有深刻关联，并贯穿其一生创作，但它并没有得到充分完全的发挥。这主要源于外在环境的制约。孙犁一生中经历了两个大的事件，一是抗日战争，二是以"文革"为中心的政治运动。二者虽然性质有别，但在本质上与孙犁所秉持的美善精神都是对立的。战争是以武力对生命的伤害，"文革"也充满了各种暴力，构成了对许多人生命和精神上的伤害。孙犁的"美善"审美品格不能为时代所认可甚至产生冲突，就是必然的事情了。

孙犁的战争小说就有这样的遭遇。尽管孙犁的抗战作品坚定地谴责了侵略者，歌颂了保卫家园的爱国战士，但因为它以善的伦理为视角的叙述方式，侧重于关注个人而较少直面书写战争过程，更回避了战争中的残酷，因此，孙犁的小说多次受到时代的批评和责难，在文学史的评价中也长期处在边缘位置。同样，孙犁的小说与多次政治运动之间也有很多不和谐。如《秋千》《一别十年同口镇》

---

① 孙犁:《戏的梦》,《孙犁全集》第 5 卷, 人民文学出版社, 2004 年, 第 164 页。

等作品因为阶级立场问题受到批评和指责。

外在环境之外，时代还以另一种方式影响着孙犁的创作，那就是对作家内心世界的压力。孙犁从善的愿望出发，在其战争小说中努力避开战争的阴暗，寻找和挖掘战争中的爱和激情，但战争的严酷毕竟是客观存在，并不可避免地会给孙犁的心灵世界造成巨大伤害——对于孙犁这样一个以"善"为中心的敏感的，也很谨慎的作家来说，他内心自然会承受到巨大的压力。在与朋友田间的通信中，孙犁曾明确表达过这种压力："从去年回来，我的精神很不好。检讨它的原因，主要是自己不振作，好思虑……关于创作，说是苦闷，也不尽然。这主要是不知怎么自己有这么一种定见了：我没有希望。原因是生活和斗争都太空虚。"① 现实和精神的双重压力，导致了 20世纪 50 年代正处盛年的孙犁创作的中断，其重要作品《铁木前传》成了未竟之作。即使是已经完成的《风云初记》也受各种影响，未能实现孙犁的创作初衷。②

"文革"的影响更为深刻也更为复杂。一方面，艰难而残酷的生活经历，迫使晚年孙犁放弃了自己的小说创作，但更深层的影响在另一方面，也就是对其美学思想的扭曲。具体说，就是因为对现实中伦理变迁的特别敏感（也就是"善"在"文革"中的遭受摧残），他过于急迫地希望文学能够强化"善"的内涵，而失去了早期在美和善之间保持的和谐。其一些观念有些偏激，传统和伦理色彩更浓，现代和美学色彩较弱。正是在这一点上，我对阎庆生高度评价晚年孙犁的观念不太认可。尽管我也认为学术界应该更充分认识孙犁文学价值、给予孙犁更高文学史地位，但也不可忽视晚年孙犁的局限——或者说是历史给予孙犁的另一重伤害。

---

① 孙犁：《给田间的两封信》，《孙犁全集》第 8 卷，人民文学出版社，2004 年，第 459—460 页。

② 参见贺仲明：《文体·传统·政治——论孙犁的长篇小说〈风云初记〉》，《扬子江评论》2018 年第 1 期。

不能简单地责难时代。任何人都是时代的产物，也难以完全突破时代的囿限。就孙犁而言，时代对他的审美品格有所限制，但时代也是孙犁审美品格的重要促生者。特别是抗战，在孙犁对美善关系独特而深入的理解中起到了重要的启迪和激励作用。从这个角度说，孙犁审美品格与时代之间也具有一定的共生性，他的文学成就和缺陷都是不可分割的部分。而尽管孙犁的审美品格未能得到全面的发挥，但他创作中呈现出来的部分，也已经具有了相当突出的价值意义。

其一，独特而深刻的思想内涵。

文学史界对孙犁小说的美善个性、回避丑恶的特点，一直存有争议。但其实，没有完美和周全的作品，文学本就存在多种风格，任何一种特长也就同时意味着它另一方面的缺失。毫无疑问，孙犁立足于美善的文学是具有深度和厚度的。一个重要原因是孙犁的善并不狭隘，更不是简单的说教，而是善与美的紧密结合，是二者的和谐统一。所以，孙犁的审美品格回避战争血腥和死亡，貌似对"真"有所遮蔽和背离，但实际上，它们立足于人性角度的关怀精神，丝毫不违背以"人"为中心的文学基本原则，他只是以自己独特的方式切入对战争的谴责和否定，是以心灵真诚为基础对"真实"的另一种抵达。同样，孙犁的战争书写表达对抗战的歌颂，从表面看，与以否定战争为目的的人道主义思想有所冲突，但实际上，他歌颂的远非战争本身，而是那些为正义战争而牺牲的人，这些人参与战争的目的就是为了遏制战争，为了获得和平和安宁。所以，孙犁作品与反战主题并不矛盾，而是另一种表达方式而已。

孙犁独特深刻的思想内涵，使孙犁在时代文学中具有突出的意义，他既显示出独特个性，更对时代有所超越。特别是在时过境迁之后，孙犁的文学魅力更为显著，"以其所呈现的朴素大美使人不愿错过每一个字。当我们回顾《铁木前传》的写作年代，不能不说它的诞生是那个时代的文学奇迹"①。可以说，随着时间的推移，孙犁的文学影响会更加深远，他的文学地位也会更高。

其二，彰显中国传统审美文化的现代意义。

如前所述，孙犁文学审美品格从根本上是中国传统美学现代化的呈现，或者换句话说，是以传统文化为底蕴与西方文化的结合。这在根本上源于中西审美文化的相通性。中西方古代审美思想中都有将美和善密切关联的观点。如许慎《说文解字》对"美""善"的解读充分阐释了中国文化的这一传统："美，甘也。从羊从大。羊在六畜主给膳也。美与善同意。"②西方哲学和文学理论的重要开创者柏拉图也曾经说过："凡是善的事物都是美的""真理和知识都是美好的事物，而善是另外一样事物，比它们更美好"③。只是随着社会的发展变化，近现代西方文化中审美的独立性更强，像唯美主义思潮更是有意识排斥美与伦理（善）的关系。中国审美文化虽然也有变化，但始终保持与伦理之间的较密切联系。

中国现代文学接受的是现代西方文化的洗礼，在其影响下，无论在创作界还是在理论界，很多人都不认可中国传统审美思想的现代价值，将其作为传统思想文化的一部分予以否定和抛弃。毫无疑问，中国现代文学的转型是绝对必需，中国传统审美思想也确实存在过于依附伦理、匮乏独立性的缺陷，对它的扬弃非常有必要。但是，最恰当的方式也许不是简单否定，特别是考虑到中国文化的独特性，它没有宗教，而是依靠文学和伦理文化来承担民族国家的精神信仰责任。在这个意义上，孙犁文学显示了其典范性意义：它昭示出中国传统审美思想并没有完全失去意义。只要能对它进行现代化的改造，赋予它新的生活内容，与现代化思想进行深度结合，它完

① 铁凝：《怀念孙犁先生》，《人民文学》2002 年第 11 期。

② 许慎：《说文解字》，中华书局，1963 年，第 78 页。

③ ［希腊］柏拉图：《蒂迈欧篇》《国家篇》，《柏拉图全集》（增订版）中卷，王晓朝译，人民出版社，2018 年，第 820 页、第 220 页。另参见王柯平：《柏拉图的美善论辨析》，《哲学动态》2008 年第 1 期。

全可以具有新的生命力。这一意义并不突兀，也绝非偶然，从根本上说，美的重要价值之一是净化人的心灵，让人们的生活和世界变得更美好。这就像徐复观说过的："乐与仁的会通统一，即是艺术与道德，在其最深的根底中，同时，也即是在其最高的境界中，会得到自然而然的融和统一。"[①] 美与善应该并行不悖、相互促进，所以，孙犁审美品格对传统审美思想意义的彰显，在根本上来自对"美善相通"美学本质的回归。

其三，开放性改造和发展民族审美思想的方法学意义。

中国传统审美思想的现代性改造必不可少。在这当中，以开放的态度学习外来文化是重要内容。这一点，与我们引进和学习西方文化也需要经过本土化过程，是中国文学现代化的两方面内容。也就是说，我们学习西方文学（文化）的目的，是把它们融入创作和思想实践当中，是让它们与民族传统相融合，最终汇入到中国文学（文化）的传统长河。在这两者之间，如何既保持独立的主体性，又具备高度自信的开放精神，是艰难的课题。孙犁的审美品格虽然不能说完美，但无疑是很成功，也是具有榜样意义的。它以民族审美文化为主体，又学习和吸纳外来文化，使他的审美品格具有充分的开放性内涵，融会了中西文化，或者说是人类共有的以人性为基础的文化。特别是他的小说艺术，深入融汇中西审美特征，既新颖独特又有深刻底蕴，体现了深刻而高超的艺术价值。

这当中，特别值得提出孙犁审美品格对于民族文化发展的意义。因为孙犁的审美品格来自民族传统，因此能够与民族审美心理有高度契合，对人们深层文化记忆具有激活和鼓励的作用，也促进了民族文化、民族审美的文化传承。与此同时，孙犁借助西方文化，也拓展了民族文化的情感内涵，丰富人们对人性善的理解。从这个角度说，孙犁作品不像他同时期一些受到大众欢迎的作品一样，依靠

---

① 徐复观:《中国艺术精神》，华东师范大学出版社，2001年，第10—11页。

的是通俗化文学形式，更不是对大众趣味的迎合，而是真正将"普及与提高"相结合，达到了雅俗共赏的境界。这是非常值得重视的。

孙犁审美品格还具有针砭现实的意义。当前中国社会正经历从传统农业到现代工业的巨大转型，高速发展的物质文化和高科技文化潮流也给整个人类伦理文化带来了巨大冲击，社会文化产生了很多精神困境，亟待创造性的重建。在这种情况下，文学非常有必要强化其与善相一致的内涵特征，以文学的力量对抗物质文化的侵凌，维持人类的真善美追求。时代需要美善，也呼唤张扬善和美的文学。在这一背景下，孙犁的审美品格显示出与时代的高度契合，促使我们重新认识文学，对文学意义做出新的定位。这并非偶然，而是由于文学意义并非固定，它更需要适应时代发展。而说到底，任何对文学的认识都不应该脱离"真善美"的基本内涵。由此说，在有的时候，现实即永恒，永恒也即现实。孙犁的文学和审美品格充分显示出这一点。

植根于民族文化的生命思考

——论《有生》的生命观及其精神指向

生命是什么，如何看待生命，是重要的哲学问题，也是许多文学作品思考的主题。比如德国作家歌德的《浮士德》就将生命意义定位为"永不停歇的追求"，日本作家川端康成的《雪国》以"美"和"悲"作为对生命意义的概括，中国作家史铁生的《我与地坛》《命若琴弦》则表现生命的坚忍与豁达。胡学文的《有生》是一本自觉思考生命意义的作品，其以五十多万字的篇幅讲述了一个多世纪的故事，涉及多个人物的重要人生节点，表达出对生命内涵及意义的深入思考。《有生》对生命的思考既是作家胡学文的个人创造，也是中国传统哲学文化的现代呈现。笔者之前曾撰文讨论过《有生》的生命观，但进一步阅读，又有新的思考，因此想就此问题再做一些讨论。

一

《有生》生命观的最基本内涵是对生命及其坚忍品格的赞颂。这主要通过主人公乔大梅（"祖奶"）一生的故事表现出来。

乔大梅的一生长达一个多世纪，经历了从晚清到当代的漫长岁月。这漫长时光有一个突出的特征，就是艰难，甚至是残酷。社会环境是最典型的表现。作品在书写中有意识地将真实历史事件背景投射于虚拟的人物生存环境中，也就是说，近百年历史中的苦难和坎坷都弥散于笔下。

作品对自然环境的书写不像社会环境那样着力，但同样也很恶劣。作品描述了不同时期的乡村自然场景，偶尔也有比较轻松的场面，但更多展现的是大自然的灾难现象，如"干旱""白毛风""黑雨""龙卷风"等，特别是对旱灾以及随之带来的饥饿、死亡场景的书写尤为触目惊心。如这段描写：

> 从三月起，龙王爷就睡着了，没下过一滴雨。火球东升西落，日复一日。大地龟裂，如一张张饥饿的嘴巴。树叶还没伸展就枯干了，树干则白花花的，大路小路到处是逃荒的人群。……烈日炎炎，尘土飞扬，看到的每张脸不是黑的就是灰的花的。呻吟不绝于耳，号哭猝不及防，在身后或前面不远的地方，那一定是有人倒下了。那些死去的独行者没人掩埋，任由日光暴晒，发臭变干。[1]

自然环境与社会环境共同呈现的严酷特征，凸显出生命生存之艰难。主人公乔大梅的人生就很具代表性。她的母亲、父亲都死于灾难中，九个子女多数因战乱或恶劣环境而离世，最后只存活了一个孙子乔石头。她自己的生命虽然长过百年，但也是历经坎坷，多次徘徊在生死边缘。她的人生可以作为苦难与悲伤的写照。作品中的其他人物也无一例外。无论是富人穷人，男性女性，都匍匐在战争和饥荒的阴霾之下，几乎没有人能过上平静顺利的日子，许多人都横死于灾难和战争。

然而，尽管环境如此恶劣，生存如此艰难，作品并没有表现出畏缩和沮丧情绪，而是洋溢着对生命的热爱和不屈的精神。就像作品描绘自然界草木所表现出的顽强生命力："往前数步，一枝猫眼睛

---

① 胡学文：《有生》，江苏凤凰文艺出版社，2021年，第25页。

被马蹄踩折，花茎倒地，虽没完全断开，两朵花已经残碎，另有几朵虽蒙着厚厚的尘土，仍固执地绽放着。"[1] 作品展示出坚忍的生命观念，就是环境虽然艰难，但依然要坚忍地生存，珍惜和热爱生命。甚至可以说，正因为环境艰难，才更要热爱生命、珍惜生命，依靠坚忍的生命力对抗艰难、恶劣的环境。

"祖奶"乔大梅是这一生命观的突出体现。她是一个职业的接生婆，为了学习接生，她付出了超人的耐心和毅力；从事接生职业以后，为了最大限度地接引和挽救生命，不断提高和完善自己的接生技术；在自己即将临盆或者生命遇到威胁的情况下，都以为人接生作为首要任务，甚至导致了女儿夭折。在生活的重重打击下，她也曾有过动摇，但最终还是坚忍地面对苦难，坚持自己的人生目标："我不能死，必须活下去，好好地活着。死去的亲人虽多，但我要接引更多的婴孩到世上。"[2]

在乔大梅这里，生命就是最高的意义。她牢记师傅的教导："接生是积德，德没有亲疏，不分大小，不管什么人找你接生，哪怕是你的仇家，都不能推。观音在上，接生婆的一言一行，都逃不过观音的眼。"[3] 她甚至将接生工作与天命相联系："我必须尽全力将孩子平安引到世上，那是天命。天命，怎么可以违逆？我并不想为自己辩解开脱，只是想说，进入那个世界，我不再属于白果，不再属于自己。"[4] 正如此，她的生命意识非常纯粹，超越了民族、阶级等外在因素，她的接生对象既有穷苦百姓，也有富人阶层，甚至包括地方军阀和日本侵略者的家属。她的一生，接生一万多人，拯救了无数难产的婴儿和母亲，是当地的生命接引者和拯救者。

与对待接生工作一样，乔大梅也非常看重自己对生命的孕育。

---

① 胡学文:《有生》，江苏凤凰文艺出版社，2021 年，第 799 页。

② 同上，第 835 页。

③ 同上，第 205 页。

④ 同上，第 611 页。

尽管她一生坎坷，几任丈夫都不幸早逝，但当人生进入生育末期，为了能孕育生命，她已经不再考虑其他因素，只以生育为唯一目的：“东院住着任何一个单身男人，我都会嫁给他。生育的欲望强烈而又疯狂。那更像是一场战斗，冲锋的号角已经吹响，我再没有退路。”①

乔大梅的形象是坚忍生命力的体现，更是对生命的赞美。她的特殊身份，她传奇和让人尊敬的一生，使她超越了个体生命的范围。作品几次写到乔大梅的引路人黄师傅头上有观音影像的光环出现，这是一种充满敬意的象征性表达，是一种信仰和一种生命态度。乔大梅已经活了一百多岁，整个宋庄人都将她尊为“观音”，对她充满敬意。

为了充分地表达这一主题，作品通过乔大梅的感受，直接对生命进行了抒情化的赞美。这是乔大梅接生过程中所感悟到的生命之美：

> 浓重的雾包裹着我和婴孩，我看不到他，他也看不到我。但我感觉他就在对面。我屏神静气，缓缓前行，轻轻呼唤着他。终于，婴孩回应我了。我看到浓雾里晃动的光影，又往前迈了一步。雾淡了许多，我看到婴孩的轮廓，光影是从身底发出来的。孩子，我的孩子，来，靠近我！雾彻底消散，我看到婴孩在河水里，身卧粉色的莲花。我站在岸边，冲他招招手，莲花靠近岸边。我将手放在婴孩柔软的脑顶，然后由上至下抚摸着他粉嫩的胳膊和脚丫。②

上述关于《有生》赞美生命、表达坚忍生命观念的思想，已多有论述。比如谢有顺等就认为《有生》的生命观是“不轻易地向苦

---

① 胡学文:《有生》,江苏凤凰文艺出版社, 2021 年, 第 839 页。
② 同上, 第 211 页。

难妥协，一直反抗苦难；主动地承担苦难，而不是被动地忍受，这是《有生》比《活着》走得更远的地方"。"乔大梅反抗苦难、死亡的方式是不断地接生和生育。既然生命如此脆弱，既然死如此容易，那就不断地迎接新生，不断地创造新的生命"。① 笔者的观点与其略有差异，但大体上相似。

但笔者以为，《有生》在赞美坚忍生命之外，还表达出另一种态度，那就是以"顺应自然"为中心的生命观。这一生命观与赞美和珍视生命的观念并不冲突，而是紧密联系。具体而言，生命美好而珍贵，但它容易损伤，只有保持生命的本真，不执着，不贪欲，才能更好地维持生命，使其具有更旺盛的生命力。

乔大梅依然是典型代表。她是一个无言者，但却是作品自然生命观的最重要体现者。在一定程度上她代表了自然生命观，或者说是自然和不朽生命的象征。正如她自己的感慨："我已是半死之人，但我的耳朵依然好使。我能听见夏虫勾引配偶的啁啾，能听见冬日飞过天空的沙鸡扇动翅膀的鸣响，能听见村庄的呓语，亦能听见暗夜的叹息。"② 她虽然长年躺在床上，但头脑清晰，生命始终保持润泽状态，连死神都对她说："你已经越过生死的界限了。"③

乔大梅的思想观念充分体现顺应自然的特点。尽管她一生遭遇许多苦难和仇恨，但她表达的却是对仇恨的宽容和化解："父亲暴尸荒野，我孤寒绝望时，恨不能长出毒蛇的牙齿饿狼的利爪；在接生的路上遭遇歹徒，我祷告上苍碎其筋骨残其耳目；守着被子弹射穿的骨肉，我想变成利刃穿透凶手的喉咙；甚至我撅在台上，拳脚、唾骂、痛斥如冰雹砸落，我也生出过愤怒与怨恨。但我终是选择了原谅。"④

① 谢有顺、李浩:《"有生"之痛及其纾解方式——读胡学文的〈有生〉》,《小说评论》2021 年第 4 期。
② 胡学文:《有生》,江苏凤凰文艺出版社,2021 年,第 886 页。
③ 同上,第 938 页。
④ 同上,第 803 页。

二

《有生》的自然生命观除了用乔大梅的人生呈现外，更通过她与其他人的对比得以展现出来。

《有生》的艺术结构具有纵向与横向交织的特点。纵向是乔大梅的人生故事，也就是她作为"祖奶"的历史形成过程；横向则是其他村民的现实故事，二者不断交叉推进。有学者用"伞状结构"来形容小说的结构，就是乔大梅的故事作为伞骨支撑起作品主体，而其他人的故事则作为支架。但笔者以为，乔大梅的故事与其他村民的故事构成的不是主次关系，而是对比关系。也就是说，作品以敬仰的态度叙述乔大梅的故事，而对其他人的故事则是俯视和批判态度。如果说乔大梅故事所传达出来的是对生命的敬重，那么，在其他人故事中传达出来的则是对生命欲望的揭示和批判。在这一正一反强烈对比背后体现的，就是自然生命观念。

作品书写了除乔大梅之外，诸如喜鹊、麦香、毛根、杨一凡等各种各样的生命故事，它们有一个共同点，就是欲望。这些人物故事都由欲望所推动，也陷入欲望的陷阱当中。具体说，这些欲望包括物质的贪欲、情感纠葛、名誉的追慕等等。如果按照中国传统的佛家思想，人生有"八苦，即生苦、老苦、病苦、死苦、怨憎会苦、爱别离苦、求不得苦及五取蕴苦"①，"八苦"说法出自梁简文帝《菩提树颂（并序）》："悲哉六识，沉沦八苦，不有大圣，谁拯慧桥。"《有生》中的人物虽然不能简单与上述内容一一对应，但基本上都有所涵盖和体现。生之苦和死之苦不用说了，作品多处细致描绘了生育之艰难和痛苦，以及各种死亡的惨状；除老、病之苦外，也有李二

---

① "八苦"说法出自梁简文帝《菩提树颂序》："悲哉六识，沉沦八苦，不有大圣，谁拯慧桥。"（清）严可均撰，冯瑞生审定：《全上古三代秦汉三国六朝文 全梁文（上）》，商务印书馆，1999年，第139页。

妮、麦香等人无法生育的痛苦；作品最突出的，是对"怨憎会、爱别离、求不得及五取蕴"的书写，即无法避免和化解的恨与爱的情感困扰，以及难以满足的欲望和执着追求之苦。这体现在作品的多对人物关系中——如罗包和麦香，曾经经历艰难的爱情过程，但成婚之后却日久生厌，最终成为仇人；喜鹊与乔石头则是两人暗中互相爱恋，却在误会中陷入罪恶，致使两人都深陷痛苦；至于如花跟钱玉的爱，毛根对宋慧的眷恋，以及李二妮对乔大梅、花喜鹊对母亲白凤娥的仇恨，乔石头念念不忘为祖奶建庙以及沉溺于报仇，杨一凡与养蜂女交往带来的痛苦，都充分体现出人生执着之苦。

种种欲望带来人生的痛苦，背离生命自然的原则，也与生命本身构成对立。所以，所有这些人物与乔大梅的人生形成了鲜明对比。比如，李二妮、麦香、宋慧都不具备生育能力，如花也是怀孕两次都以小产告终，乔石头一辈子没有结婚，花喜鹊也没有生育。构成典型对比的是罗包和麦香两人成婚多年没有子嗣，但罗包与安敏一结合就很快生育了两个孩子——安敏的自然沉静与麦香的强烈躁动构成鲜明对比。显然，过于强烈的欲念和执着是造成李二妮、麦香、如花等人不幸的根本原因。同样，过强的欲念，也导致他（她）们难有持久健康的生命力。如杨一凡常年陷入焦虑中，钱玉、花丰收、白凤娥等或者早逝或者身陷囹圄。作品结尾处借"死神"之口清晰地表达出这样的理念："其实，生还是死，都由自己决定"[1]，欲望直接关联人的生命长短和质量，顺其自然才是最好的态度。

从更高层面说，乔大梅的生命观与整个社会历史也构成对比。如前所述，百年历史中有着灾难和死亡，在它们的背后隐藏的是无尽的欲望。作品中反复出现的"蚂蚁"意象，既是灾难的象征，也是欲望的象征。也就是说，作品中的灾难与欲望是密切相连的，它们共同推动着历史，生命的过程也带来了无尽的痛苦和灾难。比如

① 胡学文：《有生》，江苏凤凰文艺出版社，2021年，第937页。

植根于民族文化的生命思考

作品书写乔大梅父母死亡时，都反复描写了蚂蚁的肆虐，而当暮年的乔大梅感受到人们内心中的各种欲望，预感到灾难时，也无数次出现了"蚂蚁在窜"的念头。特别是当听到乔石头忏悔自己侮辱喜鹊的往事时，她的感受更是强烈："蚂蚁的大军杀出来，在我的头上、脸上、后背、前胸，在我的手臂和大腿上奔走。让蚂蚁吞噬我吧！"[①]

　　通过乔大梅与其他人之间的强烈对比（部分人物之间也构成对比，如前述麦香与安敏的对比），作品彰显出乔大梅以"顺应自然"为中心的生命态度。如作品多次叙述乔大梅和她的孙子乔石头的观念分歧，包括如何看待仇恨，是否建造"祖奶庙"等方面。乔大梅主张化解仇恨，坚决反对造神的建庙行为，都代表了顺应自然、克制欲望的观念。再如作品还书写了如何处理人的天性问题——罗包从小就反应慢，父母希望改变这一点，于是找到乔大梅。但乔大梅却反对任何改变，其理由是人各有天性，应顺其自然发展，不要强制："祖奶抬起头，看见了吧，石头朝下落，羽毛往天上飘，各有各的性，为什么非要拗着来？"[②]

　　当然，作品的自然生命观并不是完全否定人的欲望，只是主张控制欲望，努力让人回到理性和自然的状态。所以，作品借人物方鸿儒之口表达："纵观古今，纵观世界，人类自直立行走以来，从刀耕火种到机器革命，再到互联网时代，确实是突飞猛进，瞬息万变。生存环境、生活方式包括情感方式的变化，都是颠覆性的。但有一样至今没有改变，人类仍被欲望掌控，所谓名缰利锁，难以排遣恐惧、贪婪、悲痛、哀伤、恼怒，自然也有欢愉、爱慕、吸引，但往往也成为恐惧与仇恨的根源。""欲望也是历史进步的一个因素，摆脱欲望的控制是好，但没有欲望可能更糟。北雁南归，那就是雁的欲望。鸟类尚且如此，何况人类呢？"[③]"欲望控制适度，困扰自然就

---

① 胡学文：《有生》，江苏凤凰文艺出版社，2021年，第921页。
② 同上，第239页。
③ 同上，第782—783页。

少些。……信仰，特别是坚定的信仰是可以让灵魂安宁。"①

正因为如此，作品对村民们的欲望不是单纯批判，而是持一种以悲悯为中心的审视态度，理解和无奈是其核心。作品中，乔大梅多次幻想自己化作鸟类，飞翔在天空中俯察大地众生，但现实中，她却处于无言也无法行动的状态，只能在内心表达自己的愿望和情感。也就是说，她渴望说服那些被欲望纠结、缠绕的村民们，让他们摆脱欲望之苦，但实际上却无能为力。包括她自己，在面临多次艰难生活打击之后，也有自杀离开人世的打算，最后选择通过幻想在天上飞翔，来实现自己对生活的逃离。在这方面，乔大梅和与她心灵最相通的孩子白杏，共同表达了乔大梅坚忍生命力之外的另一方面，就是对生活的无奈超越，也可以说是一种妥协。这也是《有生》自然生命观的内在张力。

> 不接生的日子，特别是夜晚，很难熬，亏得有白杏。我合上眼睛，她便闪出来。有时在高空，有时在屋顶，有时她就站在窗台上。那多半是约我飞翔的。……白杏这样说，犹如施了魔法，我顿时身轻如燕，跟着她飞过河流飞过草地飞越大山。……我在飞翔中进入梦乡，入梦仍然在飞。从梦到梦，没有距离，难分界限。②

对比是《有生》表现自然生命观的重要艺术方式。除此以外，它还采用了更直接的艺术表达方式。最突出的是使用了大量富有感性色彩的生活描写。《有生》的生活世界充满艰辛和痛苦、死亡和血泪，但它并没有沉溺于苦难当中，给人以悲观绝望，而是洋溢着生活的热情。除了得益于乔大梅形象的坚忍存在，还在很大程度上充溢着爱和温情气息的生活画面。它们就如同黑暗中的一道光亮，使

---

① 胡学文：《有生》，江苏凤凰文艺出版社，2021年，第783—784页。
② 同上，第828—829页。

沉重的生活有了色彩，也使作品的情感基调得以中和，回归到平和、自然的效果中。

如对如花和钱玉感情生活的描写：

> 钱玉奔跑过来，半揽了她，一颗火球从场院弹射到空中，嘭——流光溢彩，如流星般妖艳璀璨。不知钱玉什么时候准备了烟花。九朵球状花朵一一炸开，有的如菊花，有的如牡丹，有的如芍药，有的如粉莲。①

再如书写罗包对麦香的相思场景：

> 就像蝴蝶落在花朵上闭拢双翅，又像羽毛亲吻大地，轻得不能再轻，但罗包立即睁开眼睛，仿佛受到了暗示。他不会立即开灯，而是仰望着某处，窗户或顶棚。麦香总会从黑暗中浮现，掰豆腐的神情，扯豆皮的动作或边舀豆腐脑边嘬嘴巴的样子，及瞪眼、大笑、哀叹，她的五官上演着一出出或熟悉或陌生的舞台剧。②

在生活描写上，作品也注意营造广阔的自然世界，作为自然生命观的宏大背景。也就是说，作品对生活的书写非常丰富，包括现实和想象，真实与虚幻，自然与超自然，都采用相同的笔法，把它们融为一个整体，从而构成了一个人与自然、真实和虚幻相融合的世界。在这样的世界中，自然生命观也得到了合理的体现。

---

① 胡学文：《有生》，江苏凤凰文艺出版社，2021年，第74页。
② 同上，第247页。

三

在《有生》的背后，隐含着深刻的生命哲学，就是以中国传统儒、道、释思想为中心的文化观念。其中包含着较强的民间文化色彩，但不局限于民间因素，而是多方面的综合。

《有生》对坚忍生命的赞颂，就蕴含着中国传统哲学思想，特别是儒家文化的特点。家族文化是儒家伦理文化的核心，从根本上说，生命是家族文化的基石，因为只有生命的不断繁衍和赓延，才能保证家族文化的传承。所以，儒家文化一直持重生的生命观。如孔子就说过："天地之性，人为贵。"① 荀子也指出："生，人之始也，死，人之终也，终始俱善，人道毕矣。故君子敬始而慎终。终始如一。"② 孔子和曾子还明确强调生命与家族文化的关联："身体发肤，受之父母，不敢毁伤。"③ "身也者，父母之遗体也。行父母之遗体，敢不敬乎？"④ 正因如此，孟子的"不孝有三，无后为大"⑤ 观念在中国各个阶层中广泛流传，成为家喻户晓的口头语。

在重视生命的基础上，中华文化也特别强调和肯定生命的坚忍特征。如《周易》中的"天行健，君子以自强不息"⑥ 早就广为人所称道，儒家经典《论语》所表达的"士不可以不弘毅，任重而道远"⑦，

---

① （清）皮锡瑞撰，吴仰湘点校：《孝经郑注疏》，中华书局，2016 年，第 69 页。
② （清）王先谦撰，沈啸寰、王星贤整理：《荀子集解》，中华书局，2012 年，第 349 页。
③ （清）皮锡瑞撰，吴仰湘点校：《孝经郑注疏》，中华书局，2016 年，第 13 页。
④ （汉）郑玄注，（唐）孔颖达疏，龚抗云整理：《十三经注疏·礼记正义》，北京大学出版社，1999 年，第 1555 页。
⑤ （汉）赵岐注，（宋）孙奭疏，廖名春、刘佑平整理：《十三经注疏·孟子注疏》，北京大学出版社，1999 年，第 210 页。
⑥ （魏）王弼注，（唐）孔颖达疏，李申、卢光明整理：《十三经注疏·周易正义》，北京大学出版社，1999 年，第 10 页。
⑦ （魏）何晏注，（宋）邢昺疏，朱汉民整理：《十三经注疏·论语注疏》，北京大学出版社，1999 年，第 103 页。

"不患无位，患所以立。不患莫己知，求为可知也"① 也广为传颂。特别是儒家传统的象征人物孔子，他从壮年到暮年，一生都在为自己的人生目标奔波，而且秉持的是"知其不可而为之"②的精神理念，典型地体现出入世追求和坚忍不拔的人生观。

《有生》以自然为中心的生命观具有道家和佛家的思想色彩。道家思想以"自然"为生命观的中心，强调"道法自然"。《庄子》就明确将人类生命与大自然生命密切关联，将人性与自然天性视为一体："天尊，地卑，神明之位也；春夏先，秋冬后，四时之序也。万物化作，萌区有状；盛衰之杀，变化之流也。夫天地至神，而有尊卑先后之序，而况人道乎！宗庙尚亲，朝廷尚尊，乡党尚齿，行事尚贤，大道之序也。"③并将人类生命的出生和消亡视作正常的自然流转："死生，命也。其有夜旦之常，天也。人之有所不得与，皆物之情也。"④"且夫得者，时也，失者，顺也，安时而处顺，哀乐不能入也。此古之所谓县解也。"⑤正因为如此，道家文化认为人应该顺应自然规律、节制欲望。这一思想在佛家和儒家思想中也有相关的表达。只是佛家的人生观念更为消极，在避世无争的思想中包含着强烈的隐忍和柔顺的文化色彩，强调对欲望的否定和克制；而儒家思想虽然不完全否定人的基本欲望："凡人有所一同：饥而欲食，寒而欲暖，劳而欲息，好利而恶害，是人之所生而有也，是无待而然者也，是禹、桀之所同也。"⑥但坚持强调"礼"的节制和约束，将"中庸"作为思想核心。

正如中国传统文化的儒、道、佛思想不是割裂而是复杂地交织，特别是民间文化更是将三种思想融合到了一起，我们也不能将《有生》的生命观与具体的某一思想做简单对应。同时我们也应该注意

---

① （魏）何晏注，（宋）邢昺疏，朱汉民整理：《十三经注疏·论语注疏》，北京大学出版社，1999年，第51页。

② 同上，第200页。

③ （清）郭庆藩撰，王孝鱼点校：《庄子集释》，中华书局，1961年，第469页。

④ （清）郭庆藩撰，王孝鱼点校：《庄子集释》，中华书局，1961年，第241页。

⑤ 同上，第260页。

⑥ （清）王先谦撰，沈啸寰、王星贤整理：《荀子集解》，中华书局，2012年，第63页。

到，对生命的尊重和热爱并非中华民族文化的独特思想，一些民族文化也强调生命与自然关联的观点。但是，《有生》将赞颂坚忍生命与顺应自然的生命态度予以融汇，毫无疑问是植根于中国传统文化。由于生命观是一种关联人类生存本质的思想，所以，《有生》的生命观中传达出的不仅是生命态度本身，还包括中国文化的独特世界观。这些丰富的思想内容在《有生》中得到形象生动的表达，也是对中国社会历史和大众生活的描述，呈现了一幅具有浓郁中国文化色彩的文学画卷。无论是内在思想还是外在生活，它所展现的中国印记都是非常清晰和深刻的。

这并非说《有生》的思想观念是单一和封闭的。它也融汇了丰富的现代特征。如在思想内涵上，它就包含着强烈的生命关怀、人性思考等现代性精神。特别是艺术上，作品表现出更为鲜明的现代色彩。无论是其叙述中广泛采用的意识流手法，还是时空交错的艺术结构，都是现代文学技巧的充分体现。这种现代与传统、民族性与世界性的结合，使作品呈现出高度融合的思想和审美色彩，雄浑驳杂，又富有张力。

《有生》的生命观具有更广泛的方法意义。笔者认为，中国文学需要表现出独特的思想艺术个性，才能在世界文学之林中具有自己的创造性价值。而只有深厚的思想文化传统才能孕育出真正创造性的思想和艺术个性，只有独立民族文化与其他文化的开放和交融，才能够有创新和发展。如果是简单而盲目的模仿，即使再巧妙、再精致，都永远不可能产生真正的创造性。所以，虽然不能说《有生》的生命观就是完美的，包括在艺术上，它也存在着人物和故事过于庞杂的缺点，但可以肯定的是，它的思想深深扎根于中华民族的大地上，是作家思想与民族传统智慧的创造性结合，是独特、深邃和富有创造性的。即使将其置于世界文学范围来考量，其独特的中国文化和地域色彩也足以显示出鲜明个性和思想深度。这应该是《有生》最值得自豪之处。

力量之美与融合之美

——论红柯的文学史意义

2018 年，在听闻红柯骤然去世的消息后，我在微信朋友圈上发了一条信息，认为未来文学史会给予红柯比今天更高的地位。到今天，我依然坚持这一看法。这不完全在于红柯作品本身所达到的高度，还缘于他的创作在当代中国文坛的独特性。红柯为当代中国文学提供了具有探索性的审美和思想景观，具有很强的创新和启迪意义。

一、力之美

红柯小说最引人注目的美在于其力之美。这具体表现在三个方面：

其一，对人类生命力的赞颂。生命力的最外在表现，就是强大勇武的力量，能够克服困难、获得胜利的能力。红柯作品，特别是早期作品，较充分地展示了这种力量。比如这是对充满力量的英雄人物的描绘："顶天立地站着的只有一个人。那就是大力士海布，跟熊一样黑乎乎站在草原上，像是草原鼓起的一块肉疙瘩。"[1] 再如《西去的骑手》中的马仲英，个人能力非凡，充分体现了人类的勇武之气。此外，《乌尔禾》中的海力布，也是力大无穷，充满着男性的英

---

[1] 红柯：《帐篷》，《金色的阿尔泰》，花山文艺出版社，2001 年，第 143 页。

雄气质。《大河》的主角虽然是熊，但作品对熊的力量进行了富有神话色彩的描述和赞颂，并将之与人类进行关联，表达的同样是对生命力的赞颂。

当然，勇武之力只是生命力的外在特征，更深层的内涵应该是坚忍顽强的生命意志。对此，红柯显然体会很深，在《我的西域》中，他就表示："在新疆，男性并不是真正意义的雄性，甚至算不上生理意义上的男人，在新疆人的词汇里，男人总是跟血性跟强悍连在一起。"[①] 所以，红柯赞颂的力之美的核心不是外在力量，而是内在的自由精神，是对独立的追求和对世俗的反抗，是一种坚持的勇气和韧性。

《西去的骑手》的马仲英最为典型。从世俗胜负来说，马仲英最终失败了，但这丝毫没有影响他在作品中光彩照人的形象气质。一个重要原因就是作品完全不是从世俗利益角度出发，恰恰相反，作品渲染和彰显的是超越现实的英雄主义精神。虽然马仲英有好的家庭出身，完全可以按部就班去升官发财，但他拒绝了这样的生活方式，甚至不将战争胜负作为最终追求，而是志在追求生命的自由和率性，活出人生的灿烂与辉煌。作品对马仲英的人生和行为进行了传奇式的书写，也赋予他以强大的精神力量，或者说一种高居于现实之上的强大生命力——作为一种艺术方法，作品还塑造了他的政治对手盛世才作为比照。盛世才也曾很有血性，但后来逐渐蜕变得狡猾和世故。他在与马仲英的战争中成为胜利者，但从人格精神来说却完全败给了马仲英，甚至内心深处对马仲英也充满了钦佩和敬重。

红柯的其他多部作品也表达了同样内涵。《金色的阿尔泰》的主人公永不满足自己的既有生活方式，始终在对独立和自由的追求中，他的人生就是一个拒绝平庸、追求自由的过程。《乔儿马》也如此。

---

① 红柯：《我的西域》，《中国民族》2001 年第 4 期。

主人公长期一个人孤独地生活和工作，在很多人看来难以忍受，但是，他乐于这样生活，因为这是他自由选择的结果，也是他最喜爱的生活方式。

如此对生命力的赞颂，对生命意义的理解也自然有所不同。也就是说，在红柯作品中，生命的价值意义在于是否拥有灿烂和自由，在于是否表现出真正的力量，而绝对不在于时间的长短。所以，红柯作品阐述了对生命与死亡的独立理解。对于他的许多人物来说，死亡并不让人恐惧，它只是生命的自然结局，只要生命过程足够精彩，完全可以从容面对死亡，死亡也会高贵而美丽。在多篇作品中，红柯这样阐释死亡："死亡在他身上简直就是一首诗，是一种生命最高层次的享受。"[1]"高贵的生命不会死亡，我们必将在植物中复活。"[2]《西去的骑手》更是对马仲英的死亡过程进行了刻意的浪漫诗化，赋予了美丽而辉煌的品质："骑手继续向黑海深处滑行，水面裂开很深很宽的沟，就像一艘巨轮开过去一样。后来骑手也消失了，骑手消失时吐完了所有的血，海浪轻轻一抖，血就均匀了，看不见了。"

上述对生命力的赞美书写在红柯早期作品中表现得最为突出。20 世纪 90 年代末，红柯离开新疆，回归家乡陕西，小说创作的背景和表现方法都有所改变，但他对力的讴歌却始终延续，只是换了一种方式而已。他较少像之前一样对生命力进行直接的赞颂，而是通过对那些缺乏力的精神和人物的否定，借助对比和批判的方式来进行表现。

《太阳深处的火焰》就是如此。作品主要揭露当代知识分子群体的腐朽、自私和强烈功利性，以及农民文化和官场文化中的劣根性，对当代社会文化进行了全面的否定和批判。而矗立在作品背后，作为思想前提的，就是生命力。换言之，在作者看来，缺乏强大生命力就是当前社会文化最根本的症结。作品以强烈的对比手法来表

---

① 红柯：《泉鸣》，《扎刀令》，西安出版社，2018 年，第 74 页。

② 红柯：《金色的阿尔泰》，《金色的阿尔泰》，花山文艺出版社，2001 年，第 51 页。

达这一主题。新疆姑娘吴丽梅是自然和生命力的象征，她的同学徐济云曾经为她的生命力所吸引，但二人存在着本质不同。于是，在对城市生活深感失望下，吴丽梅告别城市，来到新疆一个边远县城生活，并在自然滋养下保持着健康的身心，而徐济云则在世俗生活中日益沉沦，完全堕落为物欲利益的奴仆。通过对二人的鲜明对比，作品明确表达了对自然生命力的歌赞主题。

其他重要作品，如《生命树》《少女萨吾尔登》《喀拉布风暴》等主题也都相类似。它们都展示了充满生命力的西部自然和精神，充分对照内地现实和精神世界的委顿。所以，红柯后期作品的题材内容虽然与早期作品有别，但精神倾向却高度一致，对力之美的歌赞也构成红柯小说从始至终的重要思想特征。

其二，对大自然的讴歌。在与人类相关的世界中，生命形态最丰富、生命力最自由放纵的地方是大自然。红柯要赞美生命力，最合适的场域无疑也是大自然，也许有一定偶然性，但我认为更是内在精神的强烈吸引。红柯在青年时期来到新疆，在中国这一地域最广袤、自然生态条件也最好的地方，红柯度过了生命中最美好的岁月，而新疆也成了他文学创作的永恒背景。这一点，红柯自己有过表述："初到新疆，辽阔的荒野和雄奇的群山以万钧之势一下子压倒了我，我告诫自己：这里不是人张狂的地方。在这里，人是渺小的，而且能让你强烈地感觉到自己的渺小与无助。"[1] 也有学者进行过评论："新疆对红柯而言不是地理概念，而是一种状态，一个梦想，如诗如歌如酒浑莽博大纵逸癫狂。"[2] 确实，红柯在新疆自然世界里找到了生命力的最佳表现对象，他的作品也充分地赞颂了自然。

红柯赞颂自然主要有两种方式，一种是对自然的细致描绘和直接的情感抒发。红柯几乎所有小说都有对新疆自然世界的描绘，这些描绘内容广泛，充分展示了自然之美，更对自然世界的自由本质

---

① 红柯：《敬畏苍天》，上海人民出版社，2002年，第9页。

② 李敬泽：《飞翔的红柯》，《羊城晚报》2007年1月22日。

和蓬勃生命力进行了充分渲染，最具代表性的是其早期作品，宽阔无边的大草原、险峻的高山、无垠的戈壁、纯净的蓝天、飒爽的雄鹰和骏马、自由烂漫的牛羊，以及同样自由豪爽的草原人，共同构成了具有强烈个性色彩的自然文学世界。对于自然，作者也毫不掩饰自己的喜爱和赞美，强烈的抒情色彩洋溢于作品的每一个角落。与此同时，作品还广泛借助神话、传说和大胆想象等方式，采用夸张、荒诞化的艺术手法，充分展示自然的超人魅力和力量，比如《喀拉布风暴》对沙漠植物地精强大男性生殖力量的书写，就是一个典型例子。可以说，红柯小说中的自然书写是如此之普遍，热爱和赞美的情感色彩是如此之强烈，用"自然崇拜"来形容应该很合适。

另一种是将自然与人相结合，歌颂人性保持的自然特征，批判人性对自然的异化。红柯笔下的自然固然本身就具有充分的美和力量，但作者显然更在以自然来关联人。所以，在红柯的小说里，人与自然密切相连，甚至是浑然一体的关系。人类与山川草原、树木牛羊一样，都归属于自然，与整个自然世界共存，而且，自然具有人类所无法企及的力量，也是人类力量的源泉。所以，红柯作品中的不少人物就是由自然哺育成长起来的"自然之子"，一些人甚至可以直接与动物对话；同样，红柯也赋予了自然世界以人性，许多动物乃至植物都被拟人化，既有灵性又充满人情。这一点，就像这篇作品对人与自然关系的描绘："石头从山坡上延伸到他房子里，就像山坡伸出的两条胳膊。山把胳膊盘在这片开阔地上，他就很自然地睡在山的怀抱里。"①

红柯作品中体现人与自然关系密切融合的典型代表，是一些女性形象。红柯作品中的女性形象有个成长和转换的过程。他早期作品中的女性往往是男性力量的崇拜者，不独立呈现出力量和价值，但是，在创作成熟期的作品中，女性形象承担了完全不同的功能。

---

① 红柯:《乔儿马》,《金色的阿尔泰》,花山文艺出版社,2001年,第195页。

比较起男性，她们更密切地联系着自然，甚至被暗示为具有灵性的自然的象征。也因此，她们经常成为男性精神的支持者，是他们力量的来源和激发者。当然，她们自身更充分体现出对自然的追寻和向往态度，是自由生命更执着的追求者。

红柯的多部作品都塑造了这样的女性形象，比如《乌尔禾》中的燕子、《喀拉布风暴》中的叶海亚、《少女萨吾尔登》中的张海燕等等。她们的成长都曾接受自然的哺育，自身也充分表现出对自然的热爱，甚至在一定程度上是自然的象征，最终也融入自然的世界中。典型如燕子，她是一个被人类遗弃、由自然哺育长大的女孩，长大后，她一直不满于世俗生活，始终在追求另一个世界的途中，所以，她的两任丈夫都很爱她，却无法真正得到她，因为他们都是世俗者，而她则是属于自然。叶海亚也是如此。她最初拒绝代表现代城市生活的孟凯，被张子鱼的强烈自然气息所吸引，是因为她本身就与自然有着密切的精神亲缘。正是受到她魅力和精神的感召，孟凯的身心发生了很大变化，成了自然精神的倾慕者和追求者。张海燕的形象更是明确，她就像作者在创作谈中所说的："古老的周原不能医治周健，周健那个来自天山巴音布鲁克草原的蒙古族婶子金花用卫拉特人的歌舞《萨吾尔登》来医治周健，周健美丽的未婚妻张海燕就成了天山雪莲的化身。"[1]红柯塑造这些女性，实质上都是在表达一种关于自然的思想观念，那就是对自然的赞颂，以及人应该保持自然的生命力、融入自然。

其三，宏大的艺术构架。艺术是精神气质的结晶。红柯的小说表达强烈的力之美，他的小说结构也体现出同样的追求趋向，最典型的表现，就是对宏大艺术构架的追求。

红柯是一个创作效率很高的作家，在其二十多年的创作生涯中，写作了七部长篇小说和大量中短篇小说。他的作品一直都有很宏阔

① 红柯:《从草原歌舞到关中神韵：我和我的主人公》,《少女萨吾尔登》,北京十月文艺出版社，2015年，第378页。

力量之美与融合之美

143

的主题，包括对生命意义的探寻、文化的价值选择与融合等。他前期的"天山系列"长篇小说《西去的骑手》《大河》《乌尔禾》就典型表现出对史诗艺术的追求，后期的长篇小说《喀拉布风暴》《少女萨吾尔登》《太阳深处的火焰》等，也同样试图通过主题的反复渲染，构建对某一主题的宏大建构和思考。

其作品的内容也具有同样特色，特别是长篇小说，几乎每一篇作品的内容都非常丰富。它们融入了古今中外、历史现实、神话传说和虚构想象多层面内容，纵跨人类现实社会、自然世界、超现实等多个时空，涉及《老子》《庄子》《山海经》《楚辞》《福乐智慧》《突厥语大词典》《蒙古秘史》等中外多民族传统典籍，包含对哲学、音乐、舞蹈、历史、宗教等多重文化的展现和思考。

在艺术形式层面也是如此。红柯小说大多采用多主角、多人物故事的叙述方式，有着多重故事构架和丰富的人物设计，叙述的时间跨度大，空间也非常广阔，往往是对几代人、多个地区生活的展现，显示出叙述方法上纵横捭阖、汪洋恣肆的特点。这些作品都有着丰富的、广阔深邃的意象，如草原、沙漠、骆驼、白云、羊群等，包括《少女萨吾尔登》中着力渲染的蒙古族舞蹈，充分呈现出生命的博大、壮丽和自由，体现出对复杂思想主题的探索。这些内容，与多样的人物和复杂的故事一道，共同构成红柯小说广袤、深邃的文学世界。

以《西去的骑手》为例，这是一部纯粹的"英雄传奇"，带有古代英雄史诗的强烈印记。作品以虚实结合的笔法，叙述了马仲英短暂而富有传奇色彩的一生，其中不无神化和夸张的艺术处理。由于主人公故事本身就具有传奇性，其战争经历又丰富复杂，当时的中国社会又处在混乱之际，因此，作品既是人物传奇，又充分反映了那个时代社会生活的斑驳图景，体现出一些时代史诗的特征。再如《生命树》，虽然以女学生马燕红的故事为主要线索，但内容涉及古代神话传说、地方文化风习，以及各个年龄层次的多人生活故事，时间和空间跨度都很大。显然，作者的意图不在于讲述具体哪一个人的故事，而是在阐释一个"生命树"的思想理念，而其庞大、丰富的文本构架中，蕴含着作者强大而驳杂的思想意图。

二、融合之美

关于红柯小说力之美的论述，特别是关于新疆自然、文化对红柯作品审美影响的论述已经很多，上面所谈的并不完全是我的新见。只是与大多数观点不同的是，我以为，红柯作品虽然以力之美引人注目，但它并不能构成红柯小说的独特审美个性，甚至它并非红柯最深层和本质的审美个性。更具本质性，也更能够代表红柯审美特征的，是融合之美。也就是说，力之美是红柯作品最显著的审美特征，但它更多只是表层和外在，其真正内核不是单一，而是一种融合。这具体体现在以下几个方面。

首先，是力之美与情感美相结合的美学内涵。红柯小说赞颂力之美，但其"力"的内涵是很丰富的，对力之美的表现也不是孤立的，而是结合着对情感世界的深切关注和细微表达，无论是对人的描写，还是对自然界动植物的描写，都细腻地展示其心理和情感世界。比如，《美丽奴羊》以拟人笔法写被宰杀的绵羊的细腻心理，《金色的阿尔泰》写儿童对自然世界的新鲜感受，以及《乔儿马》《太阳发芽》写父亲对儿子的满腔深情等，都赋予了作品中的力之美以丰富的情感力量，增加了感染力。典型如《乌尔禾》中的海力布，他既是勇武男性力量的充分体现，也是对爱情执着、情深意重的人物典型。他年轻时在战场上负伤，一个护士为了救他而牺牲了，他铭记这段情感，以一辈子不结婚的方式来进行守护，并对所有女性都始终保持着崇敬和关爱之情。

这种情感融合最突出的是对男女感情的书写。红柯小说多写男女感情，其中渗透着作家对生命、文化的深刻思考，但情感本身的描绘也很委婉细腻，非常感人。比如《金色的阿尔泰》写丈夫与妻子的诀别场景："她是营长的媳妇。大家在抢救她时才发现她是个大肚子，营长跪在她跟前，营长已经不会说话了，他媳妇惊喜地告诉他：'我们有孩子了。'他媳妇流下泪，阿尔泰女人的泪一直含在眼睛里的，现在流出来了，他媳妇说：'我不想死。'营长就把玉米塞进她的伤口，她说：'我们的孩子。'"[1] 这段描写既传达了作者对于生命融入自然的理解和对生命力的深刻思考，同时也对人物感情做了非常真切细致的刻画，具有很强的艺术感染力。

其次，是外刚内柔的美学风格。刚是红柯小说的自然特点。他作品中的人物和风景都来自北方，强健广袤是其自然特点，但这种风格并不单一，而是内涵丰富，因为他对这些人物和景物的描绘笔法都非常委婉柔和，富有强烈的抒情色彩。因此，在书写对象和艺术笔法之间就具有了强烈的对比色彩，其艺术上也就呈现出刚柔相济的丰富特征。比如《喀拉布风暴》所描绘的沙漠红柳和女性美，就既有北方自然景物的雄强生命力气息，又有内在的优美：

> 要命的是红柳的形象，怎么看都像是少女脸上羞涩的红晕，散发出意味深长的幽香。红柳的花朵是粉状的，如梦如幻飘浮在婆婆迷离的树冠上，那种美艳让人无法正面迎视。[2]

> 孟凯从反光镜里看到睡眠中的陶亚玲身上有一种水晶一样透明柔弱易碎令人爱怜的美。……他一下子感受到陶亚玲身上那透明的水晶所散发的巨大的冰凉……只有中亚腹地的喀拉布风暴所挟带的冰雪才有这么强悍的冰凉，冰雪被风搅动着，奔腾飞翔呼啸，刀子一样，所到之处，大

① 红柯:《金色的阿尔泰》,《金色的阿尔泰》,花山文艺出版社, 2001 年, 第 51 页。
② 红柯:《喀拉布风暴》,重庆出版社, 2013 年, 第 29 页。

地成为雅丹，人陷入爱情，那一刻冰雪成为火焰。①

这就像红柯所描绘的北方山峰：

> 它跟任何山都不一样，它是从北亚大草原到中亚大草原中间慢慢隆起来的，牧草从远处来，从四面八方来，来到阿尔泰，牧草就高起来，牧草捧着各色各样的花，到阿尔泰，草原花就自然地排列组合成图案向高处蔓延，就这样从牧草和花的海洋里伸展出灰蓝色的岩石，那些石头和天空连在一起，坡度平缓，畜群会不自觉地吃草吃到天上。②

红柯小说的艺术意象也具有这种美学特点。典型如燕子意象，这是红柯在多部作品中反复书写的动物意象，《乌尔禾》中的女主人公名字就叫"燕子"，《喀拉布风暴》也这样描述燕子："燕子是天空的眼睛""燕子是沙漠的海""燕子像晶莹的泉水，闪闪发亮，就像飞蹿的流星，清爽迷人"③。一般来说，燕子意象具有较丰富的南方色彩，具有轻盈灵动的审美色彩。但在红柯的文学世界里，燕子却与高山、草原、天空、沙漠等北方宏阔意象融为一体，呈现出独特的审美效果。正如研究者所言："燕子既是存在作家心灵深处的'理式'世界的燕子，也是'现实'世界中活生生的动物意象燕子，还是'艺术'世界的哈萨克民歌《燕子》和爱情信物燧石燕子。"④

再次，是广阔与灵动相融汇的艺术形式。红柯小说虽然着力表达力之美的主题，书写内容驳杂，艺术架构宏阔，体现出对崇高和

① 红柯:《喀拉布风暴》，重庆出版社，2013 年，第 300 页。
② 红柯:《金色的阿尔泰》，《金色的阿尔泰》，花山文艺出版社，2001 年，第 3 页。
③ 红柯:《喀拉布风暴》，重庆出版社，2013 年，第 50 页。
④ 巩杰:《论红柯〈喀拉布风暴〉的审美追求》，《小说评论》2014 年第 6 期。

壮美美学的追求，然而，其具体的艺术表现却很复杂，既有宏大阳刚的一面，又融合有阴柔细致的美学，艺术风格具有一定的张力。正如有学者将红柯小说的叙事特点概括为"笨拙化叙事与诗性效果的完美结合"，在"质朴、简明、清澈的叙事风格"中"凝聚起一种美的力量"。[①]红柯的美学特征外在刚强，内在却是柔弱的，最典型的是语言与结构上的张力。红柯的小说结构宏大，充满力的态势，但具体的语言表达却以细腻抒情见长。特别是在风景描写和人物描写上，运用的语言都细致入微，充满抒情色彩。一些中短篇小说，如《美丽奴羊》《金色的阿尔泰》等作品，几乎可以看作是抒情写景散文。

在文体上，红柯小说也具有类似特点，这表现在他的长篇小说艺术上。红柯的长篇小说结构上都繁复庞杂，蕴含对史诗小说的艺术追求，但客观说，达到的效果并不突出。除了《西去的骑手》等个别作品外，绝大多数长篇小说的艺术结构存在明显不足。作品人物虽多，但没有完整密切地整合；故事之间未能形成更高的合力，它们更像是一些短篇小说的组合，而不具备长篇小说的整体感和博大感。[②]真正能够代表红柯小说创作风格，将小说结构、抒情艺术与细致描摹方法完美结合的，是中短篇小说。甚至包括红柯最优秀的长篇小说《西去的骑手》在内，很大程度上也是源于两种风格的融合。也就是说，作品虽然追求史诗艺术特征，但实际上，马仲英的理想主义气质具有强烈的浪漫主义气息，这一气息与作品的细腻抒情笔法有着内在的和谐，从而在张力关系中实现了内容与文体的独特和谐。

① 于京一、吴义勤：《神性照耀乌尔禾——评红柯的长篇新作〈乌尔禾〉》，《小说评论》2008年第3期。
② 关于红柯文体上的优缺点，贺绍俊在1999年的座谈会上就指出过，之后，白烨和我也都表达过同样的看法。见赵熙、李敬泽等：《回眸西部的阳光草原——红柯作品研讨会纪要》，《小说评论》1999年第5期；白烨：《元气淋漓　王气十足》，《绿洲》2000年第4期；贺仲明：《红柯论》，《钟山》2003年第1期。

最后，也最根本的，是文化上的融合。红柯艺术风格与其个人气质有着内在的一致，他外表略显粗犷，但内心却相当敏感柔软；他的艺术也是以灵动精致为内核，粗犷博大只是其表征。当然，红柯小说艺术的背后还有深刻的文化内涵，或者说，在红柯小说融合性思想和艺术特点的背后，有更深层的文化融合。很多人论述过红柯的文化资源，认为是西北少数民族文化在其中起主导作用。这当然有一定道理，红柯文学对力之美，对自由精神的追求等特点，确实受西北少数民族草原文化的强烈影响，但是，我认为，红柯的文化思想中也蕴含着儒家文化特点，是中原汉文化与西北草原文化融合的结果。甚至说，结合红柯整体创作看，我更认可红柯自己的阐述："我所有的新疆小说的背后，全是陕西的影子。"[1]"不管我西上天山，迁居宝鸡，再迁居西安，关中周原是我的故乡。"[2]也就是说，中原文化不只是红柯的过往，更是红柯文化思想的核心和归宿，草原文明是外在加入的重要因素。

有学者曾将红柯的小说题材与背后的文化因素结合起来："如果说陕西代表红柯的过往，指向讲求礼与克制的内陆或中原文化，那么新疆则成为草原文明的象征，强调血性与率直。"[3]这一概括非常准确，中原文化和西北草原文化交织在红柯的创作中，而与创作题材上的转移一样，红柯创作的文化轨迹也经历了从西北草原文化向中原文化回归的过程。在早期的新疆生活题材的作品中，西北草原文化的色彩更明显，思想方向也更单一。如他写《西去的骑手》，就明确表示："我当时想写西北地区很血性的东西。明清以后，西北人向往汉唐雄风，而回民做得好。他们人少，但有一种壮烈的东西。我们这个民族近代以后几乎是退化了。我想把那种血性又恢复起来。"[4]

① 红柯：《与大地的联系》，《人民文学》2002 年第 5 期。
② 红柯：《从草原歌舞到关中神韵：我和我的主人公》，《少女萨吾尔登》，北京十月文艺出版社，2015 年，第 376 页。
③ 李丹梦：《红柯的〈生命树〉：远方的神话》，《文艺争鸣》2011 年第 14 期。
④ 红柯：《西去的骑手》，云南人民出版社，2002 年，第 294 页。

力量之美与融合之美

但到创作的成熟时节，红柯脱离了这种相对简单化的思想方向，对文化的差异持更宽容与多元的态度。他虽然依然批判中原文化中的腐朽和陈旧，但也肯定了其中具有鲜活气息的思想，他的创作方向是努力寻求中原文化与西部边地文化的融合，中原文化的气息日益强烈和深刻。

20世纪90年代后期，红柯创作开始逐渐以反映内地生活为主。这不是题材上的简单回归，而是全方位的思想和文化的变化。最外在的方面是，作品揭示的生活面中，自然的分量变小，社会的分量更大，同时，艺术风格也更为内敛和深沉，关注点更指向人物内心，而不是外部世界。更重要的是主题方面，对人与自然关系的理解。红柯早期作品中表现出强烈的崇拜自然和皈依自然的思想倾向，但是后期作品有很大不同。他不再将自然作为人的简单归宿，而是在强调人与自然和谐相处的同时，认同人的主导地位，很多人物也选择将人类社会作为最终归宿。一个小的例子，红柯作品中，女性是皈依自然色彩最强的，但在《生命树》中，女性最好的归宿是成为母亲。

在思想倾向上，红柯后期作品对中原文化的态度也不再像早期那样完全是否定和拒绝的，而是多了一些宽容和融汇。2013年出版的《喀拉布风暴》鲜明地表现了这一思想。作品的主体思想虽然还是对草原文化的肯定和对中原文化的批判，但它不再是单向度的，而是具有融合的倾向，作品的态度也比较温和。作品中的三个男人，张子鱼是西部文化的象征，而孟凯、武明生则是受其影响的追随者。作品对张子鱼不是一味地肯定，对后二人也不是单纯地否定。从人物最终结局看就很明显：武明生和孟凯从西部文化中找到了力量，在改变和完善自己的基础上，最终找到了幸福；张子鱼也不再像最初那样，成天靠在沙漠以吃地精为生，而是在城市里过上了普通人的生活。作品有一个细节很明确地体现了这一思想：武明生尽管依靠地精获得了过人的性能力，但这却并不能给他所爱的女人带来真正的幸福，他最终依靠的还是人与人之间的理解、温情和爱。

到 2015 年出版的《少女萨吾尔登》和 2018 年的《太阳深处的火焰》，这方面的自觉更为明确。这在《少女萨吾尔登》的《后记》中有明确的表达："我曾用许多西域歌曲做小说的主旋律，这次我采用了卫拉特蒙古人的《萨吾尔登》歌舞，在《诗经》那个年代，中原人如此歌唱过狂欢过，后来礼仪化了，理学化了。"①红柯强烈地表达了因为关中地区诞生了宋代著名理学家张载而感到骄傲，并非常期待通过张载提出的"民胞物与"的"大同"世界思想，将人与自然、中原文化与少数民族文化融为一体。与这一思想相一致，《少女萨吾尔登》中，既对《朱子治家格言》《菜根谭》《弟子规》等限制个性自由的儒家文化典籍表示揶揄和否定，也同时肯定和张扬了张载《西铭》这样具有融合与开放思想的著作。

《太阳深处的火焰》则借助女主人公吴丽梅的文章，表达对张载《西铭》"民胞物与"思想的推崇，并有意识将这一思想与草原文化的思想家结合起来："很容易把这与维吾尔族古代诗人玉素甫·哈斯·哈吉甫的《福乐智慧》与贝多芬《欢乐颂》中'人们团结成兄弟'联系到一起。"②"中国历史上的民族大融合，最集中的地方就是关中。关中既是游牧民族进入中原的桥头堡，也是中原农耕民族伸向西域走向世界的桥头堡，更是民族融合的熔炉。"③从作家个人思想到人物思想，从理念到形象，都体现了红柯文化融合思想的逐步成熟。

概括来说，红柯的创作道路和文化轨迹，就像一个充满叛逆精神的少年，他对自己从小接受的生活和文化强烈不满，渴望突破和改变，满怀对异域精神和文化的向往和歌赞。于是，他努力尝试"生活在别处"，然而，少年内心深层的文化底蕴并没有真正改变，待少

① 红柯：《从草原歌舞到关中神韵：我和我的主人公》，《少女萨吾尔登》，北京十月文艺出版社，2015 年，第 379 页。
② 红柯：《太阳深处的火焰》，北京十月文艺出版社，2018 年，第 21 页。
③ 红柯：《以两种目光寻求故乡》，《光明日报》2015 年 11 月 27 日，第 13 版。

年已人到中年，这时候的他开始不由自主地回望故乡，对故乡也多了一份宽容。虽然他依然希望改变故乡、希望故乡变得更好，但他已经不再是决然的背弃，而是期待将异域文化精神融入自身传统中，否定与建设同步而行。显然，对故乡的爱一直在少年心里，故乡文化的影响也从来没有真正离开过。

三、意义与遗憾

红柯在 20 世纪 90 年代中后期登上文坛，迅速产生了较大影响，此后，更成为 21 世纪文坛上颇具个性和影响力的一员。这一现象，与红柯的创作特点密不可分。

首先，是红柯作品突出的审美个性。红柯的早期作品，如《美丽奴羊》等短篇小说，特别是长篇小说《西去的骑手》，既有西部的生活背景、文化和审美特点，又有细腻委婉的艺术个性，具有刚柔并济的美学特点。他提供了一种富有个性、充分展示生命力量美和自然之美的审美品格，与内地作家形成鲜明差异，给被商业文化侵蚀下显得浮躁和庸俗的文坛带来了清新之气，同时，与其他更典型的西部作家也有较大的不同——典型的西部作家创作更多神秘、质朴、刚猛色彩，与他们相比，红柯的气质个性明显有异。此后，红柯继续坚持自己的艺术个性，从而持续赢得读者和文学界的高度认可。

红柯的创作特点，从更深远的背景上能够看得更清楚。由于地域、文化等多方面影响，南北区域存在着一定的文风差异，南方文学作品较多阴柔之美，创作题材上更多关注个人，艺术上也更婉转细腻；北方作家则更喜欢关注社会宏大主题，追求史诗构架，艺术表现则较为粗犷质朴。这当中并不存在简单的高下之分，而是各有特色，各异其趣。而将南北文风融合起来也是一种独特的审美特点，但并非易事。毕竟，文风更多受到成长背景、文化教育多方面的复杂影响。从文学史上看，那些较好实现这一效果的作家很容易受到人们关注。现代文学史上的茅盾、萧红、端木蕻良等就属于这样的作家。红柯的成功，部分也是得益于这一特点。

其次，是红柯作品中强烈的浪漫主义精神和生命向度。红柯创作的思想基本面，是对生命意义的肯定，对精神坚持的赞美，以及人与自然和谐相处的思想。他对生命力的理解，融入了自己对生活的思考和坚持，是对生命意义和文化走向的一种独立探寻。红柯对世俗生活的批判和对超现实精神的追求，实质是浪漫主义精神。在当前高度物质化的社会，浪漫主义已经是一个非常遥远的，甚至遭到嘲笑的概念。但其实，任何时代都不应该缺少浪漫主义精神，它是人类生存的重要意义源泉之一，也是人类文化发展的重要动力。当前社会的物质文化本质上是对人类精神的严重异化，是物质对精神、现实对心灵的奴役。红柯对生命力的张扬，对自然人类精神的歌赞，具有强烈的现实针砭意义，也有深远的文化价值。此外，红柯对大自然的歌赞，以及人与自然和谐相处的思想观念，也是对人类中心主义和单纯发展主义思想的反拨，与其浪漫主义精神有着密切关联和共同的积极意义。

红柯的上述思想，在一定程度上能够让我们想到 21 世纪初的张承志。近几十年的中国社会处在巨大的文化变迁中，特别是商业文化占据了社会文化主导地位。对此，很多作家表达了批判和拒绝。其中，张承志的《清洁的精神》等作品对现实物质文化的批判和否定最为严峻。张承志最终选择的道路是进入宗教，以宗教精神来表达对世俗的拒绝。而红柯批判的目标和归宿也具有自己的个性，他没有走向思想文化的异域，而是以传统和异域文化融合的方式，从中寻找精神资源来抗击现实——不能说红柯的选择就是最优秀和唯一的，但毫无疑问，他的方式是具有探索意义的。事实上，当前整个人类社会都在面对物质文化的肆虐，一个真正优秀的作家需要展示自己有深度和力度的思想。这并非简单之事，而是需要深厚的思想积淀，以及独立深刻的思考。红柯的思想追求赋予了他文学作品以深度意义。

最后，是执着而具有本土文化特色的思想特点。从最初对新疆边地异域文化的力之美的歌赞，到后期对内地文化的批判，红柯作品一直都在思考生命意义、文化融合，以及自由人性等问题。这一点，与同时期很多作家更执着于对现实世界的关注有较大差别，也赋予了红柯作品在时代中的独特性。更难能可贵的是，红柯的思想不是停滞，而是有不断深化和发展的趋向。如前所述，红柯小说的审美和思想呈现出从异域向本土回归的过程。从根本上说，他的思想内核是汉文化传统，他持续的自我文化批判，以及对异域文化的歌赞和追寻，目的都是为了更好地改造、丰富自己，为民族文化注入更多的新鲜生命力。他的文学创作可以说是一种向西部文化的"寻根之旅"。无论从哪个角度看，红柯的这种文化追求和文化融合思想都是非常值得肯定的。

当然，红柯的创作还存在一定缺陷。在思想层面，他具有执着而独立的思考，但其思想内涵的深度还有所不够。在现实与理想之间，在中原文化与异域文化之间，红柯没有完全找到一种平衡，而更多只是表达出一种意图，没有真正深入揭示出具体内涵。正因为这样，红柯不少作品的主观意图色彩太强，未能完全以生活化的方式表现出来，其后果是，故事模式有雷同之处，人物和故事都缺乏充分的生活化，主题也因此显得有些空洞，说服力不够充分。除了长篇小说《西去的骑手》和部分中短篇小说外，其他作品没有达到相应的艺术层次。

诚然，凭借《西去的骑手》《美丽奴羊》等作品，红柯也足以在当代中国文学史上占据一席之地。让人感到非常痛惜和遗憾的是红柯的早逝，这让他失去了深化思想、艺术创新的可能。这是红柯的遗憾，也是喜爱红柯作品的读者和中国当代文学的遗憾。

当代上海情感文化的深度建构

——评潘向黎的《上海爱情浮世绘》

文学作品是地方文化的重要建构者之一。它以深刻的思想意蕴和形象化的艺术形式，塑造着一个地方的地理、人文和精神面貌。不断强化着人们的地方性记忆，并最终形成内涵深沉而独特的地方文化。上海是中国极现代、极具文化个性特征的城市之一。施蛰存、张爱玲、王安忆、金宇澄等现当代上海作家的作品都是上海文化的重要建构者。潘向黎也是其中突出的一位。她新近出版的《上海爱情浮世绘》①，就以情感观念为切入口，深度参与着对上海文化的建构。

一

《上海爱情浮世绘》收录了九篇短篇小说作品。其以"上海爱情"为标题，书写的也都是当代上海人特别是上海青年女性的爱情和婚姻故事。

作品书写的爱情故事中，有美满幸福的，如《天使与下午茶》是一个王子和美人的典型爱情童话；《旧情》《你走后的花》《觅食记》书写的则都是经历生活波折，最终为生活感动而获得幸福的故事。也有不幸的，如《荷花姜》，是一个虽然有爱却受婚姻阻碍最终失败

---

① 潘向黎:《上海爱情浮世绘》，人民文学出版社，2022 年。以下引用该书只标注页码。

的故事。还有处在寻觅和逃离过程中的,如《睡莲的香气》写一个对爱情充满幻想却遭受生活打击的故事。一个不满于平常现实家庭生活的中年男人,在网上聊天遇到一个善解人意的网友,让他满怀幻想和期待。但现实中的见面,却把他的梦想打得粉碎——那个他充满幻想的网友其实也是一个男性。

除了极个别外,上述作品的情感过程都有较多波折,主人公们的爱情态度更是普遍包含着疑虑、矛盾乃至失望等消极情绪。甚至可以说,尽管这些作品的爱情故事有悲有喜,但它们却共同笼罩着浓郁的阴影。

作品并没有特别强调这种情绪与当前社会现实的关系,但由于它们书写的都是当代人的当代生活,所以,现实不言自明地显示着自己的强烈存在。也就是说,现实的复杂和艰难是导致这些复杂情感态度的根本原因。《荷花姜》就明确表达了这一点。"荷花姜"之所以不能得到其爱恋男性的婚姻,原因在于这位男性曾经历过一次失败婚姻,让他对婚姻心生恐惧。《旧情》《觅食记》等也是这样,主人公们的爱情过程颇多波折,人物更有复杂而艰难的心曲,都源于现实对情感的挤压和冲突。《兰亭惠》的表现更为具体。故事叙述两位老一代上海人安慰被儿子抛弃的前女友的故事。故事之所以产生,在于他们儿子的爱情观发生了改变。他们秉持的是传统上海人以情感为中心的爱情理念,但儿子考虑的却主要是现实利益。不同的爱情婚姻观导致夫妇俩的美好愿望破灭,也让他们心生歉疚和遗憾。

现实与爱情的冲突带给作品阴影,但作品的主要创作意图却并不在此。它所致力的是彰显这些冲突和阴影背后的坚持,是一种对现实的抗击和自我价值观念的卫护。作品中人物经历着或悲或喜的爱情故事,但无一例外,这些女性都没有跟现实妥协,而是始终有对自我的顽强坚守。

综合作品主人公们的表现,这种价值观的基本核心是"不马虎"

的强烈自律精神。它大体包含两个层面的内涵：

首先是自我独立性。作品中几乎所有女性对爱情都有这样的理解，就是不依附对方。她们共同持守的理念是女性必须自强自立，这是她们追求和获取爱情的重要前提。所以，她们都很自立、自爱，有强烈的事业心。比如，她们普遍都追求"美"，因为对于她们来说，"美"不仅是外貌，而且关联着女性的自尊和自信，如《添酒回灯重开宴》："对某些女人来说，好看从来不仅仅是好看，还是体面是心气，是无论何时都不能马虎不能松懈的。"（第 244 页）《你走后的花》中有："如果长得好，出身也好，明明可以嫁得好，偏偏靠自己闯出来，这才是传奇。美貌，好出身，有本事，名也成利也就，这才让人服帖，才是真正'么闲话'（没话说），这样的女子才是上海人心目中的绝世大美人。"（第 258 页）在面对现实中的爱情时，她们更是严守要求，在完全平等和尊重的基础上来考虑。典型如《天使与下午茶》，面对富家子弟的追求，杜蔻没有任何攀附心理，她的婚姻也是建立在平等的基础之上的。而卢妙妙对未来爱情的理想和期盼中，也始终包含着同样的标准。同样，《你走后的花》的女主人公也坚持近二十年默默地爱着一个人，最终依靠自己成功的事业赢得爱情；《旧情》中的女主人公与男友分手五年，始终没有另找男友，也是因为她坚持独立是爱情的前提。

其次是高品质的情感要求。这些女性对自己严苛，对另一半也有很高的要求，其中包括外表上的讲究，更包括精神上的自律——在作品看来，这二者是有密切关联的。男性美主要不是外表美，更是一种自律的精神气质。它体现着男性对自我的态度，也是对生活的态度。所以，作品中的男性外貌描写都侧重于自律的精神气质。如《荷花姜》："这男人浑身上下从里到外一身的黑灰色，全部是那种吸收光线的上佳质地，又无一不是半新不旧，中等身材，相貌端正而不出奇……他寻常的身高和相貌是个看似平凡的灯笼，灯笼的光一旦亮起来，就看不见灯笼只看见光了。"（第 5 页）如《你走后的花》："一眼看上去，他就是一个不寻常的人。高个子，不，也许并不特别高，而是因为非常挺拔而显得高，脸的线条硬朗，幸亏狭长的眼睛带一点若有所思，嘴唇线条优美，把轮廓的硬朗调和成了俊朗。"（第282页）与之相关联，这种情感要求还包括相互的理解尊重，以及对家庭的责任感。《天使与下午茶》《旧情》《你走后的花》《觅食记》等作品书写的爱情无一例外，男女之间有着高度的平等和相互理解，故事的结局也都是婚姻。反过来，那些没有责任感的男性最终也得不到女性的真正爱情。比如《荷花姜》，女主人公宁可忍受痛苦也要离开男友，就是因为男友给不了她婚姻，她不愿意苟且。

《上海爱情浮世绘》所表现的女性爱情观，体现的是当代上海女性对待爱情、婚姻的态度，但其内涵又超出了单纯的情感范围，蕴含着对于所有事物的价值观。它可以看作是一种生活态度、生命态度，从文化角度说，它体现的是上海的文化特征。作为中国最早沐浴现代文明的大都市，上海文化自然拥有较强的现代精神，强调个性的独立自主是其中的重要内容。所以，在这些女性情爱观的背后，站立的是强烈上海色彩的个性文化精神。

对于主人公们所坚持的价值观念，作品的态度是明确赞美和认同的。比如，对上海女人在外表美上做出的艰难努力，作品给予了充分理解和认同，如《荷花姜》："她们的妆容含蓄，皮肤白皙、五官精致、轮廓秀美、神情矜持而举止干练，在她们脸上，你看不到黑眼圈、细皱纹和斑斑点点，那些都在十分帖服的粉底霜下面；你更看不到哭泣、动怒、灰心、失魂落魄的痕迹，那些都在她们心里，就像藏进了深海之中。"（第21页）即使是对那种缺乏现实感的完美爱情观念，作品也没有持否定态度，而是给予肯定和赞颂，如《添酒回灯重开宴》："我终于在上海这座现实主义的大本营，看到了一个女人对完好爱情理想的盛大凭吊。虽然不太具有现实感，但是那泪水好像是一排透明的针脚，在那一瞬间不可思议地缝合了理智和情感、现实和梦幻。"（第250页）显然，作品书写这些故事，是在张扬一种当代色彩的情感价值观，是对上海情感文化的积极建构。

二

《上海爱情浮世绘》对上海女性爱情观的展示当然源于作者潘向黎的生活积累和丰富想象力，其艺术构架充分体现着作者的探索和追求。

具体说，作品有这样显著的艺术特点：

其一，细致准确。这一特点首先体现在作品对生活细节的描绘上。作品有很丰富的生活场景和人物外表、心理描述，细致、准确是它们的共同特征。如《荷花姜》《兰亭惠》《天使与下午茶》等作品对餐厅、茶室等场景和饮食等的描绘都非常细致入微。同样，在人物外貌描写上，作品很善于抓住人物最具个性化的特征，在细致和准确地把握中捕捉人物的精神气质。笔墨虽然不多，人物却颇具神韵。

更为突出的，是通过细节去揭示人物心理。作品的细节描述不是客观呈现，它们往往传达出微妙复杂的人物心理世界，蕴含着对人性的深切体悟和把握。比如这种复杂微妙的心理，在这些细节描绘中真切地传达出来。以《兰亭惠》为例，作品写一对老年夫妇约见被儿子抛弃的女友。他们夫妇非常喜爱和认可这个女孩，但无法阻止儿子的行为，也知道这次见面之后大家就形同陌路，因此内心充满遗憾、惋惜，也有些许尴尬。"顾新铭和汪雅君都站起来迎接她，态度热情而有轻微的不自然。不自然并不是因为热情是假的，而是因为想充分地把热情表现出来，却要把热情背后的愧疚藏起来，可以彼此都知道这愧疚就是热情的一部分来源，所以很难藏得天衣无缝。"（第296页）《荷花姜》也是如此。作品的故事非常简单，采用的也是第三者的限知视角，主要描述一些餐厅里的日常生活细节，然而，这些细节中蕴含着人物的性格和命运，每一个场景都包含着人物的复杂心理。只是这一切都没有明言，而是需要读者去思索和回味。

其二，精致自然。精致最典型地体现在小说结构上。九篇小说，每一篇的结构都很精致、用心，没有马虎之作。比如《荷花姜》，整篇作品都是采用旁观者的限知视角，既含蓄蕴藉又富有悬念，又有意识地将叙述者自己的生活关联进来，形成具有统一性的故事整体，使读者在对故事原委好奇之余，不由自主地对爱情婚姻等问题进行思考。此外，《兰亭惠》的结构也非常精彩。作品采用的是父母亲的视角，但实际上包含着两代人的思想意蕴。它们之间既构成一定的对比，又具有密切关联，形成了多重照应的艺术效果。

精致也体现在作品的语言上。作品语言整体上非常讲究，用词具有高度选择性，同时还根据用途的需要呈现出不同的特征。简单地说，作品在细节描绘时语言追求精致准确，力求细致形象。在揭示人物心理时，则具有深沉蕴藉、委婉含蓄的特点。比如《荷花姜》对叙述者记忆的议论就以形象化为特征："一般只要他们超过两年不出现，这些原本清晰如结晶体的印象就会在时间的水流里渐渐消融，那些晶体不是被水流冲走，而只是在水的浸泡中渐渐地钝了棱角、少了体积、模糊了边界，然后坍塌，直到消失在水中。你知道它们仍然在水里，但是水中已经看不到那些清晰的存在了……"（第3页）《兰亭惠》对人物心理的蠡测则含蓄而深沉，需要读者认真体会："汪雅君要说话，顾新铭用眼神阻止了她。这顿饭，司马笑鸥的情绪就像退潮的大海，虽然还有一浪一浪地往回卷，但是总体是浪越来越远去，海面越来越平静了。这下子回浪有点猛，也只能等它自己下去，这时候不能乱说话，这时候如果说错一句话，岂不是前功尽弃？"（第314页）

作品艺术表现的特点，与作品主题之间构成了内在的统一。精致的艺术特点与上海女人"不马虎"的爱情观，共同蕴含的是生活态度的从容和精致，是对生命的执着和认真。同样，作为作者精心构造的作品，《上海爱情浮世绘》也折射出作者潘向黎的内在精神追求——在后工业社会，一切都崇尚平面化、快餐化的时代，对艺术精致的追求，具有个人精神坚守和对现实世界超越的意义。所以，作品既是以虚构方式书写其他上海人的故事，也可以看作是作者的自我书写，是对自我心迹和文化立场的阐发。在这一层面上说，《上海爱情浮世绘》具有主体和客体、内容与形式上的高度和谐，共同参与着对上海情感文化的建构过程。

三

虽然文学作品对地方文化建构的意义不可忽视，文化意义与文学意义之间也并不矛盾，而是密切相关，但作为文学作品，我以为，《上海爱情浮世绘》的首要意义还是在文学方面。

其一，个性化的生活深度。像审美标准一样，情感观念也存在多重差异性。其中包括民族差异、阶级差异，也包括地方性差异。以地方论，丹纳《艺术哲学》早就证明了地方文化差异对人们情感观念的巨大影响，不同地域文化背景下成长的人会有不同的情感标准，特别是情感表达方式。[①] 所以，一部地方色彩的文学作品必须充分表现出地方性情感，才可能深刻揭示人的精神和灵魂——这与人性和文学的普遍性特点并不矛盾。因为深入的地方性自然蕴含有普遍性特点，艺术个性也必然通过具体的、地方性的生活和人物得以呈现。

从文学史上看，福克纳之约克纳帕特法县，乔伊斯之爱尔兰，沈从文之湘西，莫言之山东高密，都是在呈现出独特地方个性的同时，表达了深刻而广泛的人性，也获得了高度的文学性。事实上，

① ［法］丹纳：《艺术哲学》，傅雷译，北京大学出版社，2017 年。

很多作家因为对地方性的深入表达而成为地方文化的代表，其文学价值也与地方个性紧密联系在一起："作家写出了各个地域的灵魂，也成了这些地域（包括乡村和城市）的精神和形象的代表。他们的形象、声誉，已经与这些地域融为一体，不可分割了。对于作家来说，这未尝不是一种骄傲。而对这些地域来说，则当然也是一种幸运。"①

《上海爱情浮世绘》对上海情感世界的表达充分体现了文学个性化的魅力。它所反映的生活面虽然不宽，但却达到了相当深的深度。换言之，它所叙述的上海青年女性只是上海生活的一角，但却以典型的方式深刻地体现了上海人的生活、文化和精神。读者不但观察到一个个鲜活的人物故事，还可以体会到丰富而深刻的文化内涵，以及复杂的人性世界。

其二，文学传统的魅力。文学是有传统的，按照艾略特的说法，"从来没有任何诗人，或从事任何一门艺术的艺术家，他本人就已具备完整的意义。他的重要性，人们对他的评价，也就是对他和已故诗人和艺术家之间关系的评价"②。一位作家、一部作品在继承传统、发展传统的同时，也在对传统的融入中强化着自己的独特意义。《上海爱情浮世绘》属于上海文学传统，它所表现的女性爱情观和生活观，与上海的历史、文化密切关联，也可以在张爱玲、王安忆等人的创作中觅得些许踪影。它是上海文化的创造物，在呈现出上海生活和文化个性的同时，也自然融入这一文化的特征。这是它无可回避的印记，也是其重要的艺术特征，构成其传统赋予的独特魅力。

但《上海爱情浮世绘》同时呈现出鲜明的个人特点，显示出它既属于传统，又有独立的创新和发展。

① 贺仲明：《地域性：超越城乡书写的文学品质》，《广西师范学院学报》2017 年第 1 期。
② ［英］托·斯·艾略特：《传统与个人才能》，《艾略特文学论文集》，李赋宁译注，百花洲文艺出版社，1994 年，第 3 页。

时代文化特色是其最突出的一点。如前所述，作品叙述的都是当下上海故事，主人公都是年轻的上海人。她（他）们代表的是最新的上海一代人的价值观念，传达出的是当下的上海情感文化。典型如《兰亭惠》中的司马笑鸥。她是新上海人，与老一代上海人既有精神的相通性，又有时代的发展性。顾新铭和汪雅君是老一代上海人，体现的是传统上海的情感和个性。他们夫妇之间，妻子对丈夫撒娇式依靠的背后是女性的外柔内刚，个性上则都体现出善解人意和善良、真诚品性。司马笑鸥与两位老人相处融洽，显示他（她）们在价值观上的一致性，但她更呈现为现时代上海人的情感态度，更为独立自强，也更有自我主体性。

所以，《上海爱情浮世绘》所展现的是最新的上海文化特色，散发出最前沿的上海生活气息。它虽然只是一部短篇小说集，受体裁限制，没有塑造出具有丰富立体性格的人物形象，但这些女性所表现出来的精神气质却很具当代性。将她们置于上海文学史的背景上看，特点很鲜明突出。期待潘向黎创作出容量更大的作品，更宏阔地展现上海文化，塑造更多、更充实的人物形象。

另一方面是自然节制的艺术个性。上海文化和文学具有优雅精致的个性传统。这是一种很重要的艺术风格，但如果运用失度，就容易丧失自然的特点，呈现或炫耀或造作的品相。《上海爱情浮世绘》有非常好的节制。它将精致与含蓄相融合，情感节制有度，虽然精致却很自然，丝毫没有造作之感。这应该源于作者的高度自觉。作品有一处对"收敛"和"装模作样"的辨析和评判，虽然谈的是虚拟的人物，但折射的显然是作者的自我认知和自觉追求："收敛自然是张扬的反面，和装模装样也有区别：装模装样是本色并非如此，或者只有三四分偏要装出个八九分，而收敛是因为拥有得足够，反而不想刻意显露。收敛着流露出来的讲究，往往给人印象深刻，因为这不是装扮成讲究的样子，也不是表面还算是讲究，而是：一眼看上去，这就是真正的、沉静的讲究，坐下来定睛细看，更多的细节

蜂拥而至，支持你最初的判断。"（第 64 页）

正因为如此，《上海爱情浮世绘》在实现文学价值的同时，也具有了促进人们更深入认识上海文化的效果。因为长期以来，由于文化隔膜等原因，一些外地人对上海文化存在着某些误解，将其独立、精致等特点误解为炫耀或造作，甚至与小气、自私相关联。《上海爱情浮世绘》真切地展示出真正的上海文化气质，绝不是造作的浮夸和对物质的计较，而是对生命质量的执着追求和对自我精神的严格自律，而且，它也绝不排斥善良和真诚。美的形态多元，"清水出芙蓉，天然去雕饰"是素朴之美，繁复华丽是另一风格之美，它们没有高下优劣之分。独立性和高品质生活要求更是充分体现了现代性的发展方向。所以，我们也许对上海的某些文化不一定完全认同，但却绝对应该给予它充分的尊重和敬意。毫无疑问，这是《上海爱情浮世绘》对上海文化另一重有意义的价值建构。

乡村"女儿"的心灵关怀

——论孙惠芬的乡土小说创作

孙惠芬从 1982 年开始发表第一篇小说，至今已有四十多年，作品数百万字。正如她的自我总结："我的目光，从没有到达院子以外的世界……我的心匍匐在一方狭小的空间，深入在母亲的情里。"① 她的作品基本集中在乡土领域，但很少直接书写乡村政治、经济等现实领域，而是始终将目光聚焦在乡村社会的情感、伦理和信仰问题，在这些乡村"心灵世界"里跋涉和探寻。

一、关怀的指向：乡村心灵

孙惠芬首先关注的是乡村情感世界。情感是人最基本的心灵内涵。孙惠芬的很多作品都致力于关注乡村人特别是乡村女性的情感问题，书写她（他）们在恋爱、婚姻，以及与亲友相处中的复杂情感，表达她（他）们对爱和温情的渴望，对理解和尊重的期待，也展示了这些要求所遭遇到的现实困厄。

孙惠芬的早期创作基本上都是围绕这一主题。其最早作品《静坐喜床》就书写乡村女性在新婚之前对婚姻又期待又担忧的微妙心理。之后还有不少作品，也是将笔触集中在乡村少女身上，写她们的爱情梦想，以及情感上的困惑与迷茫。如《攀过青黄岭》写一个

---

① 孙惠芬：《他就在那儿》，河南文艺出版社，2018 年，第 84 页。

乡村女孩在城乡之间的爱情选择困惑;《春夏之交》写乡村少女遭遇城市男青年的情感欺骗问题。其中也有作品进入家庭婚姻领域,关注乡村女性的婚姻生活和家庭情感。如《岁岁正阳》写了几个家庭的婚姻故事,在比较中折射出女性对幸福家庭的向往和现实生活的窘迫;《闪光的十字架》则通过一个六十八岁老人对一生经历的回忆,表现其既享受着卑微却珍贵的幸福,又有情感的无奈和苦痛。

21世纪以来,随着孙惠芬创作逐渐成熟,她作品的思想内涵也超越了关注乡村情感这一单一层面。然而,这些作品始终没有离开乡村情感世界,只是思路更开阔、内涵更丰富,更注重揭示情感内部的纠葛以及与社会之间的复杂关系。比如,一些作品将女性身体欲求与内在情感要求结合起来,探讨它们与社会伦理之间的冲突。《歇马山庄》就通过月月、小青两位乡村青年女性的复杂情感故事,揭示她们在性与爱、灵与肉之间的挣扎和彷徨。《一树槐香》则进入到女性情感关系,既展现女性之间在情感上的相互依赖,又揭示了嫉妒情感的产生缘由及对女性造成的伤害。《上塘书》则书写了徐兰、申玉凤等几位女性的婚外情故事,揭示社会伦理背景下女性的性和情感压抑问题。

其中也有一些作品从其他方面探索女性的情感态度。如《保姆》写了两个女性,一个是在城市做保姆的翁慧珠,一个是进城后获得事业成功的姜姿,她们有着相似的情感经历,却有不同的选择方式。姜姿为了爱宁可舍弃生命,翁慧珠则缺乏勇气,最终有爱不得、长期生活在孤独中。作品在关注乡村女性感情命运的同时,赞誉了那些敢于突破传统藩篱追求爱情的现代女性。《秉德女人》则书写了一个感情生活不幸却能顽强追求人生目标的女性故事。作品既寄托了对她不幸命运的同情,对社会现实也有无声的质问,更表达了对女性与爱情、婚姻问题的深切思考,即对女性而言,爱情婚姻应该是她的全部,还是可能有其他更高的追求与超越?《后上塘书》和《生死十日谈》则将情感问题与社会现实相结合,探讨背后的文化变迁和精神信仰问题。前者的主旨是以刘立功与几个女性之间的情感关系为线索，深入思考情感在金钱文化影响下的变异，进而探索乡村文化变迁中的心灵归宿和人生意义问题。后者主要关注乡村自杀现象，指出两性关系的不和谐和情感孤独等问题是自杀现象产生的重要原因之一。

孙惠芬其次关注的是乡村伦理关系。中国乡村是以血缘为中心的社会，个人情感与社会伦理有着密不可分的联系。所以，准确地说，孙惠芬早期作品关注情感世界已经或多或少地关联到了伦理问题。比如，《来来去去》书写的兄妹之情，既是亲情，又是一种社会关系；《姥姥，姥姥》写两个老年女性的情感慰藉，也是对友谊关系的探究。当孙惠芬小说内涵更丰富以后，其中心就从单一情感问题拓展到复杂伦理问题，探索乡村社会中的家庭（包括夫妻、父母与子女、兄弟姐妹）、朋友（包括同性之间和异性之间）和亲戚等多重关系。

孙惠芬对乡村伦理关系的书写主要集中在两个角度：其一，从家庭和社会亲情角度，揭示伦理关系的复杂性。伦理关系原本源于血缘或友谊，本质上属于比较单纯的心灵关系，但它经常会遭遇现实的冲击。在这种情况下，伦理关系不可避免要呈现其现实的一面，发生某些异化和扭曲。如《岸边的蜻蜓》《三生万物》等作品，都书写了爱情和亲情等伦理关系的复杂性。前者的主人公为招待亲戚去炸鱼，结果鱼没炸着，自己却成了残疾，伦理关系也因巨大的精神负担而受到挑战。后者也一样，随着主人公罹患绝症，他对亲情的理解也发生变化，担心自己成为亲人的压力和负担。所以，伦理关系不是固定不变的，而是可能在某些情况下呈现出复杂性的。它既能成为人们的重要情感慰藉，也可能包含委屈、无奈等，给人们生活带来很多困扰。《保姆》借人物之口做了清晰的表达："极力逃避的亲情。""亲情，在我在县城那段日子，是怎样扰乱了我的日常生活，真是只有自己知道。"① "我看上去是为了割断亲情，实际上已经陷入了亲情罗网，有些局面是没法控制的，就像你无法控制春天的土地不长出庄稼一样。"② 其二，从乡村文化变迁的角度，探索伦理关系与社会文化和人性之间的复杂关系。孙惠芬对伦理关系的书写都不是抽象的，而是密切关联着时代背景，敏锐地探析到社会文化变化对伦理关系的深刻影响。同时，她又努力将人性因素融合进去，对伦理关系的复杂性进行梳理和辨析。如《上塘书》，作品全面系统地展示了多种乡村伦理关系，如母女、婆媳、姑嫂、夫妻、情人、同事等。作品着意将这些关系与时代发展结合起来，无形之中形成了一个伦理关系的时代变迁图画，折射出文化变迁所带来的影响。与此同时，作品也思考伦理与人性之间的关联。正如作品序言所说："所谓'村性'，正是暗礁的材质，它生成孤独，造成痛苦，它是人性的衍生品，同时，它也衍生沟通的渴望……"③《歇马山庄的两个女人》就书写两个都有城市生活经验的女性李平和潘桃，共同的经历让她们建构起深厚的友谊，但最终，出于嫉妒，潘桃背叛了友谊，李平也受到严重伤害。究竟是文化还是人性在其中起了关键的推动作用，作品没有明确回答，而是留下问题让读者去思考。

　　《致无尽关系》是将上述两方面内涵结合得很好也很成功的作品之一。它写的是一个大家庭过年的故事。年是中国的传统节日，大家庭过年更是传统伦理关系的集中体现。然而，在现代化的生活方式普及和文化变迁的背景下，这种传统已经受到了严重的冲击。作品展示了不同年代人在对待过年态度上的巨大差异，也展示了经济条件、身份地位等因素对伦理关系的复杂影响，以及亲情关系背后的复杂人性和利益因素。所以，作品提示的过年聚会的尴尬和无奈，不仅是一个家庭的困境，更是整个传统伦理关系不可避免的未来命

---

① 孙惠芬：《保姆》，上海文艺出版社，2017年，第8页。
② 同上，第12页。
③ 孙惠芬：《序言》，《上塘书》，作家出版社，2019年，第4页。

运。它背后蕴含的，实质是对中国传统伦理文化的深刻反思。作品的感慨沉重实在，传达出现代个人意识与传统伦理之间的尖锐冲突："年，实在不是个什么东西，对于我们这些在外的人而言，它不过是一张网的纲绳，纲举目张，它轻轻一拽，一张巨大的亲情之网立即就浮出水面。这张网其实从来都没消失过，它们潜在日子深处，藏在神经最敏感的区域，一有风吹草动，哪怕一个电话，都会让你惊慌失措。"①

孙惠芬再次关注的是乡村精神信仰。乡村心灵世界最深层之处是人的精神信仰，就是人为什么而活着的问题。农民虽然文化程度不高，不一定会直接用很深邃复杂的言语来进行表述，但这一问题毫无疑问隐藏在他们的内心深处，对其生活和生命态度，以及思想价值观念起着重要影响，甚至可以说，确定的精神信仰是其整个生命意义的前提。同样，对于乡村社会来说，它关系到整个社会和文化的稳定。长期以来，以儒家伦理为中心的传统文化牢牢占据乡村精神信仰的中心，维持着乡村世界的稳定和安宁。近年来，随着乡村社会的严重空心化和文化变迁，其精神信仰也发生较大变化。

孙惠芬很早就对这一领域有所关注。其书写乡村情感和乡村伦理关系的部分作品，已经触及精神信仰问题。如《上塘书》的"上塘文化"部分书写的心理孤独问题，就关联到人物的"精神信仰"。作品中一些村民之所以沉溺于"跳舞"，在根本上缘于他们内心的孤独，找不到生命的意义感和价值感。《燕子东南飞》也一样。作品写的是一场由战争导致的人性悲剧，所关联的亲情伦理问题也与精神信仰有关。

孙惠芬近年创作的《生死十日谈》和《后上塘书》对乡村精神信仰进行了集中而深入的探讨。《生死十日谈》以实录的方式书写了多个乡村自杀事件。一方面，作品从女性权益、物质条件、城乡关

---

① 孙惠芬:《致无尽关系》,《一树槐香》,上海文艺出版社,2017 年,第 320 页。

系、文化教育、心理疏导等多个方面，尖锐、深入地思考农民的生存问题，表达对农民现实生存处境的深切关怀。另一方面，也是更重要的，作品抵达生命最深处，对农民精神信仰问题进行探寻，思考当代乡村人面临的精神危机、思想困惑等问题。作品揭示出精神困境是导致多个乡村自杀事件的根本原因。如有农民宁可选择在家乡自杀，也不愿意进城去生活，就是缘于他对生命意义的困惑，根源在乡村传统文化给农民心理烙下的深刻印记："卑微的生命通过亲人的死得以在更广大的世界里张扬，是不是也因此获得了活下去的力量呢？他要在乡村盖大房，不愿意上城里去做小鱼小虾，是否也是想通过某种方式，让自己弱小的生命得到更强劲的表达呢？"[①]《后上塘书》更明确地聚焦乡村文化变迁带给乡村人的精神价值失衡问题。主人公刘杰夫经历了从贫穷到富裕、再从堕落到觉醒的复杂过程。他之所以堕落，是由于金钱富足之后缺乏精神信仰，成为欲望的奴仆。而他的觉醒，也是缘于内心迷茫的灵魂无处安放，最终选择反思和忏悔，寻求灵魂自我救赎之路。"《后上塘书》，就是这样一部记录了一个离家出走的人如何在遭遇生死绝境之后精神还乡的书。"[②]作品书写的灵魂救赎故事虽然是个案，甚至带有一定的理想色彩，但它所揭示的精神信仰困境却具有更广泛的普遍性。所以，《后上塘书》是一部乡村精神信仰的忧虑之书，也是一部充满期待的思想之书。

孙惠芬的乡村心灵世界书写，从个人情感世界到伦理关系，再到精神信仰，三者之间既密切关联，又有清晰的层次性。情感是乡村心灵最基本的单位，是外在环境激发下的个人内心感受，伦理关系则拓展到人与人的关系，涉及的是不同心灵的交流，或者说是心灵之间的互动。而精神信仰重新回归个人，思想内涵却更为深刻，属于更深层面的乡村心灵世界。三者共同构成对乡村心灵世界比较

---

① 孙惠芬：《生死十日谈》，人民文学出版社，2013 年，第 16 页。

② 孙惠芬：《序言》，《后上塘书》，作家出版社，2019 年，第 2 页。

全面的扫描。在叙述基调上，孙惠芬的书写基本以沉重压抑为主。也就是说，她所书写的多是乡村心灵的无奈、痛苦和纠结，很少有欢快喜悦之作。这在一定程度上与其作品的时代背景有关。简洁地说，孙惠芬的书写大多都是围绕当下乡村，密切关联着当前中国乡村社会的城市化进程，传统乡村社会政治经历着阵痛和变迁，城市如同一处覆盖在乡村世界上的浓郁阴影，对乡村人的情感、伦理和精神世界构成压抑和伤痛。可以说，孙惠芬写的虽然主要是乡村社会，却可以看作是对我们这个时代的整体观察，她所展示的乡村心灵，也完全可以说是对中国现时代心灵世界的完整折射。

二、创作姿态："女儿"的视角

孙惠芬乡土小说专注于乡村心灵世界，其艺术表现也与心灵有着密切的关系。这主要体现在两个方面。

首先，是切近而融入的叙述方式。孙惠芬的小说叙述与乡村的距离非常小，甚至可以说，其叙述视角从来都是与乡村紧贴在一起的。她的小说叙述大多采用第一人称或第二人称叙事，叙述者身份虽然有所差别，但总体上非常一致，就是与乡村有着非常密切的关系。他们都出生于乡村，熟悉乡村生活，更有密切的血缘关系和深厚情感。对于乡村的每一个变化、乡村人的每一种悲喜，他们都非常关注和牵挂。正因为如此，孙惠芬小说具有非常强的现实纪实性和即时性，基本上取材于当下乡村生活，与现实发展完全同步。她将当下乡村的日常生活、人际关系、心理嬗变，特别是女性人物心理，都以写实的笔法进行叙述，展示得非常细致真切。她近年创作的《上塘村》《生死十日谈》《后上塘村》等作品，更是采用地方志、访问记等形式，以纪实的方式将当下中国乡村生活充分展示出来。

与叙述距离的切近相一致，孙惠芬的叙述视角也具有浓郁的乡村主体色彩。作品中，叙述者与人物完全融会在一起，视点和立场与人物完全平等，没有任何差异。在叙述者的表达中，人物的困窘和无奈也就是叙述者自身的境遇，于是，作品表达的情感也很难分清究竟属于人物还是属于叙述者："我们最初嫁人，根本没想找婆家，可我们嫁了男人，就有了婆家，就有了和婆家人剪不断理还乱的关系。我们有了剪不断理还乱的关系，可到最终，却觉得自己是孤身一人。"[①] "从某种意义上说，我……为了挣脱束缚，挣脱乡村的孤独感，我们渴望人群，渴望没有实物的远方。我们一路奔着虚妄的空间，和某种信念保持了良好的关系，唯独没有和天地实物保持关系。"[②] 与之相应，作品中，叙述者很少对人物进行否定和批判，而总是站在人物立场上，为其做各种设身处地的辩解，对其行为持理解和宽容的态度。最典型的是她作品中较广泛书写的男女私情特别是女性出轨，叙述者对这些有悖传统乡村伦理的行为，基本上都是给予同情和维护。比如《歇马山庄》《歇马七日》《上塘书》《一树槐花》《盆浴》等作品都是如此，从性苦闷和性压抑等角度，对女性的出轨行为给予理解和宽容。即使是像《后上塘书》，属于孙惠芬少见的直接否定主人公形象的作品，作者也给主人公刘立功诸多的解释和谅解。这固然反映出作者思想观念中的现代内涵，也与作品所持的平视视角有内在关联。

其次，是心灵介入的价值立场。前面说到孙惠芬作品由于采用与人物平行的叙述视点，很少对人物有明确否定和批判，事实上，这一特点还广泛体现在作品对几乎所有事物的价值评判上。它们经常是批判中包含着理解和妥协，肯定中潜藏着犹疑和矛盾，纠结和无奈的情感渗透在作品的方方面面。究其原因，就是叙述者的价值立场中交织着理性和感性色彩，或者说心灵在很大程度上介入作品的价值评判中。

比如在对乡村伦理关系的表现上，孙惠芬既揭示乡村伦理中隐

---

①　孙惠芬：《致无尽关系》，《一树槐香》，上海文艺出版社，2017年，第374页。
②　孙惠芬：《生死十日谈》，人民文学出版社，2013年，第253页。

文学的风景与思想的风致

藏的利益之争和人性之伪，多次慨叹它给人们带来的巨大精神压力，但与此同时，她又经常是在无奈中给予理解，甚至以珍惜的笔调表达温情。如《来来往往》细致展示了兄弟姐妹间充满算计和利益的关系，但最后，所有的争斗都被融化于姐妹温情中。《致无尽关系》也一样，一家人的春节团聚尽管有诸多隔阂、矛盾和不愉快，且未来的每个年都很有可能还是以同样的方式继续，但最终每个人都选择了接受。作者对城市的态度也是一样。典型如对乡村女孩与城市关系的书写。一方面，孙惠芬在多部作品中写到城市对乡村心灵的伤害。早期的《春夏之交》就写到乡村女孩在城市遭遇到的严重身心伤害。《歇马山庄》《歇马山庄的两个女人》《上塘村》《伤痛故土》等作品更普遍书写被城市所戕害的青年女性。《致无尽关系》中，也表达出对乡村少女受城市文化影响的担心和忧虑。但是，另一方面，她又在多部作品中，写到城市文化对于女性解放的重要启迪意义，为那些接受现代城市文明影响、大胆追求性爱和幸福的女性给予充分理解。特别是《岸边的蜻蜓》，对外甥女梅花与"老姑父"跨越伦理的恋情，叙述者表达了肯定和赞颂态度，并赋予梅花"为爱献身"的现代爱情内涵。显然，无论是叙述复杂纠结的伦理关系，还是表现城市文化对乡村社会的影响，孙惠芬作品都在很大程度上依从心灵的角度，在纠结和无奈中对其价值得失做模糊化的处理。

　　心灵介入的立场还表现在对乡村和乡村人物的强烈关切上。孙惠芬作品对乡村社会传达出强烈的关怀之情。如其早期作品《攀过青黄岭》就借助在与城市青年爱情竞争中处于弱势地位的乡村男青年之口，表达出对乡村现实的忧虑和期待发展的强烈渴望："我们山里男子，怎么厚颜看着山里女子往外走呢……我们应该想想整治山村的新法子了。……我就不信，我们山里男子争不来这口气……"①而《生死十日谈》等作品，更是直接表达出对乡村现实的忧虑和对乡

　　① 孙惠芬：《攀过青黄岭》，《来来去去》，上海文艺出版社，2017年，第53页。

村前景的担忧："自杀在我的笔下不过是一个篮子，它装进的，是乡村在城乡一体化进程中的人性的困惑和迷惑，是对生死终极问题的追问和思考，这是现实力量的驱使，我无法逃避，我能做到的，只有如何进去，然后，如何出来。"①对乡村人物，作品的关怀情感更为突出。作品中叙述者与人物视点高度一致，以及对人物行为的辩解姿态，都充分体现出对人物的强烈关爱之情。由于孙惠芬作品多书写乡村心灵世界的不幸和矛盾，所以，作品普遍呈现出比较沉重和峻切的情感色彩。对人物的不幸和悲剧命运，作品充满痛彻感，对人物为摆脱命运所做出的努力，作品则给予充分支持和认同（这也是前述为什么孙惠芬作品对人物某些越轨行为充满同情和谅解的原因）。同样是缘于这种心灵介入的关爱之情，孙惠芬作品的感情色彩也呈现一定的复杂性。它们虽然压抑沉重，但却并不悲观绝望。它们中极少有彻底的悲剧，而是被尽可能地赋予了美好和温暖，努力表达希望和信心，即使是《生死十日谈》这样直面死亡的作品也不例外。其原因就如孙惠芬所说："吞噬我的，是乡村人对自我身份的迷失和寻找，是他们在寻找中心灵的孤独、脆弱和恐惧，是为摆脱孤独、脆弱和恐惧呈现出的心灵真相……"②作品中的温情色彩源于作家的心灵关爱，孙惠芬希望自己的创作能够成为一种精神鼓励，帮助人们更好地面对苦难、度过坎坷。《秉德女人》的表现最为突出。主人公尽管身陷苦难，但依然顽强寻找光亮，将生命意义寄托在全力培养下一代上。这就像作者的阐释："在不在公家里，是不是和遥远的国家有联系，只是人的一种存在感，是孤独的个体生命的本能需求，这种需求，不独属于知识分子，它属于这个世界上任何一个人！包括秉德女人！就像一棵树总要伸向天空，一条河总要流向大海。"③同样，《民工》是孙惠芬少见的直面生活残酷的作品。农

---

① 孙惠芬：《我想展现当代乡下人的自我救赎》，《文学报》2013年1月24日。
② 孙惠芬：《他就在那儿》，河南文艺出版社，2018年，第75页。
③ 孙惠芬：《存在感》，《秉德女人》，作家出版社，2019年，第506页。

民工父子回家为突然去世的女主人奔丧，还得知女主人曾经与其他男人有染，作品的基调自然相当压抑。但结尾处，作品还是通过赋予父子俩以梦幻般的温情，努力弱化其悲剧性和绝望色彩。

孙惠芬小说的叙述和立场特点，密切关联着其另一个重要的创作特点，就是作品的深度自叙性。具体说，就是作家将自己的生活、情感深度融入，将叙述者与自我高度重合，使作品成为其生活和情感的直接表现者。对此，孙惠芬从不讳言，多次在创作谈中指出自己作品与个人生活的密切关联性："我善于在很小的事物上挖掘痛苦、寻找忧伤，我迷恋失眠、恐惧、深夜里的惊悸，喜欢在快乐的人群里显出沉思的表情，在光明的背后探测潮湿的阴影，似乎这才是艺术的人生。"[1] 事实上，其多部作品中的叙述者与作家本人的生活经历、家庭环境有着高度一致，作品故事也大都有真实生活原型。[2] 在对作品的阐释上，她也多次将作品当作自己思想的直接表现物："造成一个人生命的转机除了社会、家庭出身的因素，还有一个十分重要的因素，那便是'冥冥之中'。我对那个隐在我们生命中的不可预知的'冥冥之中'有着极端的敬畏，我对隐在我们生命中的不可预知的东西有着极端的敬畏。"[3]《生死十日谈》也是这样："从某种意义上说，我……为了挣脱束缚，挣脱乡村的孤独感，我们渴望人群，渴望没有实物的远方。我们一路奔着虚妄的空间，和某种信念保持了良好的关系，唯独没有和天地实物保持关系。"[4] 在作品内部，我们也经常可以看到很多抒情和议论，很难辨别清楚究竟是叙述语言还是作家自述，甚至很难说这作品究竟属于虚构的小说还是纪实的散文。比如，"拥抱现代又难割传统，这很像我对城市的感情，在语言

① 孙惠芬：《生死十日谈》"开篇"，人民文学出版社，2013年，第2页。在另一篇对话中，孙惠芬也明确指出："我的写作，是心灵历史的一种再现。"见孙惠芬：《永远也绕不完的城市与乡村》，《街与道的宗教》，上海文艺出版社，2017年，第241页。
② 见王行：《孙惠芬小说创作研究》第一章第二节，东北师范大学博士论文，2020年。
③ 孙惠芬：《在迷失中诞生（创作谈）》，《歇马山庄》，作家出版社，2019年，第579页。
④ 孙惠芬：《生死十日谈》，人民文学出版社，2013年，第253页。

上竭尽百般诋毁之能事，在行为上又倾注满腔热情去投入"①。

作家主体的深入投射，致使孙惠芬作品呈现出前述的切近融入的叙述方式和心灵介入的价值立场。也就是说，孙惠芬创作的虽然是虚构的小说，实质上却带有强烈的主体真实性。这也在作品的艺术表达上有所体现，孙惠芬小说中的很多艺术特点，都清晰地投射着她的身份和文化个性：比如其叙述中的女性温情和细腻心理描写，以及小说结构和语言的单纯和明朗等，都可以看到作家的明确印记。这一点，使孙惠芬与同为东北女作家的萧红、迟子建的创作具有某些共性。但也正是在与两位作家的比较中，孙惠芬的个性得到进一步凸显。比较起来，萧红作品承担更强的文明启蒙主题，现代理性批判色彩更强；迟子建也试图表现出更远大的关怀，以及对人性主题的探索；而孙惠芬的作品则更多聚焦于乡村本身，关怀更急切、情感更纠结，作品更具真切感和痛彻感。

简单地说，孙惠芬的乡土小说，宛如一个乡村"女儿"对故乡母亲的诉说，包含着女性的深情、敏感和细腻，更体现出一种血脉相连、息息相关的情感态度。从根本上说，孙惠芬的乡村叙述，本身也就是乡村心灵的自我呈现——如果说作品内容展现的是乡村心灵世界的客体，那么，作品的艺术表达就是乡村心灵的主体渗透。也就是说，作品的主客体之间实质上具有内在的契合，是乡村心灵世界的多元统一。

三、心灵书写：意义与价值

孙惠芬创作的意义首先在于其所关注的题材范畴上。任何社会都由物质和精神、现实和心灵两方面构成，乡村社会亦然。乡村政治、经济、劳作等构成乡村的现实世界，而人物情感、伦理关系和

---

① 孙惠芬：《伤痛城市》，《伤痛故土》，上海文艺出版社，2017 年，第 212 页。

精神信仰等则构成乡村的心灵世界。现实和心灵互为补充，又密切关联，都是乡村社会不可或缺的组成部分。由于历史、文化传统等原因，中国乡土小说作家多关注乡村社会的政治现实和文化变革等问题，却普遍忽视对心灵世界的探寻。回顾百年乡土小说历史，书写现实的史诗性创作很兴盛，但表现乡村心灵世界的作品却相当匮乏而薄弱[1]。孙惠芬如此执着而深入地在乡村心灵世界耕耘，一定程度上拓展和深化了乡土小说创作的内涵。

对乡村精神信仰的书写是孙惠芬最重要的拓展。自五四新文化运动以来，中国社会发展都是朝着明确的现代性方向。在其视野下，乡村文化包括乡村精神信仰都被严重贬斥和轻视。文学作品也都普遍持负面的书写立场。鲁迅的《祝福》曾深刻揭示中国乡村农民的精神信仰困境，并对现代知识分子进行了深刻反思，但是，这一思想传统却远没有在乡土小说创作中得到继承和发展。人们对乡村精神信仰极少进行正面的展示和严肃的思考。对此，孙惠芬作品有明确的超越。她不但书写了一些关联精神信仰内涵的乡村民俗，而且超出简单批判立场，努力探索其内涵和意义。比如《生死十日谈》《上塘书》《后上塘书》等作品都不同程度书写了乡村神秘文化，如《上塘书》的"大仙"，《后上塘书》的"跳大神儿"书写、测字、灵魂附体，等等。作家充分理解和肯定着这些民俗的存在意义，并将其与乡村人的生存状况特别是精神信仰世界紧密结合。在孙惠芬笔下，这些民俗密切关联乡村心灵世界，是乡村精神信仰的重要组成部分，也蕴含着深切的人文关怀精神："救赎、忏悔，这个有着西方色彩的心灵事物，也从来都是中国人的心灵事物，只是它不发生

---

① 典型如柳青《创业史》。作品细致书写梁生宝和改霞的情感故事，是其重要魅力之一，也使两个人物形象获得了生命力。但由于作品未能持续和深化这些情感内涵，影响了作品所达到的艺术高度，见贺仲明：《一个未完成的梦——论柳青〈创业史〉中的改霞形象》，《文学评论》2017 年第 3 期。再如周立波《山乡巨变》，从乡村伦理的侧面来书写乡村现实变革，既实现了独特的深度，又显示强烈个性，在当代乡土文学史上留下了不可磨灭的印迹，见刘洪涛：《周立波：民间文化与主流意识形态》，《文艺理论研究》1997 年第 3 期。

在教堂，不需要借助仪式，它发生在我们漫长的生活中……"①

精神信仰的危机不是发生在中国乡村的特殊现象，而是关涉整个人类世界的普遍问题，特别是在科技文明高度发展的现代化背景下，这一问题更显突出。孙惠芬对乡村精神信仰问题的思考，也拓展到整个人类精神视域，传达出更广泛的人类关怀意识。这一点，孙惠芬在创作谈中有明确的自觉："在《生死十日谈》里，我触及的是乡村人群因为贫穷、疾病带给他们的灾难，是他们在乡村的城市化进程中的困惑和迷惑，以及他们的自我救赎，可我想说，我要表现的绝不仅仅是他们，我要表现的是所有人的迷惑和困惑，是所有人的自我救赎。"②"这时我发现，漂泊和流浪更容易使他们从'物质'的人走向'精神'的人，也就是更容易思考那个人类最本质的问题：自己是谁，为什么要来到这里。"③

其次，孙惠芬对乡村心灵世界进行了深入而富有启迪意义的思考。如前所述，孙惠芬小说具有与乡村持平等视点的特色，其思想也多建立在个人心灵感受基础上。这赋予了她思想的特别性，对很多问题的思考具有独特的深度价值。

最突出的是对乡村伦理文化的揭示。近年来，刘震云《一句顶一万句》《一日三秋》等作品致力于探索乡村伦理文化，取得了较高成就。孙惠芬的伦理书写与刘震云相比各有千秋。如果说刘震云在思想深度上更见锐利，那么，孙惠芬则更擅长生活的鲜活表现，以及对伦理关系复杂性的把握。孙惠芬小说具有以心灵介入现实的创作特色，这很切合对乡村伦理文化的表达。因为伦理关系交织着深厚的乡村历史和文化，蕴含着非常复杂的情感关系，本身就不是简单明了、是非分明的。孙惠芬以女性的敏感和细腻，深入复杂的人

① 孙惠芬：《我身边人的救赎》，《街与道的宗教》，上海文艺出版社，2017年，第230页。
② 孙惠芬：《有心的道路——〈生死十日谈〉创作谈》，《街与道的宗教》，上海文艺出版社，2017年，第191页。
③ 孙惠芬：《悲悯人性：不是选择，而是宿命——独家对话著名作家孙惠芬》，《街与道的宗教》，上海文艺出版社，2017年，第283页。

物心理世界，既探索各种关系的微妙处，又有真实丰富的生活为基础，还融入对乡村文化和人性世界的真切感受，鲜活而生动地展示了乡村伦理关系的幽微之处。如《致无尽关系》就是一幅当前中国乡村社会伦理关系最细致微妙的文学图画。而且，孙惠芬对乡村伦理问题也提出了一些富有见地的思考。比如她虽然没有很清晰地揭示乡村伦理与传统文化之间的深入关联，但其对伦理关系成为现代人的沉重精神负担的揭示，实质上已经表达出对传统文化因素的批判性反思。再如她将乡村伦理关系伸展到人与自然和人类精神领域，也是对乡村伦理关系内涵的深入拓展："人不仅仅活在和人的关系里，还要活在和物质的关系里。人绝不要只活在和人的关系里，还应该活在和物质的关系里。比如和山和树和土地和星星月亮，还有神灵……"①

　　孙惠芬对城乡关系的思考也很富深度。孙惠芬立足于个人真实感受来看待城乡关系，就突破了习见的二元对立思想观念，更具客观性和超越性。比如，她批判了城市人在乡村人面前的优越感以及城市文化对农民造成的伤害，但又不是简单的乡村卫护姿态。她也肯定城市文明的优越性，并清晰地表示城市化是乡村无法避免的未来命运。比如《给我漱口盂儿》，就明确表达对具有追求现代文明品质的农民的肯定。主人公虽然是一位乡村妇女，却珍惜"漱口盂"，向往洁净、有修养的现代生活。虽然她的行为不被人理解，她也长期处于孤独状态并遭遇嘲笑，但作品对她给予了充分的同情和肯定。与之相应，孙惠芬对乡村也不是一味地怀旧和赞美，而是在情感眷恋中蕴含理性批判，明确乡村发展的现代性方向。典型如《盆浴》，五叔有一幅寄托思乡情感的画《月是故乡明》，"我"虽然也爱它，却认识到它已经不具有现实价值："而今，我感到，画，只不过是一幅画，是人们留在心中的一个美好夙愿和信念。五叔已老，我已长

---

　　① 孙惠芬:《生死十日谈》，人民文学出版社，2013年，第254页。

大，家乡也度过了她那美好而纯净的童年走向成熟。"①正因如此，孙惠芬就能够看到乡村辽阔和静谧背后的"寂寞"本质，透析到乡村与城市的内在差异："因为土地的广袤、乡村的辽阔，寂寞和宁静是乡村的永恒；然而乡村人的内心却是热闹的，活泛的，他们在一次又一次的惊悸不安中常常自己跟自己对话，跟流动的时光轮转的日子对话。"②这种认识，远比那种乡村挽歌要深刻和切实，也能够解释为什么城市对农民具有那么大的诱惑力。

孙惠芬的这些思考往往带有心灵直觉色彩，不一定呈现出非常清晰的理性结论，或者准确说，她的作品主要是问题的提出者和疑问者，却不是判断者和解决者。然而这并非没有意义。比如《生死十日谈》，孙惠芬关注并展示了多个乡村自杀事件，她没有试图给这些事件寻找一个直接责任者，也没有提出解决问题的方法。她只是将问题置于时代变迁潮流当中，表达自己深重的疑虑、困惑和担忧，并结合人性问题来思考："稳定的一切都在崩塌，新的还没有形成。看了那么多自杀案例，我越看越叹气，都是一些鸡毛蒜皮的小事，结果就自杀了，为什么？想不通时，只有按照人性的轨道去看、去想象、去猜想。文学就是探索人性的秘密和生命的秘密，而只要追逐人性的逻辑，真相就在其中了。"③考虑到乡村精神信仰问题如此沉重而复杂，孙惠芬的提问本身已经具有深刻的意义。

最后，孙惠芬乡土小说具有独特的审美和现实意义。孙惠芬小说的审美效果很具个性。创作主体的强烈介入，感同身受的切近式叙述，很容易让读者产生身临其境的代入感，并产生情感共鸣。与此同时，由于作品叙述距离的切近和融入，对人物心理和行为有较多的细致剖析，以及情感上很强的纠结和峻切特点，也许偶尔会有过于细腻而产生的絮叨感和过于峻切产生的压抑感，但却能让读者

---

① 孙惠芬：《盆浴》，《伤痛故土》，上海文艺出版社，2017年，第30页。
② 孙惠芬：《在迷失中诞生〈创作谈〉》，《歇马山庄》，作家出版社，2019年，第578页。
③ 张英：《自杀是农村隐秘的伤口》，《新民周刊》2013年第47期。

产生亲切感和温暖感，对读者情感产生强劲冲击。此外，作品与人物之间的高度关联，也能够塑造出成功的人物形象。孙惠芬笔下多位女性形象都是很有深度的。如《歇马山庄的两个女人》中的李平和潘桃，就是时代文化与女性心理世界的深度结合，蕴含着很深刻的时代个性。《秉德女人》《歇马山庄》等作品中的"秉德女人"王乃容、月月和小青等形象也都很具个性特色。

情感上的关切和对乡村的切近，也使孙惠芬小说对乡村问题的揭示非常深刻而富有启迪意义。近年来中国乡村社会发生大的变化，物质生活方面明显富足，心灵方面的问题也同样显著。如何在城市化进程中解决好乡村的心灵和精神世界问题，关系到乡村社会的平静和安宁，也关系到人们如何顺利度过艰难的文化转型期，甚至关系到整个中国社会的健康稳定。"看到人心在变革中的动荡与失控，看到失控灵魂的不安和惊恐，惊恐灵魂对安详安宁的渴求，我还看到那些深陷灾难的人们的内心挣扎，以及在挣扎中灵魂的救赎与觉醒——挣扎、救赎、觉醒。"[①]孙惠芬的感慨虽然具有个人性，但这些问题却应该引起全社会的重视。

孙惠芬乡土小说之所以呈现出如此的特色和意义，究其原因，与她的生活和文化经历密切相关。正如她自己所说："一个人出生成长那个地方的气息，会注入你生命的骨髓，让你一生也无法逃离。"[②]孙惠芬与乡村的关系非常密切，二十三岁之前，她一直生活在一个有十八口人的乡村大家庭里，其中有多位女性成员。这既让她积累了丰富的乡村生活经验，拥有深厚的乡村情感，也使她对女性命运、伦理关系和精神信仰等问题特别熟悉、敏感和关注。而且，由于孙惠芬的青年时代都在乡村度过，乡村文化对她的影响非常之深，是其文学创作的重要思想资源。如此经历，使孙惠芬能够超越外来和高居其上的创作姿态，以朴素的乡村经验和情感为基础，怀抱着更

---

① 孙惠芬：《写在〈后上塘书〉之后》，《后上塘书》，作家出版社，2019年，第444页。
② 孙惠芬：《城乡之间》，昆仑出版社，2013年，第64页。

平等更贴近的姿态来感受和表达乡村。这正如批评家绿雪在多年前的评价："对于她所审视的农村和农民来说，对于'根'在农界的她来说，这是一种毫无'外来人'之嫌，也未曾'都市化'了的当代农村知识女性的审美眼光和情感体验。"①生活和文化的独特性，造就了孙惠芬乡土小说无法替代的突出个性。

任何文学立场都不可能是完美的。孙惠芬的乡土书写也一样。"乡村女儿"的叙述方式，就像一面双刃剑，既带给孙惠芬小说独特深度和魅力，却也伴随着一些不足。最突出的是与乡村的过于切近，致使其在价值观上显得犹疑和矛盾，影响其作品整体思想深度；与之相关，一些作品在思想勇气上也显示出一定的匮乏。文学是个性化的产物，无法也没有必要进行苛求。事实上，孙惠芬的乡土小说，已经以其个性和深度显示出充分的意义，足以在乡土小说历史和当前中国文学中留下深深的印迹。并且，孙惠芬的《生死十日谈》等近期创作在思想的锐度和深度上都有明显增强，显示出自我突破的良好迹象。我们可以给予她更多的期待。

---

① 绿雪：《孙惠芬的小说扫描》，孙惠芬：《孙惠芬的世界》，大连出版社，1993年，第6页。

在深度和立体中建构中国故事

——论刘震云近期小说创作

21 世纪初以来,刘震云先后创作出版了《手机》《我不是潘金莲》《一句顶一万句》《一日三秋》等多部长篇小说。这些作品大都被改编成影视作品,赢得很好的读者市场,也得到文学批评界的较高认可。《一句顶一万句》更获得第八届茅盾文学奖。这些作品的重要特色是采用"中国故事"的讲述方式,更立体而深刻地展示了中国的社会生活和丰富文化。可以说,在"中国故事"的书写上,刘震云做出了颇为成功的探索,也具有深刻的启迪性意义。

一、刘震云的中国"故事"

小说是现代社会最重要的文学体裁,在其发展历史中,存在着中与西、传统与现代之间的较大差别,也构成了不同的发展传统。从总体上说,刘震云这些作品主要继承的是中国古代小说特别是明清话本小说传统,在艺术上体现出"中国故事"的叙述特征。具体说,这主要体现在以下三个方面。

其一,以"故事"为核心的小说理念和结构方式。

中国和西方的传统小说都重视故事的作用。英国著名小说家福斯特的《小说面面观》就明确将"故事""人物""情节"作为小说最重要的要素,但是,近现代以来,西方小说的基本发展趋向是故事性逐渐淡化。正如西方学者的论述:"西方文学传统往往以时间中持续发生的事件序列来感知人的存在，导致将事件视为准实体，而存在便是由准实体构成的。随着叙事的着重点持续转向内化、抽象和瞬间的'事件'，这种理解在晚近的西方叙事传统中变得愈发微妙复杂。"[1] 现代西方小说更追求艺术的精致和内在的自律，思想内涵、人物塑造和叙事方法等因素的位置更为重要，故事的地位则明显降低。中国小说传统与西方不同，它一直对故事非常重视："自唐传奇至'五四'前的一千多年中，'故事小说'始终居于主流地位，'性格小说'没有多大发展。"[2] 当西方小说进入现代转型之际，中国小说中如《红楼梦》《儒林外史》等部分文人小说创作也呈现一些变革趋向，但主流依然保持以故事为中心的传统。特别是以"三言二拍"等为代表的明清话本小说创作，受说书方式直面读者（听众）的影响，作家们对故事更为重视，故事讲述的方式也有更丰富的发展。

刘震云小说所表现的理念和结构安排具有浓郁的中国传统话本小说色彩。这些作品虽然也承载思想性主题，但都是以故事讲述为中心，故事逻辑是推动情节发展的基本因素，作品的主旨也是通过故事得以呈现。相比之下，作品中的人物只是故事的辅助，承担故事的执行者角色。比如《吃瓜时代的儿女们》《一日三秋》等作品都是由多个人物故事共同推进情节发展，很难说哪一个人物是作品最主要的叙述者和塑造对象。即使那些采用一个人物做贯穿性叙述的作品，也不以人物塑造为中心。如《我叫刘跃进》，作品以人物"刘跃进"姓名来命名，但全书共四十三章，以"刘跃进"为题的只有六章，刘跃进在作品中只有承担故事和串联故事的功能，并无特别的形象意义。同样，《一句顶一万句》的上、下卷各有一个中心人物，但作品只是展示他们的生活故事，很少展示他们独立的气质个性。因此，这些人物身上呈现的主要是群体性生存和思想的特征，

---

① ［美］浦安迪主编：《中国叙事：批评与理论》，吴文权译，上海远东出版社，2021 年，第 384 页。

② 高尔纯：《试论我国古典短篇小说艺术表现特征》，《学习与探索》1982 年第 4 期。

而不是独特而典型的个性。包括《我不是潘金莲》也一样，虽然作品的故事基本聚焦于女主人公身上，人物也呈现出一定性格特征，但她仍然没有取代故事的中心地位。

其二，生活化与通俗化的叙述特点。

受不同文化影响，中西方小说的叙述方式存在较大差异。特别是西方现代小说具有较强个人性特点，追求叙事的繁复，主观色彩较强的风景描写和内心描写运用较广泛。[①] 而中国小说受史传传统影响较深，更看重社会性，因此更注重外在的生活描写，缺少主观抒情性。受市场影响下的明清话本小说，更朝大众化和趣味化的方向发展。[②] 因此，它的内涵兼具生活化和通俗化要求，《中国小说美学》中，冯梦龙认为，小说就必须通俗，要面向广大群众，要"谐于里耳"。"小说要着重描写普通的、常见的人情世态，要着重描写社会生活、社会关系的情理，同时主张小说要适应广大老百姓的审美要求，要为广大老百姓所喜闻乐见。"[③]

刘震云小说很明确地体现出中国传统小说的生活化和通俗化特点。如在叙事方法上。这些小说基本上都采用全知的外在视角，很少有内知和限知等复杂叙述方式，也很少有意识流等细致心理描写。而且，作品运用的叙述语言与人物语言完全一样，尽量采用客观叙述方式，隐藏叙述者的主观判断和价值倾向。因此，这些作品虽然故事曲折，但它们反映的基本上都是普通大众和日常生活，故事的发展充满生活气息，情节线索简单明朗，一般读者没有阅读障碍，也容易产生亲近感。

---

① ［美］伊恩·P.瓦特：《小说的兴起》，高原、董红钧译，生活·读书·新知三联书店，1992年。

② 如［苏］巴赫金的《小说理论》、［法］米兰·昆德拉的《小说的艺术》、［美］亨利·詹姆斯的《小说理论》等都是如此。近年来很有影响的小说叙事学理论（如［美］韦恩·布斯的《小说修辞学》）虽然以小说叙事为中心，但这里的"叙事"已完全不同于"故事"。"叙事"的内容远不局限于故事，与传统的以故事为中心的小说理论（如《小说面面观》）存在很大不同。

③ 叶朗：《中国小说美学》，北京大学出版社，1982年，第276页，第43页。

其叙述的内容更完全围绕日常生活，极少有单纯的自然风景描写和主观性抒情。即使偶有自然描述，也完全融入生活之中，"风景"内涵严重淡化。比如《一句顶一万句》和《吃瓜时代的儿女们》的这两段描写，与其说是写景，不如说就是日常生活的自然化，构成故事情节的一部分："院中有一棵大槐树，牛爱国搬一个凳子，坐在大槐树下。低头想了一阵心思，猛地抬头，一个大月亮，缺了半边，顶头在半空中。虽是半个月亮，却也亮得逼人。一阵风吹来，槐树的叶子'索索'地响；脚下树叶的影子，也随声'索索'地晃动。"① "轿车绕过一座山，开上岔道，往一条山沟里走。又过了一道梁，前边突然豁然开朗。一条瀑布，迎头挂在山崖；瀑布下是一条小溪，蜿蜒曲折地绕着山脚在走。轿车沿着小溪旁的柏油路，向山沟深处开去；这时发现向阳的山坡上，开满一山坡桃花。"②

叙事语言也一样。这些作品的人物语言与叙述语言高度一致，都采用短句，清晰简洁，口语色彩浓郁，还经常夹杂地方方言，基本上混同于地方大众的生活语言。叙述方式与传统说书小说一样，隐含着与读者的潜在对话，唯一区别只是没有采用"看官""话说"这样的词语。比如作品的人物外貌描写："牛小丽嘴大，眼大，鼻梁高，个头也高。"③ "王公道那时瘦，脸白，身上的肉也白，是个小白孩。小白孩长一对大眼。"④ "这女孩十八九岁，瘦身，大胸，但没笑，似低头在哭。"⑤ 以及自然环境描写："谁知天仍很晴朗，万里无云；天刚傍黑，一个大月亮，又迎头升了上来。"⑥ "没想到二十多天过去，初春之中，桃花竟开了。一山坡的桃花，正开得灿烂。"⑦ 都是完全的日常口语，充满生活气息。

---

① 刘震云：《一句顶一万句》，长江文艺出版社，2009 年，第 356 页
② 刘震云：《吃瓜时代的儿女们》，长江文艺出版社，2017 年，第 82 页。
③ 同上，第 10 页。
④ 刘震云：《我不是潘金莲》，长江文艺出版社，2012 年，第 3 页。
⑤ 刘震云：《一句顶一万句》，长江文艺出版社，2009 年，第 31 页。
⑥ 刘震云：《我不是潘金莲》，长江文艺出版社，2012 年，第 164 页。
⑦ 同上，第 265 页。

其三，中国传统小说技巧的广泛应用。

以追求社会效果、获得读者为宗旨的中国传统小说，在发展中形成了自己的艺术趋向和技术特点。最突出的，就是以可读性为中心，在相对简单的结构上追求故事的曲折和新奇："讲究情节描写，乃是我国古代小说叙事书写的一大特征。自唐代传奇起，至宋元话本、明清章回小说，可以说，凡小说家总要在情节的新奇、曲折上下番真功夫。"[①] 经过历代作家的探索，中国传统小说创造出了非常丰富的故事技巧，诸如毛宗岗、金圣叹等学者总结出来的"草蛇灰线""借物牵线"等方法。

刘震云小说多方面借鉴了这些叙事技巧，将它们融入自己的故事中。比如"横云断山法"是中国古代小说常用的技巧，它最常见的表达方式就是"花开两朵，各表一枝"，也就是小说整体聚焦于故事上，人物随故事而动，故事带动人物发展。所以，很多故事是由多人穿插起来，从而形成间断而非连续性的结构方式。如此的叙述方式，就如金圣叹所说，"千军万马后忽然飏去，别作湍悍娟致之文，令读者目不暇易"[②]，能够让故事始终具有较丰富的变化色彩，以新鲜感吸引读者。刘震云小说多处应用了这一方法。[③] 比如《吃瓜时代的儿女们》，第一章叙述牛小丽的故事；然后突然中止，再叙述李安邦、杨开拓的故事；第五章再回到牛小丽，然后将三个人的故事串联起来。《我叫刘跃进》同样如此，先写杨志的故事，再写刘跃进的故事，最后到严格的故事，一个一个分开讲述，到一定阶段再把所有故事关联起来，然后共同推进故事发展。《一句顶一万句》采用的则是一个故事接着另一个故事，每一个故事之间不一定有密切联系，而是各有新的内容和风格，到故事收束才构成作品的整体关系。

---

① 吴士余：《中国古典小说的文学叙事》，上海古籍出版社，2007年，第295页。

② （明）施耐庵著，（清）金圣叹评点：《金圣叹批评本水浒传》（下），岳麓书社，2015年，第561页。

③ 吴士余：《中国古典小说的文学叙事》，上海古籍出版社，2007年，第165页。

再如刘震云小说特别重视设置悬念，情节叙述往往一波三折、意外丛生，更喜欢以富有戏剧性的故事作为开头，埋下多个伏笔，吸引读者兴趣。这与中国传统话本小说最常见的"扣子"方法有着内在的关联。如《我叫刘跃进》，正如其扉页的介绍："刘跃进是个厨子，他丢了一个包；在找包的过程中，又捡到一个包；包里的秘密，牵涉到上层社会的几条人命，许多人又开始找刘跃进。犹如一只羊，无意中闯到了狼群里；由于它的到来，世界变得不可掌控。"① 作品从偷盗了刘跃进包的小偷杨志被人讹诈入手，引出刘跃进，既引出故事的后续发展，又联系起事情的前因，以完整的故事链条推动情节发展。《我不是潘金莲》也这样，以李雪莲第一次貌似荒诞的告状引起故事，然后以"告状"为中心，围绕李雪莲究竟如何告状以及是否告状，设下种种"扣子"，情节一波三折，整部作品都始终置身于强烈悬念和戏剧效果之中。

刘震云小说的这些叙述特点，很容易让我们想到20世纪四五十年代赵树理的《小二黑结婚》，以及中国传统文学中的《水浒传》、"三言二拍"等作品。确实，这些作品具有鲜明的共性，就是充盈着强烈的故事小说特点，共同沿袭着中国传统话本小说的叙事传统。显然，将刘震云近期小说看作是中国传统小说的宁馨儿，应该大体不算错。

二、刘震云故事里的"中国"

刘震云小说的叙述方式具有浓郁中国传统小说特色，它们讲述的故事内容也呈现出强烈的中国气息。而且，这些故事中的生活是立体而丰富的，它们在广泛而深刻的层面上展现了中国社会面貌和文化特征。具体说，它包括以下几个方面：

---

① 刘震云：《我叫刘跃进》，长江文艺出版社，2016年。

其一，平实而丰富的大众生活和社会精神图画。

刘震云在作品中曾这样表示："古风存于鄙地，智慧存于民间；有意思的事和话，……仅剩的一些残汁，还苟活于萝卜和白菜之中。"①他的小说充分实践了这一思想。它们书写的都是普通百姓的日常生活，在最基层、最朴素的生活中，展示中国大地上的民众生存图景。而且，通过人物的社会关系，这些作品串联起更广大的社会阶层，反映了更丰富的社会面，可以说是对社会大众生活的全景展示。如《我叫刘跃进》的主人公是一名农民工，他往上连接起房地产商严格、贾主任、老蔺等官员，往下连接起更广泛的城市边缘人，基本上涵盖了当代城市社会的基本面貌。其他作品也是这样。《我不是潘金莲》《吃瓜时代的儿女们》的主人公是普通农民，同时也涉及基层干部的生态，是乡村基层生态的多元折射。《一句顶一万句》《一日三秋》反映的生活不局限于现实，但同样也是采用聚焦于大众生活的视野方式。

这些生活的突出特点是平实。平实既源于生活的日常，也与艺术表现方式有关。这些作品采用的都是与生活基本平行的叙述视角，对人物生活不是俯视地批判或者远距离地自我抒情，而是平和客观地展示，因此生活呈现出平实和真切的特点。细致是平实的艺术基础。它们深入人们琐细的日常生活中，以白描的笔法进行描画，更通过方言、地方饮食文化、地方戏曲等内容，赋予了这些作品充分的、具体生动的特征。如《一句顶一万句》对河南馒头铺、胡辣汤、烩面等各种地方饮食文化，以及杀猪、染布、打铁等民间工艺，晋剧、闹社火等地方文化的书写，《一日三秋》写掐指、摸骨和鬼神附体传话等带有灵异色彩的民间文化，以及《我叫刘跃进》对城乡接合部的菜场、理发店等场景的描述，都是如此。《我不是潘金莲》这段对河南特产食品"连骨熟肉"的描述，更是典型的体现："它咸里

---

① 刘震云:《我叫刘跃进》，长江文艺出版社，2016年，第23页。

透香，香里透甜，甜里透辣，辣里又透爽和滑；滋味不但入到肉里，也入到骨头里；吃过肉，敲骨吸髓，滋味也丝毫不减。"①

大众日常生活之外，这些作品还从人际关系入手，展示社会的情感和精神生态。人际关系是生活的深层体现，准确地说，它是社会的基本脉络，联系着每一个个人、家庭和群体，是社会情感伦理的生动反映。刘震云小说集中而深入地书写了社会人际关系。最典型的是《我叫刘跃进》《我不是潘金莲》《吃瓜时代的儿女们》等当下生活作品，它们书写了夫妻、朋友等多种亲密人际关系，通过展示其处于变异中的种种状貌，揭示出传统伦理关系受到巨大冲击的社会现实。如《我叫刘跃进》对老蔺与贾主任两位"朋友"关系的剖析："两人说是朋友，但因地位不同，严格地说就不能叫朋友；贾主任可以把严格当朋友，严格不能把贾主任当朋友；或者说，贾主任是贾处长时，两人是朋友，当贾主任成为贾主任时，两人就不是朋友了；或者说，私下里是朋友，到了公众场合，还须有上下之分。"②这一剖析深入人际关系的肌理中，透射出当前社会伦理的深层本质。

刘震云对于以作品反映社会生活和精神面貌，有着明确的自觉："因为它很真实地把我们这个社会的结构、形态、关系，甚至是空气般流动的方式、气味都以文学的方式表现出来了，它告诉大家，我们的中国，我们的社会，我们的生活，尤其是小人物的生活，就是这么一个形态的。"③确实，通过丰富的人物故事，这些作品构成了一幅幅生动细致的社会生活和精神生态图画。

其二，对民族大众心理世界的深度揭示。

如果说日常生活是社会的外在身体，那么，社会心理则是社会的内在灵魂。刘震云作品借助社会关系来映照社会精神生态面貌，更以之为中心，深入人们的深层情感和精神世界，挖掘和揭示其背

---

① 刘震云：《我不是潘金莲》，长江文艺出版社，2012年，第286页。

② 刘震云：《我叫刘跃进》，长江文艺出版社，2016年，第49页。

③ 刘颋：《"三人行，必有我舅"——刘震云畅谈小说之道》，《文艺报》2012年9月19日。

后的民族文化心理。这一心理世界的主体就是"孤独"。

刘震云作品着力展示的社会人际关系充分揭示了"孤独"心理的来源。正如作品明确表达的："真是深渊有底，人心难测。……你平日最信任的人，往往就是埋藏在身边的定时炸弹。"①这些作品的人物关系，包括夫妻、父子、朋友这些关系，都呈现出疏离和淡漠的基本特征。人物之间缺乏真正的亲密、和谐甚至基本的信任感，而是充斥着各种利益、背叛和利用。在这种情况下，人物之间无法实现心灵的沟通，而是虚与委蛇，外在的语言表达与真实的内心世界之间存在着巨大的反差。人是社会动物，按照马斯洛著名的人格需求理论，任何人都有强烈的理解、信任和情感需求。②所以，人际关系的隔膜和冷漠，就会使人产生内心的空虚和孤独感，渴望得到理解和信任。现实的限制，导致这一愿望难以实现，也就自然产生了普遍性的"孤独"心理。

人与人存在着性格、人生遭际等方面的差异，各人所呈现的孤独状态不同，应对的方式也有差别。刘震云小说展示了人们不同的孤独状况和应对方式。第一种是深陷孤独的梦魇之中，远离幸福和快乐。这是绝大多数普通人的命运。典型如《手机》中的农民老严，他非常重视友谊，对朋友执着而真诚，但还是遭遇背叛，"一辈子没说得来的，就一个说得来的，还说我是傻×。"③最后郁郁而终。同样，老胡也遭受了朋友背叛的打击，之后性格发生大的变化，"就是不爱说话。跟谁都说不来。也不知道该说什么。"④《我不是潘金莲》也展示了类似状况。作品主体是农村妇女李雪莲打官司、上访的故事，但其重点并不在李雪莲案件本身，而是以之展示当下的乡村社会的文化状况，具体说就是人与人之间缺乏相互信任。李雪莲之所

① 刘震云：《我叫刘跃进》，长江文艺出版社，2016年，第55页。
② ［美］亚伯拉罕·马斯洛：《动机与人格》，许金声等译，中国人民大学出版社，2012年。
③ 刘震云：《手机》，长江文艺出版社，2003年，第6页。
④ 同上，第227页。

以那么执着要上访，主要原因是被前夫和情人欺骗，以及基层官员对她的瞒骗手段。换句话说，是强烈的孤独感导致她的决定，这也是她在前夫去世、失去上访理由后陷入虚无而寻求自杀的根本原因。第二种是努力突破现实限制，勇敢追求信任和理解，甚至不惜付出人生的代价。《手机》《一日三秋》等作品都书写了婚外情的故事。这些情感的产生，大都是像严守一一样，缘于"没有话说"的失败婚姻，以及对"跟人说话"的生活追求。最具代表性的是《一句顶一万句》，作品上下篇两位主人公杨百顺（杨摩西）的"出延津"和牛爱国的"回延津"，都将"说得上话"作为人生目标。杨百顺不愿意过大多数人所习惯的生活，一直在寻找能够"说得上话"的人，希望能够让自己心灵得到宁静，所以才不断地奔波和折腾。他经历了多次失败，特别是好不容易能够得到五岁养女巧玲的一些心灵慰藉，巧玲还不慎被人拐卖。最终只能以逃离延津的方式远走他乡，一辈子生活在孤独中。而那个五岁时被拐卖的姜巧玲，也就是后来的曹青娥，在与养父分离后，直到晚年临终时还念念不忘自己的养父，遗嘱带上手电去寻找他。作品的这段话："一个人的孤独不孤独，一个人找另一个人，一句话找另一句话，才是真正的孤独。"（《一句顶一万句》，"腰封"）非常沉重地展示了这种追求的艰难和痛苦。正是在杨百顺和巧玲故事的激励下，几十年后的牛爱国才最终下决心放弃虚荣，去寻找能够"说得上话"的情人章楚红。第三种是在高度的精神压抑下，心理扭曲和变异，甚至产生杀人的疯狂心理。《我叫刘跃进》中杨志被欺骗后的寻仇杀人，《我不是潘金莲》中李雪莲被丈夫欺骗后的杀人意图，《一句顶一万句》中的杨百顺和牛爱国也都有过杀人的念头。詹牧师留给杨百顺的话也是"不杀人，我就放火"，都传达出类似心理。

人们对孤独的感受、应对孤独的方式有别，但毫无疑问，孤独心理普遍地存在于大众生活中，并对人们的生活产生了严重的影响和伤害。应该说，刘震云所揭示的问题绝非虚幻，只是由于中国文化强调"含蓄"和"中庸"，因此，人们一直没有正视这一心理问题，它也始终处于隐秘和遮蔽之中。从文学史看，从来没有作家着力书写过这一主题，更没有将视野伸展到普通老百姓心理世界中。可以说，刘震云对大众"孤独"心理的揭示，发掘了一个长期被人们忽视的生存领域，也是对中国民族文化的深刻思考。

其三，中国民间哲学精神的主体呈现。

一个民族最深刻也最独特的文化是其哲学思想，就是对世界和生命的认识。哲学思想的深刻和独特与否，决定着该民族对世界文化的贡献，也构成其深刻的文化个性。哲学思想存在于哲学家的深邃著作中，也存在于广大民众的日常生活中。换句话说，民众生活是民族哲学思想的"民间版"，它更生动、朴素，也更具融合形态，与伦理仪式、宗教情怀等有着复杂的关联。刘震云作品反映大众生活，也传达出民间色彩的中国哲学思想。刘震云有这方面的深刻自觉，他曾说过："一个作家真正的功力不在有形的小说，而是后面无形的东西，这是一个层面。另一个层面，具体到一个作品里面，作家真正的功力包括呈现出的力量，不管是荒诞还是什么，它不在你的文字表面。功夫在诗外。这就是结构的力量，这个结构力量特别考验作家的胸怀，这个胸怀就是你能看多长看多宽，你对生活的认识、对人性的认识、对文学的认识以及对自己的认识。"[①]刘震云所说的"无形的"思想理念，就是抽象性的哲学思想，是认识世界的方式和生命哲学理念。刘震云小说的表达方式既有客观生活的认同性展示，更是作品主体的自我呈现。其具体内涵则主要体现在两个方面：

其一是循环生命观。中国传统哲学具有强烈的宿命色彩，循环生命观是其重要内容。刘震云作品明确地表达了这一观念。《手机》《吃瓜时代的儿女们》《我叫刘跃进》的故事都显示出这一点。它们

---

① 刘颋：《"三人行，必有我舅"——刘震云畅谈小说之道》，《文艺报》2012 年 9 月 19 日。

的故事貌似巧合，但与其说是巧合，不如说是宿命。作品中的人物面对自己的遭遇，也都是将之归咎于命运;《一日三秋》更是如此。作品中"人鬼相通""转世轮回"的荒诞性叙事，以及预知未来、灵魂不死等民间文化场景的叙述，完全是因果观念和循环世界观的直接表征。这些作品的艺术表达也与这种思想内容有着内在的一致性。比如它们都采用居于人物之上的全知叙述方式，所有人物命运、故事发展都在叙事者掌控之中，使故事的宿命色彩得到充分强化。再如作品大多采用循环式的结构，也就是其结尾不是一个故事的完全结束，而是预示着一个新故事的开始。《一句顶一万句》中两位主人公相差半个世纪的"出延津"和"回延津"，既是一种循环，又是一个新故事的开端。《我叫刘跃进》《我不是潘金莲》《吃瓜时代的儿女们》《一日三秋》也都一样是开放式的结构，就像《一日三秋》中的"笑话"故事千年循环，始终没有终结的时候。

　　其二是"顺生"的道家文化。中国没有西方文化概念上的宗教信仰，其功能部分由哲学思想文化来承担。其中，"无为""顺世"等道家思想深入中国大众文化中，深度参与着中国民间文化和大众精神生活的建构，对人们生活观和价值观产生深刻的影响，刘震云作品对此的典型表现是幽默。这些小说充溢着幽默，它既体现在故事情节的巧合性上，也体现在人物的生命观念上;既体现在生活中的幸运与欢乐，也体现在苦难来临时的态度;叙述态度更时刻可见调侃与打趣。比如《我叫刘跃进》《吃瓜时代的儿女们》等多部作品的故事充满巧合，人物结局也都不幸，但作品没有采用低沉压抑的叙述方式，而是既有无奈的达观，又有诙谐的调侃。同时，人物态度也不呈现为悲戚哀伤的态度，始终以淡然态度来面对。典型如《我不是潘金莲》中的史为民，他在"潘金莲"事件中经历命运起落，从县长变成厨子，却坦然面对，将打麻将作为人生最大爱好，传达出的是"一切随缘"的生存价值观。同样，作品结尾，李雪莲失去告状对象试图自杀，最终却被果园主人的幽默言辞所化解，化悲为笑。

这一点，就像刘震云自己的阐释："无论多大的苦难，河南人总是以幽默的态度来看待。他们用幽默，把严酷的现实变成一块冰，丢到幽默的海水里。这是他们的生活态度。"① 从本质上看，这些幽默是一种苦难锻造出来的生存观念，一种以苦为乐的生命态度，蕴含着中国道家文化思想理念。或者说，是道家文化在百姓生活中的日常化和通俗化应用。

上述三个特点，从外在生活到深层心理，从客体到主体，从日常细节到哲学文化，多方位细致地展示了中国社会的状貌。如果说作品展示的百姓日常生活是对中国生活的鲜活再现，那么，其深层中国哲学思想则赋予了其独特精神底蕴，是最深刻的"中国"印记。可以说，这些小说兼具历史的厚度和思想含量，又融汇了现实的生动真实，是真正立体而有深度的中国书写。

三、意义及其拓展空间

刘震云近期小说创作具有充分的意义价值。

首先，就是它们重新焕发了中国传统故事小说的生命力。中国文学具有悠久的、以故事为特色的小说创作传统，并在普通大众中具有广泛的接受基础。但是，在20世纪初的中国现代文学转型中，这一形式未能很好地得到现代转化，从而逐渐从文学创作中淡出，只是在通俗文学阵营中残留些许阵地。刘震云对这一小说形式进行了现代化发展，在展现其审美特点和艺术魅力的同时，也给予了其现代更新的充分可能性。

将鲜活现实生活灌注入传统小说艺术，是刘震云小说最基本也是最重要的方式。作为传统文学的一部分，中国传统小说艺术主要反映传统社会生活，表达农业文明的道德价值观念。刘震云小说立

---

① 赵明河：《用幽默化解严酷的现实——访作家刘震云》，《人民教育》2011年第7期。

足于当今中国社会，反映现实大众真实、朴素的日常生活，真切细致而具有浓郁的时代气息，可以说是古老的中国故事艺术与现代生活的结合。与此同时，刘震云小说还在叙述立场、小说内容与小说形式上做出了很大努力。如在叙述姿态上，刘震云书写的都是普通百姓故事，所持的也基本上都是与人物平视的视角，将现代思想高度融会于民间关怀意识中。这一点与刘震云借鉴的话本小说形式有着内在的一致性。话本小说形式本就来自民间，反映的也大都是普通百姓生活，叙述视点与生活内容高度和谐。因此，刘震云小说做到了作者、内容、形式之间的内在契合，"故事"与"中国"之间也具有高度统一。二者的结合，使这些作品构成了"中国故事"的完整形态，也呈现出整体性的中国生活状貌。

刘震云小说为传统小说的现代化所做的努力，具有更广泛的方法性意义。传统小说的现代应用，不是简单借用，而是必须经过现代化的"洗礼"。刘震云小说的努力是多方面的。从艺术方面说，它们借用传统小说技巧，并非模仿和袭用，而是有明确的扬弃。同时融合更丰富的现代艺术方法，传达出强烈的创新精神。比如，这些作品虽然采用一些传统小说方法，但对其中常见的道德说教和议论手法，以及章回体等较为模式化的形式，都完全弃置了。现代方法运用最突出的是这些作品广泛采用的幽默笔法。幽默的实质是站在比生活更高处来批判性地审视生活，内在意蕴是现代性的反讽。所以，幽默在很大程度上提升了这些作品的现代艺术品质。小说结构也是这样，这些作品在结构上很注意叙事的清晰性和完整，同时又追求故事的开放性，是传统小说叙事与现代艺术思想的结合。此外，《我不是潘金莲》《一日三秋》《吃瓜时代的儿女们》等作品更采用了具有后现代色彩的"序言：那一年""正文：玩呢""前言：六叔的画""附录一""附录二"等文体形式。刘震云小说现代因素始终隐居于传统因素背后，没有刻意彰显，却赋予了这些作品灵动色彩，让传统因素呈现出开放性特征，其小说也兼具生动通俗和抽象深刻结合的特点。

思想方面同样如此。如前所述，刘震云作品蕴含着深刻的中国哲学思想意蕴，但其具体价值观念却有对传统思想的显著超越。正如刘震云自己所说："《水浒传》里的西门庆、潘金莲、武大三者的关系处在一个低级的状态。"[①] 这些作品多处写了男女"偷情"，但它们不是持中国传统鄙视和否定的价值观念，而是立足于现代人文立场，对这种感情给予了明确的宽容和肯定。比如《一句顶一万句》写了吴香香和老高、牛爱国和章楚红几对男女的婚外情。这些感情虽然对其他人构成了很大伤害，但作品重点思考了其背后的原因——它们都源于夫妻之间的缺乏共同语言，以及与情人之间的能"说得上话"。从本质上说，偷情行为是人们寻求情感慰藉的无奈表现，是社会文化压抑的结果，蕴含的是人们追求幸福和正常人性的表现。故事还是老故事，但思想观念却完全现代，是现代人性关怀精神的体现。此外，它还体现在较强的批判精神上。《我叫刘跃进》《吃瓜时代的儿女们》等作品，多方面展现底层百姓生活的艰难和困窘，对一些不作为和有贪腐行为的基层干部进行了尖锐的揭示和批判，显示出批判现实主义精神。

其次，刘震云小说对传统小说形式的现代化发展具有探索意义，其本身也达到了较高的思想和艺术水准。最突出的成就是在思想内涵，也就是对中国传统文化的思考上。刘震云小说展示中国社会生活文化面貌，特别是揭示以"孤独"为中心的大众民族心理，是对中国社会的深层次揭示。而且，作者的意图还超越大众心理本身，是对中国传统文化尖锐的批判性反思。作品揭示出传统文化是大众"孤独"心理产生的根本原因。虽然作品并没有从个体角度来刻意明确传统文化与"孤独"心理之间的密切关系，但它们在整体上营造出一个传统文化主导下的社会环境，揭示出文化影响的无处不在，

---

① 刘震云:《从〈手机〉到〈一句顶一万句〉》,《名作欣赏》2011 年第 13 期。

并对人们心理世界构成严重伤害——这一点，就如同鲁迅《狂人日记》中所言，社会中的每个人都是"被吃者"，也都是"吃人者"，每个人都是文化的载体，也都是文化的承受者。正因为文化影响如"悲凉之雾，遍被华林"，弥漫于生活每一个角落，所以《一句顶一万句》中的杨百顺生出杀人之心，却不知道自己应该去杀谁——因为他的迫害者不是某一个人，而是整个社会和文化。《一日三秋》的文化批判态度表达更明确，作品结尾处借人物之口将批判矛头直指三千年的中国传统文化，并以题旨明确指向："这是本笑书，也是本哭书，归根结底是本血书。多少人用命堆出的笑话，还不是血书吗？"①

刘震云对传统文化的批判态度与鲁迅开创的"五四"文化有密切的关联，但也有自己的独立探索。简要说，就是作品对传统文化持揭示和批判态度，但并非全盘否定。比如，前述作品对民间中国哲学思想的深刻表达；再如对民族文化表现，批判之中也包含有一定的认同和眷恋。比如《一句顶一万句》，主体上是书写人情的隔膜和友谊的背叛，但它也叙述了如曹青娥和养父杨百顺之间至死不渝的父女深情等深挚感情。正因为这样，杨百顺（杨摩西）和牛爱国在"出延津"和"回延津"之间始终存在强烈的心灵纠葛，对故乡的爱和恨在他们心中交织。刘震云这种融深切批判与深情眷恋于一体的两面文化世界，非常深刻而真实地揭示了中国大众的文化心理面貌，也切合身在悠久传统中人们的真实文化态度，并最终指向对民族文化现代更新的强烈渴望。刘震云矛盾思想的背后，隐含的是他复杂的书写立场。他的思想以现代精神为底色，却蕴含着深刻的民间文化立场。所以，刘震云小说可以看作是一次现代性视野下对中国传统文化严厉而深情的审视，也是现代思想与民间立场的深刻交融。考虑到"孤独"心理并非存在于某一文化环境，其形成原因也

---

① 刘震云：《一日三秋》，花城出版社，2021年，第306页。

不局限于文化影响，刘震云作品的这一文化态度，就像其艺术上对传统与现代的融汇一样，也超越了文化批判层面，进入更广泛的人性层面。

如此，刘震云小说既以生动、通俗的文学方式展现丰富多元的大众日常生活，体现"中国故事"的个性化传统、中国人的文化审美趣味，同时又赋予这些"中国故事"以丰富现代性内涵，具有强烈的现代思想意义，在思想深度上抵达了中国社会的深层世界，并连通复杂而广泛的人性世界，具备了与世界文学沟通和对话的基础。这极大地提升了中国传统故事小说的思想内涵和艺术品质，是对它的创新性发展和创新。也正是在这一前提下，这些作品具有了在如何讲述"中国故事"的方法学意义。

当然，这并非说这些作品已经完美，它们也存在某些不足，具有可以进一步思考和提升的空间。具体说，有这两方面的内容：

其一，人物形象问题。如前所述，刘震云这些作品以故事情节为中心，对人物的塑造不是很突出。作品中除了《我不是潘金莲》中李雪莲形象较有个性，其他人物多呈现类型化特征，缺乏鲜明生动的性格特征。这与小说的形式特点有直接关系，故事型小说本就以揭示社会为主而非塑造人物形象。但是，人是生活最主要的创造者，也是"中国故事"最重要的承担者，典型的人物形象是书写好"中国故事"不可缺少的内容，是深度揭示社会的重要环节。以《一句顶一万句》和《我不是潘金莲》进行比较：前者的思想内涵更具深度，但个性化人物形象相对不足，作品的艺术感染力也受到一定影响；后者塑造出李雪莲这一个性化人物形象，故事的"中国色彩"更浓，对读者也更具吸引力。所以，如何将人物形象塑造更好地融合到故事小说形式中，还有很丰富的探索空间。

其二，思想视野问题。毫无疑问，刘震云这些作品的思想内涵是深刻的。但是，它们的基调却有过于沉重和悲观的缺陷。作品中的环境紧张，充斥着背叛、算计和陷害，故事结局也常常陷入轮回和虚无。虽然一些作品努力以幽默和反讽来进行遮蔽和粉饰，也写到一些美好情感，但这些都不能掩盖整体的内在悲观态度。在一定程度上说，作品的深刻和沉重都来自一个共同的源头，就是立足于底层大众的思想视野。这是刘震云创作重要的贯穿性特色。从 20 世纪 90 年代的"故乡系列"作品开始，刘震云就一直站在底层大众的角度批判性审察中国的历史和现实。这一立场赋予他独特而片面的深刻，却也让他难以看到希望，容易陷入悲观和虚无。[①] 如何拓宽文化视野，在悲观中看到理想，在绝望中见到希望，是刘震云文化视野上的可拓展处。

"中国故事"的书写是一个很宏大也很复杂的话题，要求刘震云作品做到尽善尽美显然是不恰当的苛求。客观说，刘震云上述小说所取得的成就已经很突出了，并具有了相当程度的启迪性意义。只是"中国故事"的书写是一种长期的集体行为，对它的探索也永无止境。只有在不断深入的辨析、讨论和实践中，"中国故事"才能叙述得越来越精彩，并真正在世界文学中拥有自己的一席之地。

---

① 贺仲明：《独特的农民文化历史观——论刘震云的"新历史小说"》，《当代文坛》1996年第 2 期。

中国浪漫主义诗学的当代建构

——论迟子建小说的思想与审美意义

近年来，受社会、历史、文化等多方面因素的影响，中国当代文学中具有浪漫主义风格特征的作家作品日渐稀少。但迟子建是一个显著的例外。迟子建自登上文坛，其作品就以强烈的浪漫色彩而引人注目，而且将这种风格一直延续至今。她的小说得到社会的广泛认可，多次获得茅盾文学奖、鲁迅文学奖等奖项，她也是极受读者欢迎的当代小说家之一。迟子建的成功，与其小说独特的浪漫主义创作个性密不可分。

一 浪漫主义诗学的现实基石

浪漫主义文学最重要的品质特征是想象，也就是对现实具有超越性。浪漫主义与现实主义的最大区别，就是它依靠丰富的想象能力，展现不同于客观现实的生活面，激发人们对未知世界的幻想，对现实的有限性和限制力予以超越，从而获得独特的思想和艺术魅力。18、19 世纪西方浪漫主义文学就是在"他们所赋予想象的重要性上和他们对想象所持有的特殊看法上"① 而区别于其他作品。中国经典浪漫主义作品屈原的《离骚》、庄子的《逍遥游》、吴承恩的《西游记》等，都以上天入地、横跨古今的浪漫想象而得到大众的认可。

---

① ［美］利里安·弗斯特：《浪漫主义》，李今译，昆仑出版社，1989 年，第 52 页。

迟子建小说的想象力非常丰富，突出代表是她的"北极村"系列小说。迟子建以家乡为背景，建构了虚构性的"北极村"文学世界，作品包括从《北极村童话》《原始风景》开始一直延续至今的大多数中短篇小说及长篇小说《额尔古纳河右岸》等。在此艺术世界的创造中，迟子建展现了突出而多元的艺术想象力。这种想象力具体表现在以下两个方面：

其一是强烈的象征性和唯美唯善色彩。"北极村"世界具有很强的象征性。也就是说，作者不是简单地将这一世界具象化，而是突出其更具抽象和宽泛意义的象征性，作品展现的世界呈现强烈的单面色彩，无论是自然世界还是生活世界，都具有很强的类同性特点。比如作品中的人物形象，都不以个性见长，人物性格多呈类型化特征。作品中那些精灵般的小女孩、慈祥的老妇人和热情的中青年女性，都有着温情善良的品性。她们与迟子建在多部作品中所塑造的、具有忠诚品格的狗等动物形象，共同构成一个美而善的象征世界。

与之相适应，"北极村"世界也不是对现实和人性的客观再现，而是具有唯美唯善特征。从人性、人心、人情的角度说，它们主要呈现人性的善与人心人情的美好的一面。绝大多数人物形象都具有纯朴善良的品性，内心单纯，乐于助人。即使偶尔犯错，也努力地以各种方式来进行弥补。个别作品虽然也涉及苦难和不幸，但很少进行渲染，只是以它们来凸显善的意义。从书写生活的角度来说，则富有唯美色彩。这一具有浓郁东北地方色彩的世界，自然风景尽显优美和宁静，很少有嘈杂和喧哗声，人与自然安宁静谧地融为一体，生命以自由、自然的状态生长着，充满了温暖和关怀的柔情，恍如一个美好的童话世界。

其二是显著的超现实性。这一方面体现在作品内容呈现的跨时空特点上。作家书写时，经常将历史、现实、传说和民俗文化等融合起来，制造出一个亦真亦幻、亦虚亦实的超时空世界。其中，民间文化的融入是很重要的因素。如《额尔古纳河右岸》叙述民族文化历史，书写了独特的施巫术、祈甘霖等萨满神性文化，将逝者和生者的几代人生命交织在一起，穿插逝者灵魂护佑、生命轮回等观念，使小说中的世界充满了强烈的神秘和神性色彩。此外，作家还在不少作品里着力展示和渲染独特的民间风俗习惯，甚至围绕这些风俗来组织故事。如《雾月牛栏》中的"雾月"传说，《逝川》的"泪鱼"故事和放生习俗，以及《秧歌》里的秧歌和看冰灯风俗，等等。这样就使作品中的现实世界与遥远的历史文化彼此交融，超出生活的具体语境，更富抽象性和空灵色彩，并呈现出真实与虚幻、客观与想象相交织的特点。另一方面，则呈现为艺术上虚实结合的特点。迟子建作品较多地采用儿童叙述视角，一些作品更是采用智力存在一定短板的儿童的视角。儿童视角中的世界肯定不同于客观现实世界，智障儿童的思维方式更是异于常人，其所折射出来的世界呈现出强烈的变形特征，从而显示出非现实性特征。此外，还有不少作品将梦境书写融入叙述当中，将现实世界与梦中世界相杂糅，使生活呈现虚实相间的特点。如《北国一片苍茫》就以主人公的梦境来引起往事回忆，故事整体上则处于现实与追忆、真实与幻想交织的迷蒙状态。《重温草莓》也是让主人公的父亲在梦境中传达感情，以情感纽带将现实与梦境融为一体，让人难辨真伪。

"北极村"小说以丰富的想象力建构了唯美唯善的超现实世界，在此之外，迟子建的另一类作品的想象力也很突出。这些作品以东北大兴安岭地域的真实历史事件或者社会现实生活为背景，作品主要有《树下》《伪满洲国》《白雪乌鸦》《群山之巅》《烟火漫卷》等。它们在浪漫想象程度上也许不及"北极村"系列小说，但却有着很一致的文学想象方式。比如，它们都善于借助民间文化来营造一种象征性和超现实性。如《伪满洲国》和《白雪乌鸦》等作品都书写了神秘的萨满文化，《群山之巅》展示了民间因果报应思想，《树下》《白雪乌鸦》书写了地方民俗等，给这些作品蒙上了较强的神秘氛围。在思想主题上，它们也都具有明确的善的指向。与"北极村"

系列小说相较，它们反映的生活和人性世界要具有更多的现实气息，如《白雪乌鸦》写惨烈的瘟疫，直面死亡场景，《树下》书写了恶的人性和死亡悲剧，《群山之巅》里人物的生活中也包含罪恶、背叛等内容。然而，这些作品的结局大都是背负着罪恶者的忏悔和受害者的谅解。可以说，作品写人性恶的方面，目的是让罪恶得到救赎；写死亡，是为了展示生的价值和善的力量。所以，这些作品的故事虽然场景较为写实，但其与"北极村"系列小说一样具有较强的象征、唯美唯善和超现实色彩，蕴含着浪漫主义文学的基本品质。

浪漫主义想象构成迟子建小说的显著特色，但这些想象并非完全虚幻的，也不是封闭和个人化的。它们不仅具有较强的社会性，更具有切实的生活描述，传达出浓郁的生活气息。这在其具有历史和现实背景的作品中不需多言，真实的历史和社会背景与生活的日常写实性叙述自然而密切地交融在一起。如《烟火漫卷》的主要特点就是展现哈尔滨日常生活中浓郁的"烟火"气息；《伪满洲国》《白雪乌鸦》《群山之巅》也都有非常具体的历史场景刻画和现实细节描述，生活和社会色彩自然是尤为突出。"北极村"系列小说也具有同样特点。这些作品在整体氛围和思想主旨上具有较强的神秘感和虚幻性，但在具体表达上并不缺乏社会和生活气息。除了极个别的以儿童为中心书写的作品外，绝大多数作品的人物都是普通大众，与社会环境具有较强的统一性。而且，这些作品大都细致地展现了不同人物那家长里短、平常起居的日常生活，描述的笔法细致，生活场景展现得极为真切。最典型的如《腊月宰猪》《清水洗尘》《灯祭》等作品，充分展现了地方小城镇春节前后热闹而琐碎的生活场景，可谓事无巨细、纤毫毕现。《逝川》《秧歌》等作品也都具有类似的叙述与描写特点。

切实日常生活与丰富想象的结合，赋予迟子建小说的另一个特点，即具有强烈的地域性和当代性。作品中的想象密切关联着地方文化，作品中的自然景观和生活细节，更带有浓郁的东北大兴安岭

地区特点。北极村、松花江、哈尔滨、兴安岭……无数真实的地名
——对应着地方的历史文化传统，从森林、雪地，到萨满教、鄂温
克民族、伪满洲国、哈尔滨等，从多个侧面透射出这片土地的自然、
人文和历史，以及它所孕育出的个性化人情和人物性格。将这一特
点体现得最为突出的是其笔下的女性人物形象，从面貌、衣着到行
为语言，都尽显豪爽直率又不乏温情的性格，闪耀着旺盛的生命力
量，从精神气质层面传达出东北的地域文化特性。当代性的特点与
地域性特色密切相关。这些作品内容虽然有历史、现实与想象之别，
但都凝结着大兴安岭地区这片土地的精魂，与当代生活世界有着密
切的关联。此外，作者的关怀视野也呈现出强烈的当代性色彩。作
品描绘的所有人物和故事，传达的是对当下人物生活的深切关怀和
对现实社会问题的郑重思考。

　　正如有学者所论："迟子建的探索目光始终徘徊在民间、在底层、
在普通人的日常生活中。向上，无限地追求精神的高度；向下，极力
地逼近日常的内核。"[①]迟子建小说以浪漫主义的想象和象征为重要诗
学特点，同时又广泛地运用细致入微的写实方法，展现出一个真实
与虚幻、写实与想象相结合的文学世界。浪漫主义是其根本性的精
神底蕴，现实关怀和写实艺术则是其重要基石。比如《额尔古纳河
右岸》，这是一部具有一定纪实性色彩的作品，讲述了在现代化生活
的冲击下，东北大兴安岭地区一些曾经以狩猎为生的民族，不得不
改变自己的生存方式，也走向新的文明时代。鄂温克族的生活变迁
是伴随着中国式现代化进程所必然发生的，作品书写与折射的正是
这一现实。与此同时，作品的文学世界又富有神秘的地方文化色彩，
其自然景观、人物生活和文化习俗，无一不呈现独特而浓郁的象征
性与浪漫主义的诗学特征。《世界上所有的夜晚》也一样。一方面，
作品书写了乌塘地方如蒋百嫂、周二嫂等多位普通百姓的生存故事，

---

　　① 杨姿：《抒情性：走在文学的回乡路上——略论迟子建小说创作的当下意义》，《文学评
　　论》2014 年第 5 期。

展现了多个家庭的日常生活、情感纠葛，以及那些虽陷入死亡阴影却表现出韧性生存品质的人们，表达出叙述者对地方生活和大众的深切关怀；另一方面，作品又具有很强的文学象征和精神探索的意义。如作品结尾"永别于清流"部分，通过对独臂人和云领父子生活的书写，让叙述者在"放河灯"的过程中和与有灵性的蝴蝶的相遇中，生发出对生命的深切感悟，达到一种超现实性的精神的升华。

二　浪漫抒情传统的当代传承："中国知性"的文学表达

18 至 19 世纪西方浪漫主义文学的开创者之一华兹华斯明确指出："一切好诗都是强烈情感的自然流露。"[①] 法国文学史家朗松也说："浪漫主义是一种以抒情为主导的文学。"[②] 以情感为中心的抒情艺术与浪漫主义文学有着非常密切的关联。一方面，抒情能够最为充分地表达人类对生活的超越和追求。特别是在现代文明之前，人类的生活和情感受到环境多方面的制约，抒情也就成为人们表达其超越这些限制、追求自由的主要方式。直抒胸臆和借景抒情都具有这样的效果。如屈原的《天问》、陈子昂的《登幽州台歌》，就是面对无垠天地而发出的对人生短暂即逝的长叹，蕴含人类对未知世界的不懈追求；同样，华兹华斯的《抒情歌谣集》、雪莱的《西风颂》等诗作，也借对大自然的讴歌来表达对资本主义世界的否定和批判；另一方面，文学对丰富感情的抒发，本就符合文学"以情感人"的特点，故能够引起人们内心深处的感情回应，激发人们对未知世界的认知渴求。它与浪漫主义文学追求超现实的本质特征是高度一致的。所以，中西文学传统中的浪漫主义文学都与抒情艺术不可分割。无论

---

① ［英］华兹华斯：《〈抒情歌谣集〉序言》，曹葆华译，王春元、钱中文主编：《英国作家论文学》，生活·读书·新知三联书店，1985 年，第 16 页。

② ［法］朗松：《法国文学史》，《欧美古典作家论现实主义和浪漫主义》（二），中国社会科学出版社，1981 年，第 239 页。

是"湖畔派"诗歌、歌德《少年维特之烦恼》等西方经典浪漫主义作品，还是中国浪漫主义文学名著屈原的《离骚》、汤显祖的《牡丹亭》等，都是如此。特别是中国传统文学，既因文学体裁中叙事性相对较弱、抒情色彩更强而被学者们称为"抒情文学"①，也因其更关注现实日常而形成了一种含蓄深沉、质朴内敛的抒情文学特质。

迟子建的小说具有浓郁的抒情色彩。这首先体现在其对情感生活的执着关注上。迟子建小说里的生活世界丰富多彩，但大多关涉情感伦理。她的作品书写了各种各样的情感关系，包括亲人之间如祖孙、父母子女、兄弟姐妹，也包括朋友、邻居以及陌生人之间的关系，表达了对善良美好情感和人性的赞美，揭示和否定了丑恶人性。情感内涵赋予了这些作品以强烈的抒情底蕴，特别是那些赞美人物美善情感的作品，于细腻微妙的笔触之下，既传达出对人性的美好期待，也熔铸了对生命的强烈关怀之情。如《亲亲土豆》《白雪的墓园》《清水洗尘》《踏着月光的行板》《重温草莓》等描述男女美好感情的作品。作品中的主人公或者是夫妻或者是情人，相互之间满是温情与爱意，人物的每一个细节、每一句话语，都蕴含着深深的关爱和温情，作品也因此荡漾着抒情的浪花，在情感上呈现出强大的感染力。典型文本如《候鸟的勇敢》，讲述候鸟管理员张黑脸与他所爱恋的德秀师傅，以及一群名为东方白鹳的候鸟之间的温情故事。特别感人的是那对白鹳夫妻，在暴风雪中，雄鸟受伤，雌鹳寻来，最后共同相拥而死。作品以鸟喻人，以鸟衬人，于细节中充盈着对美好感情的高度认可。再如《踏着月光的行板》，两位从农村到城市务工的年轻夫妇，无法在一起生活，只能约定在火车上匆匆见面，生活虽阴差阳错地造成他们错失见面的机会，从中却折射出两人之间的真挚感情。借助对"月光"意象的抒情性表达，作品对这种美好的感情做了讴歌。

---

① 参见陈世骧：《中国文学的抒情传统——陈世骧古典文学论集》，张晖编，生活·读书·新知三联书店，2015年；王文生：《中国文学思想体系》，上海古籍出版社，2017年。

迟子建的小说除了关注人伦之情，还涉及其他层面的感情，比如人与动物、人与自然之间的感情。迟子建的小说经常将动物和自然进行人化书写，赋予自然以生命，赋予动物以灵性，小说中的自然和动物世界都因此充盈着情感色彩，并与人物具有心灵相通的密切关系。关于这一点，有论者做了很全面的概括："在她的世界里，不仅花草树木星星月亮风霜雨雪鸡鸭鹅狗都富有灵性可与人交流，甚至鱼会流泪（《逝川》），土豆会撒娇（《亲亲土豆》）……可以和死去的亲人交流（《遥渡相思》《重温草莓》）……" ①

迟子建小说书写对情感的关注还体现在思想与情感的密切交织上。迟子建的不少作品有很深刻的文化和现实性思考，如《额尔古纳河右岸》《伪满洲国》《白雪乌鸦》等作品就深入探讨了文明发展、自然生态、社会文化变迁等重要问题，部分作品表现出哲学思考的意味。但这些作品远非哲理性小说，它们的思想蕴含在情感故事之中，抒情是作品用以承载思想的重要方式。典型文本如《额尔古纳河右岸》，作品借助鄂温克族最后一位女性老酋长的视角，以第一人称叙述，语调从容而深情。在其对民族历史的追忆、对民族文化的回顾中，可以看到民族所曾经面对的生存困境，以及在现代文明冲击下不得不做出改变的艰难和窘迫。小说叙述包含着客观和理性的态度，而女性特有的深情的叙述话语，以及叙述者情感的高度介入，又传达出强烈的眷恋和伤怀之情。此外，《世界上所有的夜晚》对生命意义的探寻，《白雪乌鸦》对苦难与救赎问题的思考，《伪满洲国》对重大历史事件真相所作的深层探究，也都呈现出类似的书写特点。

其次，迟子建小说的抒情性体现在其丰富而浓郁的抒情艺术上。迟子建的小说广泛地运用抒情方法。比如，它们多采用与读者之间拉近距离、平等亲切的叙述方式，部分作品更是直接以第一人称叙述，在平静温和的语调中深藏着叙事者的感情。与此一致，小说基

---

① 韩春燕：《神性与魔性：迟子建〈群山之巅〉的魅性世界》，《当代作家评论》2015 年第 6 期。

本上都采用散文式的笔法和语调，语言细致轻灵而富有诗意。小说里在对人物或景物的叙述中，会很自然地穿插一些富有感情色彩的比喻或抒情词语，从而使得叙述渗透着感情，叙述者的感情融化成为作品的感情。比如《逝川》中对"泪鱼"的描写就广泛地运用富有感情色彩的比喻："这种鱼被捕上来时双眼总是流出一串串珠玉般的泪珠，暗红的尾轻轻摆动，蓝幽幽的鳞片泛出马兰花色的光泽，柔软的鳃风箱一样呼哒呼哒地翕动。"① 《北国一片苍茫》里这样描述那只具有灵性、为主人舍身而死的狗："永合了那双迷人的柔和的双眸。永逝了那温存感人的声音。"② 还有一些作品，在某些重要的场合，也会采用直抒胸臆般的直接抒情方式。如《群山之巅》的结尾："一世界的鹅毛大雪，谁又能听见谁的呼唤！"③

　　迟子建的小说中，对自然意象的描述也富有感情色彩。其小说中的自然意象非常丰富，如月光、风雪、森林、草地等具有浓郁地域特色的意象，在其作品中呈现出多姿多彩的样貌。它们无一例外地都凝结着叙述者的深情，共同形塑着其动人的抒情文学世界。典型文本如《世界上所有的夜晚》结尾对"放河灯"场景的书写，将生活中的动与静巧妙交织，传达出叙述者对生命的深刻感悟，貌似平淡的语调中蕴含深情，颇有川端康成《雪国》的韵味，其中深藏的是中国传统美学精神：

　　　　虽然那里是没有光明的，但我觉得它不再是虚空和黑暗的，清流的月光和清风一定在里面荡漾着。我的心里不再有那种被遗弃的委屈和哀痛，在这个夜晚，天与地完美地衔接到了一起，我确信这清流上的河灯可以一路走到银河之中……月亮因为升得高了，看上去似乎小了一些，但

---

① 迟子建：《亲亲土豆》，人民文学出版社，2011年，第123页。
② 迟子建：《北国一片苍茫》，人民文学出版社，2012年，第88—89页。
③ 迟子建：《群山之巅》，人民文学出版社，2015年，第323页。

它的光华却是越来越动人了。我们才进三山湖景区，就望
见独臂人像棵漆黑的椴树一样，候在月光下。①

迟子建小说的抒情书写中具有很强的现代气息。比如其小说对
美善人性的赞美，就蕴含着现代人文精神；其以和谐为中心的自然生
态观念以及对物质文化的反思，也都与对现代主义的反思思潮有着
内在的一致性。而其作品在艺术上既广泛地采用细腻的风景描写和
人物心理描写，还采用限知的儿童视角，从中皆可看到现代小说技
术的影响。然而，从总体上来说，迟子建小说的抒情特征是以本土
生活为主体，呈现出强烈的中国文化和现实关怀的特点。

首先，在抒情内涵上，迟子建的小说不以个人为中心，不追求
西方浪漫主义式的个性自由，而是以群体为中心，致力于表达以善
为中心的伦理思想，这是典型的具有中国文化色彩的表达方式。比
如，迟子建的小说对善与恶关系的表达主要有两种方式：其一是善
有善报、恶有恶报的道德观念，其二是善恶相生、因果报应的思想。
像《群山之巅》《烟火漫卷》《额尔古纳河右岸》等作品都叙述了多
个善恶纠结的故事，因果报应是推动这些作品叙事的重要动因。同
样，《雾月牛栏》中的宝坠继父、《树下》中的七斗等，都是深陷于
恶与善的冲突中。这种道德伦理观念与中国民间文化显然有着密切
关系。再如，我们从迟子建小说对恶的处理方式上也可以看到中国
文化的影响印记。迟子建的小说对待恶的行径，不是采用"冤冤相
报"、让坏人得到惩罚的快意恩仇方式，而是努力地表现出慈悲与宽
厚，通过道德力量来对恶人进行感化。她所有作品都采用几乎相同
的方式：塑造富含良善和宽恕精神的正面人物，给曾有恶行的人物铺
设忏悔和自新的道路。这就是迟子建在创作谈中明确表示的："……
我特别喜欢让恶人有一天能良心发现、自思悔改，因为世界上没有

---

① 迟子建：《世界上所有的夜晚》，江苏文艺出版社，2011年，第93页。

彻头彻尾的恶人，他身上总会存留一些善良的东西。"① 如果去追踪迟子建这种处置恶的方式的精神渊源，可以看到它与中国传统文化"以德报怨"思想和儒家"仁爱"观念的深刻关联。孔子在《礼记》中说过"以德报怨，则宽身之仁也。以怨报德，则刑戮之民也"，后人对这一思想也有这样的阐释，"以德报怨，则天下无不释之怨矣"②。可以说，宽恕和仁爱是中华民族优秀伦理思想的重要内容，迟子建小说是以小说的形式对其进行当代的阐释与传承赓续。

其次，在一些与情感密切关联的思想层面，迟子建的小说也蕴含着中国传统文化思想，其中最为突出的是其生命观。迟子建的小说比较多地写到生命的逝去，特别是亲人的逝去，这体现出其对生命的珍重态度，也使不少作品呈现出较强的感伤色彩。然而，迟子建的小说虽感伤但不绝望，其中关于死亡包括亲人死亡的书写，表现得痛苦却有节制，表达的是达观和平静的生命态度。比如《亲亲土豆》中，深情的妻子对丈夫的去世并没有过分地悲哀，而是将其作为一种自然的分别，所以在分享丰收的喜悦时，妻子将丈夫完全当作在场者："雪后疲惫的阳光挣扎着将触角伸向土豆的间隙，使整座坟洋溢着一股温馨的丰收气息。李爱杰欣慰地看着那座坟，想着银河灿烂的时分，秦山在那里会一眼认出他家的土豆地吗？他还会闻到那股土豆花的特殊香气吗？"③ 再如《世界上所有的夜晚》，叙述者遭遇爱人去世的不幸，她不是一味地痛苦，而是努力以自己的方式进行排遣。其方式之一是借助于各种"鬼故事"以得到逝者与生者精神相通的心理暗示，从而获得精神上的慰藉（包括给去世的丈夫命名为"魔术师"，在其所具有的神秘莫测内涵的寓意中，也传达出类似的意图效果）；方式之二是借助于对生命苦难的更深体验，也就是深入地体察底层人的艰辛，认识到生命的有限性和死亡本就属

---

① 张英：《温情的力量》，《文学的力量》，民族出版社，2001年，第302页。

② （清）孙希旦撰，《礼记集解》，中华书局，2022年，第1240页。

③ 迟子建：《亲亲土豆》，人民文学出版社，2011年，第172页。

于生命的一部分，以大众生命的坚忍和顽强来激励与安慰自己。这一点，就像迟子建在爱人意外离世不久后创作《候鸟的勇敢》时的感受："可在我眼里，它的去向，如此灿烂，并非不吉，谁最终不是向着夕阳去呢，时间长短而已。因为八九十年，在宇宙的时间中，不过一瞬。"[①] 对于生命来说，灿烂远比长度更重要。这种透着从容和豁达的大视野背后，是人灵相通、自然一体的世界观，从中可以看到庄子"齐死生，同人我"的道家思想印记，更与中国民间文化及中华民族生命哲学有着深刻关联。

迟子建小说中的自然观念也是如此。迟子建"北极村"系列小说中意图构造生命自然生长、人与自然和谐相处的世界，在现实题材作品中表达对传统伦理的怀念和对物质文化的否定，蕴含的是以和谐与平衡为核心理念的自然观念，以及对单向发展主义思想的批判性反思。虽然不能说这些思想观念完全来自中国传统文化，但它们与中国传统的"天人合一""和谐"自然观有着内在一致性，也极为匹配当前的一些社会现实。随着高科技的快速发展，人类的生活质量有了很大提高，但与此同时，人类的生存处境也存在巨大的隐患。如果无节制、无约束地单向度发展，自然环境和人文伦理都有可能遭受严重损害，进而导致人类陷入自毁困境。迟子建带有生态诗学意味的文学书写，与新时代中国式现代化发展所要求的重视生态人文的科学发展观，是有着内在的一致性的。

第三，迟子建小说的抒情艺术也密切地关联着现实生活和中国审美传统。这方面表现得最为突出的是其小说情感都紧扣人物命运，蕴含对人物的深切同情和关怀。如前所述，作家的"自我"较多地介入小说叙述当中，叙述者的感情与人物感情形成"共情"效果，并将这些感情落实到具体现实生活环境和人物深层心理世界中，因此，作品虽然情感充盈，但却并不滥情，而是尽显真挚和真诚，富

---

① 迟子建:《〈候鸟的勇敢〉后记：渐行渐近的夕阳》，《收获》2018 年第 2 期。

有感人的力量。同样，小说的故事构架方式也体现出较为充分的中国传统小说叙事特点。其故事结构普遍单纯明晰，很少做曲折的叙事转换和运用叙事技巧，这是对中国小说的故事性和通俗性传统的继承。至于其作品中常见的对各种地方民俗和传说故事的讲述，则可以从中看到中国民间文化的影响。此外，迟子建小说的抒情方式也有如此特点。迟子建小说很少采用直接抒情的方式，而是多将感情融入生活细节中，含蓄蕴藉地表达感情。包括作品中人物的情感表达，也很少尽情地宣泄，而是带着有形或无形的节制，掩藏在生活表层的背后。比如《候鸟的勇敢》，虽然美丽而深情的东方白鹳夫妻在风雪中死去，但张黑脸和德秀师傅却渡过了劫难，他们掩埋了东方白鹳并为之凭吊。虽然两人前路未明，但相互之间爱的温情还是赋予了作品一丝暖色，令人依稀感受到对未来的希望。同样，《白雪乌鸦》尽管书写了惨烈的鼠疫灾难，但结尾却描述了一片白雪消融、春回大地的景象，给人以生命重生的可期待之感。包括《世界上所有的夜晚》这样书写沉重悲情的作品也是这样。它的叙述始终沉静内敛，偶有幽默语调，既传达自然和达观的生命态度，也构筑"怨而不怒，哀而不伤"的美学风格，从中可见中国抒情文学传统的影响。而且，这一影响还体现在一些具体的抒情方法上。如前所述，迟子建小说的抒情艺术有一个突出特点，就是将作家情感充分地渗透到所书写的对象之上，让那些原本与人类情感并不相通的动植物也都饱含感情色彩。这很容易让我们想到王国维对中国"有我之境"抒情文学传统的概括："有我之境，以我观物，故物皆着我之色彩。"① 也让人想到中国文学理论原典《文心雕龙》所概括的："登山则情满于山，观海则意溢于海。"② 所以，迟子建小说抒情艺术的底蕴其实是中国审美文化，是含蓄、感伤与坚实现实性的融合。

---

① 王国维著，李梦生译评：《人间词话全译释评》，中华书局，2018 年，第 6 页。
② （南朝梁）刘勰：《文心雕龙·神思》，周振甫著：《文心雕龙今译》，中华书局，1986 年，第 248 页。

三　中国本土绽放的浪漫之花

从前文所述可见，迟子建小说的浪漫主义特点具有很强的独特性，它既不同于 18、19 世纪的西方浪漫主义文学，又与中国 20 世纪在西方文学影响下产生的郭沫若、郁达夫等人笔下的政治浪漫主义和感伤浪漫主义有着较大差别。正因为此，评论界在讨论迟子建小说时往往含糊其词，很少明确以"浪漫主义"来对其审美特征进行定位。[①]

与对迟子建小说的认知最直接地相关联的是对"浪漫主义"概念的认知，内在层面则涉及中国当代文论的民族性建设问题。"浪漫主义"的概念来自西方文学，具有很强的历史必然性。因为现代中国是在长期封闭之后才得以开放，中国现代文学的新生和发展离不开向西方文学的借鉴和学习。但是，中国文学的发展不可能一直依赖于借鉴，对文学理论的理解和应用也不能始终停留在原始层面。正如有学者所说，中国文学要走向真正独立，必须包括两个因素：其一是"以中国文化为本位，才有可能找准中国文学的位置，'找到中国言说方式的立脚点'"[②]，即与民族文学传统密切关联，对传统文学进行现代化更新和改造，进而实现融汇中西方文学资源的目标；其二是对西方文学和文艺理论进行有益的借鉴，将它们融入对现实生活的表达中，使之化为中国文学的一部分。所以，有理论家的阐释颇有道理："中国文论建设的基点，一是抛弃对外来理论的过分倚重，重归中国文学实践；二是坚持民族化方向，回到中国语境，充分吸纳中国传统文论遗产；三是认识、处理好外部研究与内部研究的关系问

---

① 在中国知网中，评论迟子建小说创作的论文数量达到 1000 多篇，但以"浪漫主义"对其进行界定的只有寥寥数篇。

② 王齐洲：《本体阐释　路在何方——对"强制阐释论"的冷思考》，《江汉论坛》2017年第 2 期。

题，建构二者辩证统一的研究范式。"①也就是说，对文学理论和概念的理解和应用，不能完全依赖和袭用西方文学传统，而是应该结合中国文学传统予以融汇和统一。

具体到本文涉及的"浪漫主义"这一文学概念，中国古典文学虽然没有在字面上运用"浪漫主义"一词，但"浪漫主义"作为一种诗学品质，从《诗经》《楚辞》开始的中国古典文学中就有非常普遍的存在。而且，也有多位作家和批评家对相关理论进行过深入的阐释。如刘勰《文心雕龙》提出的"酌奇而不失其真，玩华而不坠其实"②，如李贽、汤显祖、袁枚等人的"主情论""唯情论""性灵说"，特别是汤显祖对文学的理解"世总为情，情生诗歌，而行于神"③，"情不知所起。一往而深，生者可以死，死可以生。生而不可与死，死而不可复生者，皆非情之至也"④。凡此种种，都是对浪漫主义文学理论的深入思考。无论是从文学品质还是从理论内涵上说，中西浪漫主义文学都既有着基本的一致性，又呈现出各自的个性特征。所以，我们运用"浪漫主义"概念，如果不是指称作为 18 至 19 世纪西方文学思潮意义上的"浪漫主义"，而是将其作为一个诗学概念和审美范畴，就完全没有必要拘泥于西方文学理论，而是应该结合中国的文学历史，将其建立在与中国文学理论相关联的基础上⑤。

事实上，正如美国学者韦勒克对"现实主义"概念的评述，"现实主义作为一个时代性概念，是一个不断调整的概念，是一种理想

---

① 张江：《当代西方文论若干问题辨识——兼及中国文论重建》，《中国社会科学》2014 年第 5 期。
② （南朝梁）刘勰：《文心雕龙·辨骚》，周振甫著：《文心雕龙今译》，中华书局，1986 年，第 46 页。
③ （明）汤显祖：《耳伯麻姑游诗序》，徐朔方笺校：《汤显祖诗文集》，上海古籍出版社，1982 年，第 1050 页。
④ （明）汤显祖：《〈牡丹亭记〉题词》，徐朔方笺校：《汤显祖诗文集》，上海感知出版社，1982 年，第 1093 页。
⑤ 早在 20 世纪 80 年代，就有学者深入辨析了中国和西方浪漫主义的区别及文化背景，参见罗钢、陈庄：《东西方浪漫主义文艺思想的几点比较研究》，《中国比较文学》1985 年第 1 期。

的典型，它可能并不能在任何一部作品中得到彻底的实现，而在每一部具体的作品中又肯定会有各种不同的特征，过去时代的遗留，对未来的期望，以及各种独具的特点结合起来"①，在西方文学历史上，"浪漫主义""现实主义"概念都是有着不确定性的，是处在不断发展和变化中的②。特别是在当下的全球化时代，文化交流广泛而深入，文学创作必然呈现出更丰富的交融特征和多元品质。优秀作家会更广泛地吸收多元文化资源，其创作也会呈现出与传统文学不同的个性特质。在这样的背景之下，我们显然不应该将对"浪漫主义"的理解拘泥在18、19世纪的西方文学时期，也应该充分认识到迟子建小说具有浪漫主义的基本诗学品质。

由此，可以更加明确地阐析迟子建浪漫主义小说的创造性贡献和价值。迟子建的小说以中国文化思想为潜在源泉，立足于本土现实生活和民间文化，兼具现代西方浪漫主义传统气息，形成了自己的鲜明个性，对现代与传统之美做了有机融合。可以说，多元传统是迟子建小说创造性的内在源泉，对当代生活的深刻理解是其创造性的触发点，而独特的生命感悟和艺术表达是其创造性的生动呈现。迟子建小说既是对传统浪漫主义的拓展和创新，也是文学世界性的当下交汇，它闪耀着中国浪漫主义诗学之美，是在中国土地上所诞生的文学精灵。

正因为如此，迟子建浪漫主义小说对当代中国读者具有强烈的吸引力。它对善的伦理追求与和谐自然的生命态度，是悠久文化传统的现代回响，也非常切合有着悠久历史的中国"诗教"审美传统③，在物质文化盛行的当代中国社会，这些作品呈现出不同于流俗

① ［美］韦勒克：《批评的诸种概念》，丁泓、余徵译，四川文艺出版社，1988年，第241页。

② ［美］韦勒克在《文学史上浪漫主义的概念》一文中细致梳理了欧洲浪漫主义思潮的内在差异性，参见R.韦勒克：《文学思潮和文学运动的概念》，刘象愚选编，中国社会科学出版社，1989年。

③ 方长安：《中国诗教传统的现代转化及其当代传承》，《中国社会科学》2019年第6期。

的思想魅力，也能让大众产生心灵的共鸣。同时，迟子建小说描绘的大多是普通大众的日常生活，内容平实细致，很容易令人产生亲切感和熟悉感。小说简洁的故事与叙事结构，含蓄深情的表达，以及富有地域文化特征的超现实想象，都既能呼应大众的审美习惯，又具有现代审美的新奇吸引力。以《额尔古纳河右岸》为代表的"北极村"文学世界，是作家卓越的想象力和地域文化灵性的巧妙交融，是当代中国文学中具有独特个性魅力的一个存在。《世界上所有的夜晚》《候鸟的勇敢》等作品也是将中国抒情传统与现实生活、作家个人生活经历和生命体验融于一体的优秀作品。

迟子建的创作既得益于作家个人的生活体验，又得益于作家与自己生活和文化的深切联系。迟子建曾这样表达过："我想我倾注了童年的生活体验和青春的那种浸透着忧伤的浪漫，它的故事充满了哀愁。"① 可以说，迟子建成长过程中形成的美好记忆、广袤无垠的大兴安岭自然世界，是滋育迟子建浪漫主义小说的重要源泉。而迟子建对文学创作也有很强的自觉意识，她既充分认可并努力深化自己从家乡生活和民族文化中获得的滋养，又积极追求并始终遵循内心世界的精神需求，始终坚持为自己生长的土地和民众来写作。与此同时，迟子建又有着非常广泛而深入的现代文学阅读经验，对屠格涅夫、契诃夫、川端康成、萧红等作家尤为喜爱且推崇，从其小说的浪漫主义诗学风格中可以隐约看到这些作家的影响印记② 。这种既立足本土又富有开放性的文学姿态，是迟子建的艺术个性和文学才华得以充分发挥的重要原因。

从中国当代文学史角度看，迟子建的创作与其发展方向有着高度的契合性。如前所述，中国当代文学作为中华民族的文学，必须

---

① 迟子建：《〈树下〉自序》，《树下》，北岳文艺出版社，2001年，第1页。
② 迟子建在访谈中表示"只有川端康成作品真正代表了东方精神"，"《雪国》是绝唱"，参见文能、迟子建：《畅饮天河之水——迟子建访谈录》，《花城》1998年第1期；另参见迟子建：《那些不死的魂灵啊》，《迟子建散文》，人民文学出版社，2008年，第162页。

融入本土现实和文化传统中。只有将深广的民族文化和文学传统作为深厚资源，并将其渗透到现实表现和关注中，它才能建立起具有创造性的精神思想和艺术个性，走向独立和成熟。在这方面，最重要的不是寻求理论的"正宗"与概念的"纯粹"，而是需要做多元文化的借鉴及与现实的融汇。以浪漫主义文学为例，郭沫若的《女神》和郁达夫的《沉沦》是中国现代文学最初阶段的创作高峰。此后，以沈从文的《边城》、萧红的《呼兰河传》、艾青的《北方》为代表的现代文学，以孙犁的《铁木前传》、曲波的《林海雪原》、张承志的《黑骏马》、莫言的《红高粱》为代表的当代文学，在结合中国文学传统、将西方浪漫主义文学融入呈现现实生活方面，做了不同方向的深化和超越。对于鲁迅的作品也许不宜以"浪漫主义"来认知，但《社戏》《故乡》《在酒楼上》等作品也融合了中国传统浪漫主义文学的不少因素，呈现出一定的浪漫主义文学品质，对后来的创作者极富启迪性。迟子建小说既是对这一传统的继承，也显示出自己鲜明的个性特征。

当然，这并非说迟子建的创作业已臻于完美。或者准确地说，具有浪漫主义诗学特征的迟子建的小说，其实也在某种程度上折射出浪漫主义小说的某些内在困境与发展难题。首先，从文学史上看，浪漫主义小说的最大缺点就是容易模式化。吴承恩的《西游记》尽管想象力丰富，但其中有着颇多雷同的故事情节，西方作家如夏多布里昂、雨果等著名浪漫主义作家的小说也因为明显的二元对立模式，在艺术上存在着单调与模式化的缺陷。[①] 如何将浪漫主义诗学品格与丰富的思想及对生活的现实性书写结合起来，值得深入探讨。其次，不少传统浪漫主义文学作品存在情感有余、思想不足的缺陷。如何克服浪漫主义文学与生活之间所存在的距离，特别是如何让浪漫主义文学作品能融入更为深刻且丰富的思想，这是其在未来保持

---

① 参见刘春芳：《浪漫主义——二元对立模式的情感延伸》，《河北师范大学学报》2008年第4期。

旺盛生命力的一个重要前提。这其中，如何将中国传统文化和文学资源做当代的创造性转化，真正地展现中国思想和审美文化的个性特色，是难度极大且极为重要的课题之一。中国传统哲学内涵丰富而深邃，提供的是与西方哲学不同的思维及认知方式，如果能够使其充分地对接社会现实并做文学性的呈现，这无论是在思想层面还是在审美层面都将极具意义。讨论迟子建小说的浪漫主义诗学品格，所涉及的问题其实对整个中国当代作家的创作都具有启示意义。中国当代文学已逾七十年，也已取得不容小觑的创作佳绩，中华民族也正在步入伟大的、千年未有之大变局的新时代，作家和文学理论家们须秉持强烈的民族文化自觉与开拓创新意识，方能创造出新时代文学的辉煌一页。新时代呼唤文艺高峰，也必将铸就文艺高峰，对此我们拭目以待。

以文学的方式 "重构" 古代西域

——读邱华栋《空城纪》

西域，一片古老、美丽而广袤的地方，曾经有着辉煌灿烂的历史，与中原各个王朝也有着密切的联系。但在今天，它仅仅留下一些遗迹和传说。由于西域历史上王朝众多，且更替频繁，更有一些国度已经湮没于历史长河中，资料散佚，难以考证，因此，对于人们来说，古代西域富有神秘色彩，很容易激起了解和探寻的兴趣。前些年，以古代西域为背景的电影《敦煌》就曾在社会大众中引起很大关注。邱华栋的《空城纪》是一部极具特色的西域书写。它是一本以虚构为主体的小说，由近三十个各自独立又都关联着古代西域历史的短篇故事构成。它虽然也融入了很多历史内容，但最突出的还是文学色彩。换言之，它是在以文学的视野和方法 "重构" 古代西域，是一部由作家个体情感和精神参与建构的文学的西域史。

一　以人为中心的世界

人是历史的中心。只有人，才能赋予历史以灵性；只有人类文明的成果，才能证明历史曾经存在过。作为以人为中心的文学，要想重塑历史，必然会选择以人为中心。《空城纪》充分体现了这一点，它对西域历史的展现，最核心和最重要的内容就是人。

首先，讲述了多个人物故事，塑造了生动的人物形象。作品的每一个故事都关联着古代西域的人物。其中，有许多是建立在真实历史背景上的重要历史人物。如汉代的多位和亲的公主，如出使西域的外交家班超、班勇父子，镇守西域的将军张雄、张怀寂父子；如唐朝皇帝李隆基、著名高僧玄奘；如高昌国王麴文泰、龟兹国王绛宾等古西域王朝的国王；还有近现代与西域有关的历史人物，如著名画家张大千，瑞典著名探险家斯文·赫定，以及敦煌藏经洞的发现者王道士，等等。

《空城纪》书写这些历史人物，不同于正史中的规正刻板，而是重在揭示其复杂的情感世界，再现其内在心灵和思想，赋予他们以丰富的血肉和灵魂，从而体现了文学形象的独特气质与内涵。比如作品中的李隆基，就没有书写其作为皇帝的威严，而是展示他作为普通人的一面，写他过人的才智、和善的性格以及深厚的音乐素养，包括与杨玉环之间建立在共同音乐爱好之上的知己情感。同样，作品塑造高昌国王麴文泰，虽然没有充分着墨，却也是努力揭示其性格的复杂多面性：他既虔诚执着地热爱佛教，却又骄横放纵、傲慢无礼，最终在冲动的战争中葬送了自己的国家。

《空城纪》还塑造了一些介于虚实之间的人物形象，也就是说，这些形象有粗略的历史记载，作品以之为基础，展开大胆想象和虚构，赋予其丰富的生活细节和形象特征。比如"龟兹双阕"塑造的几位和亲的汉家公主。这些人在历史记载中往往只有寥寥几笔，但作品却浓彩重墨进行塑造，刻画出让人难忘的性格特征。比如人生充满不幸、只能以音乐为慰藉的汉代细君公主；比如果敢多谋、富有胆识的解忧公主；特别是原本只是公主侍女、后来却承担重大政治职能，意志坚定、多谋善断的冯嫽。类似的方式，作品还塑造了一些古西域女性形象。如"龟兹双阕"之"上阕：琴瑟和鸣"中的乌孙国和亲的第二代女性弟史公主，富有独立性、敢于追求自己的幸福和爱情；"下阕：霓裳羽衣"中的龟兹女、琵琶演奏高手火玲珑。这些形象同样以虚构为主，但在作品创造性的笔触之下，都呈现出独特个性气质，更熔铸了古西域地方的文化个性，给人留下难忘的印象。

在一定程度上说，这种融艺术之美和文化之美的人物形象，可以看作是对西域历史的一次优美的人文构造。

除此以外，《空城纪》还塑造了一些有名或无名的普通人物形象。如"楼兰五叠"之"一叠：泽中有火"写巴布与芦花两个普通百姓从相恋到分别的爱情故事；如"敦煌七窟"第三窟和第四窟叙述的被杀的士兵和底层求生的妇女以及"尼雅四锦"之"四锦：'万事如意'锦袍"中战死身亡、灵魂游荡的无名士兵；等等。这些没有名字的普通百姓形象，由于他们的弱小、卑微，生活和感情更接近普通大众，也更能够得到人们的同情和怜悯，艺术感染力并不逊色于其他人物。

其次，是展现古西域人们的日常生活，表现人类丰富的美好感情和品质。西域古国已经成为沉寂历史，但是在这片土地上生活过的人，他们的喜怒哀乐，对生活的向往和追求，是其与人类社会最深的关联，也是西域历史能够引起今天人们兴趣的重要原因。因为不论古今，不论本土还是异域，人类的情感是共同的，都具有美好、善良的感情和人文品质。《空城纪》书写了多个故事，最醒目之处就是对人们美好情感和精神品质的渲染和再现。

爱的主题是作品书写得最普遍也最集中的。比如"龟兹双阕"就书写了汉代和亲女性的情感故事。历史书上都记载有昭君出塞等和亲故事，但是，这些女性的生活真相，特别是她们的内心细节，以及究竟是否拥有爱情和幸福，却很少有人关注。《空城纪》在有关史料基础上，借助大胆的想象力，对这些和亲公主的生活做了细致的展示。其中当然有很多的不幸——毕竟，孤身从中原远嫁西域，从气候、语言到生活风俗都差异悬殊，生活的寂寞和孤独是可以想象得到的。但作品重点展示的不在这里，而是努力寻求和表达她们幸福的一面，特别是展示她们对幸福和爱情的追求和向往。比如"龟兹双阕"之"上阕：琴瑟和鸣"，就通过女儿之口讲述解忧公主的故事，她虽然被迫和亲乌孙国，但与丈夫之间还是建立了较深的感情。而在解忧公主的引导下，她的女儿弟史公主与龟兹国王子绛宾从相识到相爱的一生故事，更是平等而真挚爱情的充分体现。此外，"高昌三书"之"帛书：不避死亡"也书写了班超与西域女性西仁月之间的爱情故事；"楼兰五叠"之"沙丘无尽"写斯文·赫定为了探险事业放弃了爱情，但始终怀着对恋人的深厚感情；"敦煌七窟"之"第一窟"写尘世之爱与佛家的剧烈冲突，特别渲染了爱情对人的巨大诱惑力。结尾处，妻子对丈夫的难舍难分写得非常细致动人。以及"敦煌七窟"之"第四窟"以在战争中死难的士兵表达对恋人永世难忘的深情；"楼兰五叠"之"泽中有火""尼雅四锦"之"三锦"，也都书写了一些普通百姓的爱情生活。

　　所有这些爱情故事结局或悲或喜，但都寄托着作品对古西域人们美好情感的期待和想象。换言之，作品如此书写和渲染古西域人的爱情生活，蕴含的是对生活的一种认知态度。只有热爱生活的人才会去关注和讴歌爱情，只有热爱这片土地和地方上的人，才会赋予他们那么多的爱情故事和那么强烈的爱情追求。正因如此，《空城纪》在展示古西域历史人物爱情生活之余，还将现实与历史进行关联，共同传达这种美好感情的意义。《空城纪》的主体是写古西域国度发生的故事，但每个部分写完，都会续写一个现实题材的故事。这些现实故事既关联着之前的古西域爱情故事，又以跨越时空的方式，连接起这份情感。可以说，作品有意识通过男女爱情这个永恒的主题，串联起古代和现代、中原和西域，并赋予古老的西域土地以浓郁的浪漫色彩。

　　爱情是《空城纪》重点展示的情感，除此以外，作品还展示了父子、母女、朋友等伦理感情，以及忠诚、信仰等家国之情。如"高昌三书"展示的班超、张雄对儿子的舐犊深情，以及他们儿子对父亲的尊敬与关爱感情。再如"尼雅四锦"之"二锦"，两位西域少年王子不惜牺牲自己生命去救助汉族友人。它既是民族友谊的象征，更是对人类美好情感的赞颂。"楼兰五叠"中的楼兰王比龙为了百姓安全转移，决心以身殉国，与楼兰古城一同湮没于流沙中，"于阗六部"第一部中的王子尉迟瑶，为了国家摆脱严重干旱，忍受剧痛为百姓祈雨，最后被架在火上烧死，二者都显示了高贵的牺牲精神。而"龟兹双阙"中的和亲公主，"高昌三书"中的汉朝使臣和将军，都是以对国家的赤忱和强烈使命意识为共同品质特征。这些和亲公主，虽然多是被迫走上和亲之路，更大多因此而远离个人幸福，但她们一旦接受和亲使命，就都是想方设法帮助国家，努力实现民族的团结与和平。而那些使臣和将军，也都是历尽艰险，为了国家，完全不顾个人的利益、荣誉得失和健康生命。

最后，以人性的关怀，表达人们对美的追求与对幸福生活的向往。作品塑造人物形象，书写人们生活和感情，都蕴含着明确的人文关怀。也就是说，作品的人物塑造和情感表达，都不是空洞虚浮，而是非常切实，充分结合人物的生存处境和生命感受。如"高昌三书"书写出使或征战西域的历史人物，就既赞颂其为国奉献和牺牲的品质，又揭示其作为普通人生活的一面，蕴含着很强的关怀之情。所以，"帛书：不避死亡"中，班超的勇敢和坚毅固然让人难忘，班勇为了国家利益忍受冤屈的悲凉也同样让人感叹；"毯书：心是归处"中，出使高昌回鹘国、有着出生入死经历的王延德的精神品质固然可敬，而"砖书：根在中原"中长期征战和据守西域的将军张雄和其子张怀寂深厚的故土之情也同样动人。为了守卫国家和平，他们父子俩一生戎马，最后在西域扎根落户，但他们心里始终拥有对故乡的深切思念。"我是大唐西州人。我生在这里，长在这里，最终，我也要死在这里。在东边城外，是一片巨大的墓地，张氏家族的墓地也在其中。我的祖上来自南阳白水，迁到敦煌后又来到西昌，所以我们是根在中原。"[1]话语虽简单，但其中所蕴含的挚切情怀，让我们深切体会到历史上的英雄人物并非无情之草木，而是同样有着普通人的情感，包括爱、痛苦、艰辛和委屈。

① 邱华栋:《空城纪》，译林出版社，2024年，第179页。

文学的风景与思想的风致

人文情怀还体现在古西域人们对美的欣赏和追求上。美虽然不是人类情感部分，但它代表着人类对美好事物的热爱，是人类精神自我提升的重要内容。可以说，对美好事物和幸福生活的向往，包括对自由独立精神的追求，都是自古以来人类的共同情感和愿望，它蕴含的是人类文明的发展方向，也是帮助人类走出野蛮和原始，走向现代文明的重要动力。《空城纪》通过对西域人们这些精神追求的表现，进一步丰富了其人文历史世界的构建。

作品多方面书写了人们对美的追求。最突出的是"龟兹双阕"这部分。作品上下阕分别以音乐和舞蹈为中心，细致描述和渲染了其丰富的艺术美，此外，它们还书写了剪纸、杂技等多种艺术形式之美的特征。特别是其中对《霓裳羽衣舞》的描述，艺术再现唐朝的胜景，充分展现了艺术的纯美价值。此外，"于阗六部"之"于阗花马"，也以穿越时空的方式展现人类对马的绘画历史，以细腻笔法展示了多位画马大师的美学风格，描绘了其精致神韵和艺术灵魂。此外，在作品的人物塑造中也多方面展现他们对艺术美的追求，传达出其向往文明的精神的品格。"龟兹双阕"之"上阕：琴瑟和鸣"的乌孙国弟史公主就非常典型。在来自汉朝的母亲的教育下，她从小就期待和向往美好的文明，并拥有了独立的思想，期待并勇于追求双方平等的爱情。她对音乐的热爱，蕴含的就是对生命的热爱和对文明的热爱。

在人类对幸福的追求和向往中，和平无疑是最重要的一部分。特别是在古西域时期，战乱频仍，人的生命很难得到正常的保护和尊重，人们也就特别渴望和平。《空城纪》多个地方书写了战争的残酷场景，表达了对杀戮、掠夺等野蛮行径的否定，对普通百姓给予同情和悲悯，传达对和平的向往和期待。更多处借助人物之口传达拒绝战争、追求和平的强烈愿望。比如"尼雅四锦"之"四锦：'万事如意'锦袍"，就借助在战争中死亡的士兵口吻进行叙述。作品中的士兵虽然已经死亡，但对生命的依恋和热爱依然强烈。其生命的卑微和无奈中蕴含着对战争的无声控诉。此外，"楼兰五叠"第一叠"泽中有火"和"敦煌七窟"第三窟，也同样以人物之口表达对和平生活的期盼。前者中男女主人公美好感情的最终悲剧源于无法摆脱的巨大战争阴影，后者则书写一个历经战争蹂躏的社会底层女子的艰难生活，她的一生无时无刻不在呼唤着和平与安宁。

《空城纪》对以人为中心来重构西域历史，无疑切合文学本质，也充分展现了文学特征。特别是其对普通百姓形象的塑造，既给沉默而遥远的西域世界注入了生机和灵魂，也呈现出强烈的人文关怀思想。尤为突出的是对诸多古西域普通百姓形象的塑造和生活书写。因为正如梁启超说过的："《二十四史》非史也，二十四姓之家谱而已。"[1] 中国古代历史典籍中是没有普通老百姓一席之地的。包括在今天，大多数的历史文化散文也都只是书写帝王、官僚和文化名人，很少有对普通百姓生活的细致书写。然而实际上，历史的真正创造者和承受者都是普通百姓，只有普通人的生活才能真正体现历史的真相。[2]《空城纪》对诸多百姓形象的塑造，是以文学方式对历史空白的填补，也是以文学方式对历史的还原。它体现了文学创作的独特价值，也使西域历史变得更为实在和完整。

二　与人相和谐的政治与文明

西域是古代丝绸之路的重要交接点，具有重要的文化交流和政治军事的意义。《空城纪》构建西域历史，必然要展示和思考其政治、文化、民族关系等内容。事实上，作品既书写了古西域的发展和演变历史，也涵盖了西域与中原的重要交流过程。它涉及的时间范围纵贯从汉代到晚清的漫长历史，在某种程度上可以说，它就是

---

① 梁启超著，夏晓虹、陆胤校：《新史学》，商务印书馆，2014年，第85页。
② 这一点，法国年鉴学派历史学家给人们提供了充分的启示。中国当代历史学家葛兆光的《中国思想史》也是以此角度对中国古代思想历史的全新构建。

一部文学色彩的西域政治、军事史，以及西域与中原文化的交流史。

首先，它表现了西域王朝错杂的演变过程，以及与中原王朝的重要政治关系。《空城纪》书写了从汉代到近代的多个故事，涉及漫长历史过程。其中包括在西域政治生态中起到重要作用的汉代和亲政策，包括班超等人的出使和征战西域，包括古西域内部发生的多次重要国家战争，以及与中原王朝之间的一些战争事件。此外，作品还穿插了如唐明皇和杨贵妃的故事、玄奘赴印度取经、斯文·赫定探险、敦煌藏经洞的发现和保存等在古西域土地上发生的重要故事。透过这些故事，我们可以清晰地窥视到这块古老土地发生的重要历史事件，以及政治变迁过程。比如作品书写了战乱中的王朝吞并，书写了流沙的侵蚀及其导致的城市湮没，以及黑死病等严重瘟疫事件，这些都关系到古西域国度的沉浮和变迁。此外，作品还书写到古西域国度间的复杂争斗，以及与中原王朝漫长而错综复杂的战争史和外交史。虽然文学不是历史，作品也无意对之做全面展示，但客观上，这些历史背景的再现，还是能够让人们大体了解古西域的历史流变，同时也为作品重点展示的人物生存和精神世界提供了坚实的现实基础。

在这当中，《空城纪》还显示了文学方式书写历史的独特魅力。由于古西域王朝的历史记载不够清晰，留下很多难以明确的谜团，因此，作品的书写，部分建立在历史考证基础上，有些则渗透着作者的文学想象和独立思考。所以，作品的部分内容具有作者对古西域历史的独立逻辑分析，某些思考具有以文学方式对历史进行解密的效果。典型如对楼兰古城的书写。楼兰古城的消失是历史学界的一个谜团，即使在今天，也是众说纷纭，难有定论。《空城纪》对之做了自己的独特解释，虽然不一定能够得到历史学家的完全认可，但确实具有较强合理性。更重要的是，作品不是单一地描写楼兰古城的消逝，而是将它与人物的精神和性格塑造联系在一起，将古城的命运与人物命运相融汇，让人萌发出对历史、人生的悠长感叹。

这是文学参与历史叙事的独特效果，也是文学视角的重要意义所在。

其次，它展示了古西域与中原文明的文化交流史。西域地处古代丝绸之路上，是中西文明的重要交通处。《空城纪》虽然没有对此做特别着力的阐释，但其人物故事中自然地融入了相关内容，也传达了其对文明交流和发展方面的深刻思考。

汉女和亲书写中就包含着很多文化交流的内容。虽然和亲形式具有较大历史局限性，更具有对女性权利严重忽视的缺点，但客观上，它确实促进了西域各民族与汉王朝的和平相处，也增进了不同民族文化的交流和传播。最充分展现这一点的，是"尼雅四锦"之"一锦：'五星出东方利中国'锦护臂"。作品主人公是和亲于精绝国的汉代细眉公主。她利用自己的独特身份，想方设法，机智而巧妙地为西域国带去蚕种，并传授种桑养蚕缫丝织锦的技术，为西域传播汉地文化。可以说，细眉公主的一生都在促进西域与中原之间的文化交流，这个小说故事也可以看作是一部形象化的丝绸之路历史。此外，"于阗六部"之"雕塑部：佛头的微笑"，也以沉睡的佛头自述方式，讲述了佛教在西域于阗国的传播过程，是对古西域宗教文化交流历史的展示。

最后，《空城纪》作为一部文学作品，对古西域政治文化历史的书写不是孤立的，它既与作品中人物命运相关联，也传达出作者对文明和历史的观念和思想。其一是对人类文明发展的肯定。作品书写古西域与汉王朝的关系，不是简单的中央和地方关系，更不是权力和武力的体现，而是以文明为基本方向。西域归附中原，是因为文明的巨大感召力，背后蕴含的是人类发展的正常文明进程，是从野蛮、落后向现代文明的进化。作品通过多个人物传达了类似的思想观念。如"毯书：心是归处"中的出使者王延德、"楼兰五叠"第二叠中的傅介子，都是具有较高文化修养的文官。他们以自己的经历和视野，展现出文明对野蛮的征服力，是对人类文明的一种礼赞；其二是对和平和民族团结的期待和肯定。作品书写汉女和亲西域、班超等出使和镇守西域者的故事，根本前提是他们对国家统一、民族团结与和平所做出的努力。此外，作品对西域各个王朝的褒贬，最重要的评判标准就是他们是否爱好和平，是否愿意保护自己国度的人民，让他们过上安居乐业的生活。作品对楼兰国王自我牺牲的褒扬，对拓跋焘等滥杀无辜、草菅人命者的否定，都是立足于这样的前提。

《空城纪》的文明观和历史观具有强烈的现代精神，是现代民族国家精神的充分体现。同时，这种文明历史观也符合文学的基本方向，它始终都密切联系着对人的关注内涵。作品的政治、文化书写都是通过人物故事来表现，人物的心灵和人性内涵与历史事实的展示相互融汇，其对历史的思考中更灌注着对人物命运的深切关怀。换句话说，作品一方面努力秉持人文立场，在对社会政治的认识和评判中融入人文情怀，体现出文学的独特个性；另一方面也始终坚持现代的历史高度和思想视野，对社会历史发展做出更科学理性的判断。在作品的多个方面可以看到作者试图在二者之间寻找妥协与平衡。

最典型的是对战争的书写。《空城纪》批判暴力战争的人文关怀精神毋庸置疑。如"楼兰五叠"第三叠写北魏时期拓跋焘的兴战乱，以及其他多处战争历史的书写，都明确传达出对战争暴虐的否定态度。但是，作品并非简单地反对战争，在某些地方，它也表达了对战争合理性的一定理解。作品有这样一段话，清晰地表达了这种思想："我能闻到那沙场上无数死去的兵士的血流出来滋润土地的气味。这使我内心复杂，想到佛祖像的慈悲面容。可是，有时候，世间的战争是必须发生的，世间的苦难是我们必须承受的。"[1] 也就是说，作品从历史发展的角度，洞悉某些战争的历史合理性甚至是必然性。正如此，作品对战争的参与者和牺牲者也持比较复杂的态度。如"敦

---

① 邱华栋:《空城纪》，译林出版社，2024 年，第 657 页。

煌七窟"中第四窟，写青年张君义为了建功立业，离别亲人和恋人，为国征战，最终战死沙场。作品通过他对家人特别是对恋人阴月娘的满怀眷恋和不舍，表达对战争的否定，同时又让他对自己行为的骄傲来赞颂这种为国牺牲的精神。立足于与战争观念同样的思想前提，作品对和亲汉家公主的态度也包含着一定的矛盾。它既给予那些被迫和亲、人生大多远离幸福的女性以深刻同情，同时又对她们敢于承担历史使命，在民族团结、国家统一与和平中做出重要贡献的行为进行了赞颂。

历史，意味着已经成为过往。任何人都无法改变历史，只能在对历史的书写中表达理想和希望。也正因为如此，《空城纪》在整体艺术表现上呈现出很强的浪漫色彩，在对历史的表达上也传达出一定的理想色彩。最典型的是"尼雅四锦"之"序章：马的一族与鹰的一族"。作品中叙述精绝国的历史是一个理想性的象征——游牧民族与农耕民族经历漫长的战争，最终进入到和平的状态。然而，正如这个国度的名字"精绝"，在生存艰难的时代，各民族之间的持续性和平显然殊为难得，更多只能作为一种理想和愿望而实现。

三　文学的魅力与个性

《空城纪》以文学的笔法构筑西域历史和文化，也充分展示了文学的魅力，让读者在了解文学西域的同时，也是一次非常惬意的美的享受。

首先，是历史史实与丰富想象力的结合。西域是遥远而且充满变化的历史。要书写这一历史，难度很大，需要涉及历史、宗教、地理、气象等方面的丰富知识。如果没有切身体验，很难做好。这也应该是尽管西域历史富有很强传奇色彩，但涉猎这一题材的文学作品并不算多的重要原因。《空城纪》作者邱华栋出生于新疆，据作品"后记"所言，他多年前就有过对很多西域古迹的游历，产生了浓厚兴趣，收集阅读了"许多关于西域历史地理、文化宗教、民族生活的书籍"①，并花费了五六年时间来写作此书。显然，在作者投入大量精力准备创作的背后，蕴含的是其对这片地域的强烈兴趣和深厚感情。正因为有如此充分的游历和资料准备，《空城纪》展现出非常丰富而翔实的西域史料文化知识。它运用细致的写实方法，对西域地方的生活和文化风俗的描述准确而生动。比如作品在多处细致描绘了多个古城的面貌，叙述了古西域的沙漠、沙尘暴、洪水、流沙等地理形态和气候环境。比如多个地方的乡风民俗，如高昌国的坎儿井，敦煌石窟的内部环境，等等；以及多个地域之间的位置、相互距离和气候特征差异等。此外，还有大量史实的钩沉，对各次战争和外交事件细节的考证，以及对由古西域留存下来的钱币、雕塑、文书、绘画等的细致介绍和展示，都非常严密准确。这诸多方面的严谨、细致，让作品中的人物恍如生活在真实的西域，更让读者真正感受到千年历史的氤氲气息。作品也因之而尽显扎实和沉稳之风，奠定了其"文学西域"的坚实基础。

当然，《空城纪》最为突出的还是丰富的艺术想象力。如前所述，古西域史料留存不多，因此，《空城纪》的书写只能主要依靠艺术想象。作品在这方面做出了大量的丰富尝试。比如它的大部分篇章都是借助古西域历史留下的文明碎片，如书信、文字、音乐、舞蹈等，然后结合相关历史资料，再来构筑故事，塑造人物形象和情感世界。如"高昌三书"中的"帛书""砖书""毯书"，就完全是如此方式。"于阗六部"也是通过钱币、雕塑、文书、绘画、简牍和玉石等来展开叙述。一枚古钱币、一匹画中的马、一座佛头以及一片汉简都成了作者用以叙述故事的工具和方式。而"敦煌七窟"的七个故事，更完全是根据敦煌壁画上残存的画面和记载，进行文学的演绎，设想不同的人物和故事，演绎出不同的命运轨迹。

① 邱华栋：《空城纪》，译林出版社，2024 年，第 681—684 页。

以文学的方式「重构」古代西域

也正因此，作品在艺术上多采用虚实结合的手法。无论是叙述历史还是讲述现实，都善于将真实与虚幻、情感与历史结合起来。特别是其爱情故事书写，多将人物情感与真实历史和现实背景相交织，具有亦真亦幻的特点，呈现出超越性的浪漫主义审美效果。此外，作品的情节安排上也借鉴了多种传奇和神秘故事叙述方式。比如"龟兹双阕"之"下阕：霓裳羽衣"，讲述传奇性的爱情故事，将男女情感和谋杀、武侠融为一体，还穿插了极其唯美的艺术描绘，可谓极富炫彩性，对读者很有吸引力。"尼雅四锦"之"序章：马的一族与鹰的一族"，叙述已经死于战争、丧失脑袋的人依然有生命力，"于阗六部"中"玉石部：约特干的月光"讲述的和田玉石数量传奇性变化，都具有这样的特点。

所以，《空城纪》的突出艺术个性就是高度的传奇性和独特的地域性。西域地处西部边陲，风景、地理和文化异于绝大多数中原地区，而其历史也是非常复杂，诸多王朝的变换，特别是如楼兰古国的凭空消失，给人带来巨大的想象空间。《空城纪》的故事讲述有意识融入真实的历史和地理环境中，西域的独特地理、民风民俗以及历史背景自然地深度呈现，异域色彩非常浓郁。特别是西域历史本身所具有的强烈神秘性，结合其故事的传奇性，人物、事件置身于深广而幽暗的时间长河中，读者读来，如同听到悠远历史的漫长回声，空旷轻灵而又韵味无穷。

其次，是浓郁的浪漫主义诗化色彩。《空城纪》虽然是历史小说，但却呈现出强烈的浪漫主义艺术个性。这最显著地体现在作品叙述的较强情感色彩上。作品都是采用第一人称叙述，其中有人有物，有旁观者，有亲历者，它们相互交错，却不重复，都体现了人物细致的内心世界。特别是其中多篇采用逝者或亲人之间的追忆笔法，有复杂细腻的人物内心展示，感情色彩非常强烈。如班超对班勇、张雄对张怀寂，都是父子之间的深情倾诉；如女儿对母亲；还有逝者对生者的叙述；等等。包括多处生活细节，也都以富感情色彩的

文学的风景与思想的风致

语言叙述，借助历史的深沉和悠远，传达出富有感染力的叹惋之情。如"泽中有火"写巴布与芦花两位自由恋爱的青年夫妻，芦花染病去世之后，巴布悲痛欲绝的场景——对于人类来说，这种生离死别亘古如斯，是人类无法摆脱的痛楚，巴布的悲哀和痛楚也就具有了超越时空的感染力。

《空城纪》的语言也非常精致，富于浪漫诗性特征。正如作品的"题记"采用的是诗歌形式："他就在那里，就在那里 / 已经在戈壁滩上站立了两千年 / 像一个没了头颅的汉代士兵 / 依然坚守着阵地 / 他就在那里，就在那里 / 从未移动，也从来不怕黑沙暴 / 夜晚，大风，洪水，太阳，马匹和鸟群 / 以及所有时间的侵袭"[1]。作品从始至终都灌注着浓郁诗意，文字中体现出强烈的诗歌节奏感和画面感，充盈着激情和想象力。比如"龟兹双阕"之"下阕：霓裳羽衣"对筚篥和琵琶音乐的描述，诗化的语言中兼具意境美和色彩美：

> 我的筚篥声音悠扬，一下子将大家带入一种澄明开阔的空间里，犹如万里无云，又像是白雪初霁。如果此时你闭上眼睛，你看到的就是无尽的原野上白马正在飞驰，但它的动作是缓慢的，无声的，由远及近，慢慢飞跃着向着这边飞跑。……她弹的琵琶声就像是火焰在升腾，又像是烈马嘶鸣。一开始是一匹马，紧接着，无数匹马都在奔跑。琵琶弹出了火焰的感觉，弹出了大雨如注的不可阻挡。这是近景的演绎，也是琵琶最能表现自己的地方。[2]

同样突出的还有作品多处的爱情场景书写。比如，这是"高昌三书"中"帛书：不避死亡"对班超第一次见到他未来妻子西仁月的描写，也完全是一幅诗的场景：

---

① 邱华栋：《空城纪》，译林出版社，2024 年，"题记"。
② 同上，第 71—72 页。

整棵杏树都在开花，素艳的杏花开得烂漫，开得热情洋溢，开得缤纷摇曳，美极了，令人心醉。就在横着的粗树枝上，在万花掩映中，竟然还站着一位姑娘，她正在端详身边那些盛开的杏花。她穿着粉色的裙子，裙裾在微风下飘动，就像是一个杏花仙女。①

最后，是巧妙的结构艺术。《空城纪》的结构非常精心，它分为六个部分，分别讲述六个古西域国度的故事，每一国度中又分别包括三至六个不等的故事。六个国度故事构成古西域文学世界的整体，而六个国度中的一共三十一个故事既各自成篇，又具有各自国度故事的整体性。为此，作品有意识强化各部分之间的关联性，以使各个国度的故事成为一个整体，建筑其共同的中心和主题。具体操作上，就是在每一国度的故事中都设置一个特殊的、具有灵性的物件，这一物件在几个故事中都有或显或隐的呈现，从而将这些貌似无关的故事构筑成一个有机的整体。如"龟兹双阙"中的汉琵琶，"高昌三书"的铁鸟，以及"楼兰五叠"中的牛角，等等，都是这样有灵性的物件。如此，从整体到局部，从个体故事到国度故事，再到整个古西域故事，环环相扣，却层次清晰，毫无凌乱之感。此外，作品还以每个古国系列故事后附上现代生活故事的方式，将现实与古西域进行亦虚亦实的关联，也促进了小说的整体感效果。

当然，巧妙的结构离不开局部的优秀。也就是说，突出的个体故事是构成《空城纪》整体叙述特色的重要基础。事实上，作品中的多个小故事，本身就是非常优秀的短篇小说。如"万事如意"锦袍一篇，通过已逝者的巧妙视角叙述，对生活的美好向往和死亡的残酷现实形成强烈对比，深刻揭示出战争的残酷；如"于阗六部"之

---

① 邱华栋:《空城纪》，译林出版社，2024年，第123—124页。

"钱币部：汉佉二体钱"，以一枚钱币讲述自己的旅行故事，对时代和社会心态进行巧妙折射；再如"敦煌七窟"之五窟，写一个商人对生死、善恶的人生感悟，具有丰富的艺术想象力，现实与梦境多重地杂糅，是一篇具有超现实主义色彩的作品。

在对古西域的文学书写中，《空城纪》不是最早，也肯定不会是最后一部，但它的价值却颇具独特性。它以人为中心构筑的历史，在切实的地理和历史资料背后，表达对历史和文明的深切思考，能够让我们更深入地认识西域的地理自然和历史人文，强化今天社会的文化交流和民族和谐关系。更重要的是，它能让人们感受到一个更富美感也更真切的西域世界。《空城纪》所展现的西域，不只是有生动的自然风情和独特生活细节，更是有情感有血肉的鲜活故事，有爱和美、信仰和牺牲等优秀精神品格和美好情怀……作品虽被命名为"空城纪"，实则内涵丰富深厚，是一幅熔铸心灵与现实、古代与今天的全景式古西域文学图画。它可能不像历史著作那么写实，但却更具人性、人情和艺术的魅力，能给人们心目中留下更生动、独特的古西域形象。古西域应为在湮没千年之后得到如此的文学"重构"而感到幸运，中国当代文学亦会因此作品而得到更多光彩。

时代关怀中的自我坚持

——论柳青《在旷野里》的思想和启迪意义

毫无疑问，柳青是一位具有很强时代关怀的作家。他的作品基本上都切近现实生活，对现实政治做出快捷的呼应。较强的时代关怀有时确乎会与文学性发生一些冲突，但绝不能因此而对这些作家作品进行简单的否定。换言之，就像刘纳说"怎么写"比"写什么"更重要，关注个人或关注时代是作家的不同选择，两种情况都可能写出或好或坏的作品。①柳青挚切关注时代，但其作品并不随时代流逝而失色，而是能够具有超越性意义，在读者中传诵，在文学史上留名。究其原因，在于他的时代关怀不是被动适应，而是努力保持自我主体，坚持创作中的主体性地位。这一点贯穿柳青整个创作历史，在其散佚多年、刚刚公开发表的未定稿长篇小说《在旷野里》②中也有清晰的体现。

一

自我主体性最基本也最重要的要求是独立思考的精神。客观地说，在任何时候，一个人的思想都会受到一定限制——外在或内在

---

① 刘纳：《写得怎样：关于作品的文学评价——重读〈创业史〉并以其为例》，《文学评论》2005 年第 4 期。

② 柳青：《在旷野里》，《人民文学》2024 年第 1 期。下文引用这部小说内容，只在正文中标注页码。

的，自觉或不自觉的——完全独立的思想是几乎不可能的。特别是在《在旷野里》创作的"十七年"时期，时代对文学有更高和更强的限制。柳青的思想当然不可能脱离时代共性，但他不是简单地追随和迎合时代，而是坚持在深入生活的基础上，努力发现现实中的问题，并进行思考和寻求解决。

作为一个作家，柳青清醒地认识到所从事的文学事业的独特性，明确文学不能成为现实的工具，而是一定要有自己的独立性："我是写小说的，又不是写历史的，一部作品要有生命力，要经得起历史的考验，就应当严格地遵循既源于生活，高于生活，又要如实地反映生活的原则，不能跟着政治气候转，不能因为政治运动的影响而歪曲生活的本来面目。"① 所以，他的代表作《创业史》虽然是积极倡导时代潮流的作品，但绝非简单的应时之作，而是凝聚着他对乡村历史和现实发展的深刻思考。他曾谈到自己写作《创业史》的初衷，是为了思考和总结中国乡村发展的历史。在今天看来，他的思考也许具有一定局限性（这一问题非常复杂，远非一篇短文可以讨论清楚，暂时搁置），但对于一位作家来说，思想的正确与否固然重要，真诚、深刻和独立性同样非常重要。正由于思考的独立，在经历过更多政治"洗礼"之后，晚年柳青对《创业史》相关问题有了比创作前两部时更深入的认识。虽然受身体健康状况制约，他无法完成《创业史》全四部的创作，但他的构思与之前有了很大改变："主要内容是批判合作化运动怎样走上了错误的路。""我说出来的话就是真话，不能说，不让说的真话，我就在小说里表现。"② 可以说，无论是《创业史》第一部对农业合作化运动的肯定还是后来的批判性反思，柳青都不是人云亦云，而是以认真而独立的思考为前提。对于一位作家来说，这种独立性弥足珍贵。

作家独立思考的具体表现，是其思想不是停留在对现实政策的

---

① 刘可风：《柳青传》，人民文学出版社，2016年，第401页。

② 同上，第397页。

阐释和赞美上，而是能够发现现实中的问题，并做出大胆的揭示和反映。需要特别指出，这里所言的问题是现实中的"真问题"，而不是"伪问题"——我们经常在一些现实题材作品中看到所谓的"问题"，但它们都是人为虚构的，是为了预设的结论而制造出来的。我以为，判断作品揭示问题"真""伪"有两个最直观的方式：一是看问题是否轻而易举地得到解决。真正的问题往往是复杂的、艰难的，甚至一时间很难真正彻底解决。能够轻描淡写地解决的，肯定不会是真问题；二是看问题的主导者是谁？一般情况下，真问题的根源在于现实中具有较强力量者。这些现实中的强有力者，与现实政策和某些变化构成了利益冲突，就形成了复杂困难的问题。生活中的弱者是很难构成复杂问题的。"问题小说"作家赵树理的作品，无论是《小二黑结婚》还是《李有才板话》，问题的根源都在于村里有权有势的人物，而非普通百姓。

正因为真问题有难度，所以提出真问题不容易。首先，这需要了解生活、熟悉生活。只有真正深入到生活之中，深知生活中的复杂和曲折，才能提出真问题。其次，这需要勇气和现实关怀精神。对于现实来说，提出问题往往意味着揭示矛盾，展示难度。这一般不招人喜欢，对问题的相关者来说更是如此。所以，没有一定的勇气是提不出真问题的，没有对生活的关怀和热爱也同样如此。对于作家来说，敢于发现、提出问题，就要求作家具有独立而坚定的自我主体精神。①

《在旷野里》具有强烈的问题意识，也可以看到柳青的强烈主体精神。作品的中心故事是20世纪50年代初西部地区一个县各级干部治理棉铃虫灾害。作品一方面揭示了现实农村生活中的农业科技问题，是对乡村农业发展一次具有前瞻性的书写。但作品的重心并不在此，而是各级基层干部的作风和理想等问题。

---

① 在这方面，我与李建军的观点一致。参见李建军：《提问模式的小说写作及其他——论柳青的长篇小说佚作〈在旷野里〉》，《人民文学》2024年第1期。

早在中华人民共和国成立前，毛泽东就曾借郭沫若的《甲申三百年祭》，表达了对新中国成立后干部作风问题的警惕和关注。确实，共产党成为执政党后，如何防止干部的思想惰性和腐化是重要而严峻的问题。事实上，尽管毛泽东严格要求共产党的自我纯洁和自我约束，但新中国成立初期这方面存在的问题依然不小。作为革命干部一员的柳青，对此显然感触很深，《在旷野里》就充分表达了对此问题的关注。作品"题记"中非常醒目地引用了毛泽东《论人民民主专政》中的话："过去的工作只不过是像万里长征走完了第一步。残余的敌人尚待我们扫灭。严重的经济建设任务摆在我们面前。我们熟习的东西有些快要闲起来了，我们不熟习的东西正在强迫我们去做。"（第4页）这段话也基本可以概括为作品的主题。

具体说，《在旷野里》主要揭示两方面的干部作风问题。其一是干部的工作积极性或者说工作惰性问题。革命胜利后，从战争时期的高度紧张转入日常生活的缓慢琐碎之后，很多人会产生不适应感，出现理想涣散、缺乏激情的现象。《在旷野里》书写了多个人物的这种心理，如白生玉，因为家属问题无法解决，也由于文化水平低受到领导批评，就萌生了回家的想法。不能说他没有一点道理，但缺乏坚定理想信念显然是值得注意的根本问题。更具代表性的是主人公朱明山的爱人高生兰："她的苦难（这是十分令人同情的）一结束，新的世界使她头脑里滋生了安逸、享受和统治的欲望。"（第9页）在生活艰苦的战争时期，她具有忍受苦难的坚持精神，但当生活环境改变后，她完全变了，只考虑个人利益，一味追求生活享受。虽然小说情节还未充分展开，但按照故事逻辑，高生兰的思想惰性与朱明山的理想主义之间的冲突肯定会成为重要情节。这也显示出柳青对这一问题的重视。事实上，柳青后来在《创业史》中塑造了郭振山形象，可以看作是对这一问题的深入思考。在差不多的时间段内，王蒙的《组织部来了个年轻人》、邓友梅的《在悬崖上》等也都涉及同样的主题。可见一些优秀作家都具有对时代问题的敏感性。

与工作作风问题密切相关,《在旷野里》还揭示了在当时社会中影响很大的干部离婚潮问题,借人物之口,表达了对这一现象的不认可态度:"有些老区干部离婚的时候,兴头可大;可是真正找到好对象结了婚的,有几个?"(第23页)

其二,更为突出的是干部的形式主义、官僚主义问题。《在旷野里》多方面揭示和批判了这类问题。如作品非常明确地展示了领导干部的民主作风和干群关系问题:"但是有些人被摆在领导地位上以后,人们从他们身上却只感觉到把权力误解成特权的表现——工作上的专横和生活上的优越感,以至于说话的声调和走路的步态都好像有意识地同一般人区别开来了。"(第40页)作品塑造的县长梁斌形象是最典型的表现。作品这样描述梁斌的出场:"他就掏出手帕,一边擦着胖胖的圆脸上的汗水,一边姿态尊严地抬着脚步,好像要把路踩得更结实一些似的。"(第14页)同时,作品还多处描述了梁斌在下属面前趾高气扬、动辄训斥,以及对上级领导拼命迎合与讨好的神态。除梁斌外,作品还塑造了年轻的基层干部张志谦形象,描述了包括公安局局长在内的公安干警的行为,前者夸夸其谈,却没有任何实际工作精神和工作能力,后者高高在上,粗暴简单,都可看作是梁斌形象的补充,也凸显出现实生活中干部作风问题的严重性和普遍性。

二

柳青坚持自我主体性另一层面的表现,是努力在创作中保持自己的创作特点,或者说是始终坚持对文学个性的追求。

柳青热爱文学,有自己独立的文学观,对文学创作要求很高。他是一名革命干部,但同时,他更把自己当作一位作家。他的革命与文学事业是高度合一的。在延安时期,他主动要求下乡工作,其最主要的目的是深入生活,给文学创作打基础。所以,在工作中,

"他的脑子里想的全是创作"，"他觉得自己已经和工农群众结合过一段时间，当务之急不是再去结合，而是进行创作。但因为是组织决定，文艺界的大势所趋，再不合心意，也必须去，何况这并不影响他文艺创作的人生大目标"。[①] 对生活的理解也主要建立在有利于文学创作的基础上："对于生活，如果总是划皮而过，文学事业的进取和希望何在？文学事业要求作家深入生活是无止境的！"[②]《创业史》的写作是最为大家熟悉也最具典型性的例子。为了积累生活，也为了专心创作，柳青举家迁往农村。尽管生活多有不便，致使夫妻关系都产生严重隔阂，他都始终没有放弃。[③] "文革"后，柳青身患重病，在生命的最后时刻都还在坚持《创业史》的修改和创作。柳青女儿刘可风的概括是非常中肯的："这些年，为了写作，读过的书，走过的路，吐过的血，已经很难用量来计算。钻研文学不可谓不刻苦，这一切，动力来自何处？是一种无法用语言形容的、对文学如痴如醉的热爱。"[④]

柳青拥有自己相对成熟、稳定的文学观。这建立在他深厚的文学素养上。他曾大量阅读西方经典文学作品，还翻译过英文小说。[⑤] 在优秀传统文学的熏陶下，柳青非常重视作品的文学品质，认为"衡量一个作家的立场观点、思想感情的是他的作品"[⑥]。在晚年，柳青曾撰写《艺术论》，明确指出作家要"保持住自己的独特性"，并且将作品的艺术生命力放到作家生命价值的高度：《艺术论》要告诉人们的基本旨意，是作家的生命价值在于其作品具有久远的艺术生

① 刘可风:《柳青传》，人民文学出版社，2016年，第52页、第53页。
② 同上，第59页。
③ 同上，第162—180页。
④ 同上，第104页。
⑤ 同上，第179页。耐人寻味的是，"文革"后的柳青很少再阅读西方文学经典作品，甚至很少阅读文学作品。这也许可部分解释他在这期间对《创业史》令人失望的修改。参见邢小利、邢之美:《柳青年谱》"附录一：柳青晚年的读书与反思"，人民文学出版社，2016年，第168—199页。
⑥ 柳青:《毛泽东思想教导着我——〈湖南农民运动考察报告〉给我的启示》，孟广来、牛玉青编:《柳青专集》，福建人民出版社，1982年，第18页。

命力。"① 这也使柳青对自己的创作有着非常严格的要求。《创业史》出版后，反响很大，但他精益求精，不断反复修改（虽然有些修改是形势所迫，但很多修改特别是最初的修改，完全是为了让作品更完美）。《在旷野里》的创作中途搁浅，也与这种自我要求有直接关系。

柳青文学思想较多受到 19 世纪西方现实主义文学的影响，包含强烈的人文关怀精神和爱与美的色彩。具体说，就是对普通大众生活的关怀，对人性中美好情感的认可和追求。在《创业史》中，这种关怀充分体现在主题思想上，作品对乡村命运的深入思考蕴含着柳青对乡村的真切关怀。此外，还体现在对乡村青年前途命运的特别关怀上，作品的著名"题记"："人生的道路虽然漫长，但紧要之处常常只有几步，特别是当人年轻的时候。"就深远地影响了一代乃至数代年轻人，对路遥等作家产生了深刻的影响。在人性关怀方面，《创业史》对改霞形象的塑造最为突出。这一形象所呈现出的爱和美的气质具有 19 世纪西方现实主义文学经典女性形象的许多特质，她充满诗意的美，对独立主体精神和真正爱情的追求，在中国乡村书写中都体现出一定的超前意识，也是现代精神在中国乡村大地的较早绽放。

由于是未完稿，《在旷野里》的主题展示不是那么充分，但在目前的内容里，已经可以感受到很强的人性关怀色彩。比如朱明山对白生玉两地分居家庭生活的积极关切，既关系到干部作风问题，更体现出人性关怀精神。当然，作品更细致的展示还是在其对爱和美主题的表达上。作品对女主人公外表美的细致描摹，对其心理世界赋予灵动和抒情的美感，与《创业史》中对改霞的塑造如出一辙，"李瑛的那双水晶亮光的大眼睛，双眼皮总是扑扇扑扇地闪着"，"好比一朵含苞待放的蓓蕾，她要努力使自己在百花齐放的时候不

---

① 畅广元：《作品具有久远的艺术生命力是作家的毕生追求——读柳青遗稿〈艺术论（草稿）〉》，仵埂等编：《柳青研究文集》，西安出版社，2016 年，第 60、53—54 页。

会辜负雨、露、太阳和栽培自己的园丁"。（第28页）更为突出的，是作品以浓重的笔墨重点刻画了男女主人公的情感故事。作为县委书记的朱明山和县委干部的李瑛，两人交往虽然不多，却已经碰擦出了感情的火花。对于朱明山来说："不断地突出在他脑里的影子是李瑛，只要是他和她的眼光相遇，他和她说话或他看着她工作的时候，他的意识就像住在他脑里的一个精灵一样告诉他：她漂亮，她聪明，她进步……虽然他竭力警告自己不要常想到她。高生兰的影子来到他脑里了，怒目盯着他。"（第33页）李瑛更是如此："连李瑛自己也不能一下子找到一个明确的答案——为什么她对朱明山的生活发生了一种隐秘的兴趣？难道和这个新来的县委书记不过几回的接触，她已经爱上他了吗？……但是李瑛又不能欺骗她自己，新来的县委书记的确撩动了她少女的心了。"（第50页）可以设想，如果按照故事的逻辑发展下去，他们之间的爱情肯定会有进一步的深入，包括内心的挣扎和冲突……这一点，在作品中早就有过暗示："这大约是人之常情。每个人都愿意自己的爱人从外貌到内心都是像自己理想的那么美……但是当一个男人感到自己的爱人没有一种美或失掉了一种美，而从另外的女人身上发现了的时候，他会不由得多看她两眼，虽然他并没有更多的打算。"（第8页）在这一点上，《在旷野里》所包含的人性因素比《创业史》还要浓郁和大胆。因为朱明山的身份是县委书记，而且还是在婚姻之内。在当时的背景下，这种情感关系无疑是有较大忌讳的。

在时代背景下，柳青的这些思想与时代要求存在一定裂隙。或者准确地说，对于柳青的现实关怀精神，时代在总体上应该是会给予认可的——当然，就如同同样关注干部理想性问题的《组织部来了个年轻人》和《在悬崖上》在时代的政治洪流中遭遇打击，这种现实关怀也存在着一定的风险，关键在于分寸的把握。但是，在人性爱和美的方面，二者一定会存在较多冲突。最简单说，《创业史》中改霞的美学特征就与时代乡村女性的质朴、阳光美存在裂隙，她的个性化气质也与主人公梁生宝之间存在某些冲突。所以,《创业史》对改霞形象的塑造不得不中途"夭折",在第二部中更是被更具有时代美学气质的刘淑良所取代——仅仅从姓名上,就可以看出二人的区别以及与时代是否合拍。"改霞"的"改"无疑是具有叛逆因素的,而"淑良"则是完全的传统内涵。由于《在旷野里》是未完之作,我们无法预测后续的发展,但疑问和遗憾是无法避免的。每一位读者都会很自然地猜测故事的未来:朱明山与李瑛的关系究竟如何发展?在传统观念和个人爱情之间,他们会如何选择?但也许,柳青也无法给人物做出恰当的选择。就像在《创业史》中,他无法以恰当的方式处理改霞与梁生宝的关系,最后只能选择让改霞离开乡村——如此,既可以避免让这一形象受损(无论是在形象气质还是在人物命运上),又得以回避她与时代潮流之间的不合时宜。① 由于《在旷野里》的问题更为敏感,所以,柳青处理的难度会比《创业史》会更大,他无法把握主人公的选择和故事的结局。在这个角度上说,柳青中断《在旷野里》的写作,也许并不完全是艺术原因,而是源于无法解决作品的内在困境,根本上则是源于柳青文学个性与时代环境之间无法弥合的矛盾。

三

《在旷野里》写于 20 世纪 50 年代,距今已有七十多年。虽然作为一部未完成稿,留下不少遗憾,但在今天发表,依然不失其价值,我们既可以感受其艺术魅力,也可以探讨其对现实文学的启迪意义。

其一,深入而独立的现实关怀。中国当代文学史上的一个时期,曾对作家"写现实"提出强制性的要求。这导致后来一些作家对写现实的反感,自觉"向内转"。包括今天也有一些作家对写现实抱有

① 参见贺仲明:《一个未完成的梦——论柳青〈创业史〉中的改霞形象》,《文学评论》2017 年第 3 期。

偏见，认为写个人才是文学的根本。

　　这其实是一种严重的误解。现实永远是文学的源泉，也应该是文学关注的对象。优秀作家大都具有强烈的现实关怀，经典杰作中更有无数现实题材作品。事实上，远离现实特别是匮乏现实关怀，是很难创作出真正有生命力的文学作品的。今天的文学，在本质上不是距离现实太近，而是太远。只是作家关注现实，却不能成为现实的奴仆，屈服于现实之下，却没有对现实的超越性思考。这是当代文学很多现实题材作品存在较多局限的根本原因。立足现实，关怀现实，却不被现实所囿限，呈现出自己独立的视野和思想，这才是书写现实最应该具有的方法。这样，即使作家的思想存在某些局限，也不失其价值。典型如经典作家巴尔扎克，其作品不做时代鼓手，而是深入时代现实，坚持真实表达，因此达到了 19 世纪批判现实主义文学的高峰。著名批评家卢卡契的分析非常有道理："巴尔扎克的世界观是错误的，而且在许多方面是反动的，但是比起他那位思想要明确和进步得多的同时代人，他却更完整、更深刻地反映了1798 到 1848 年的这个时代。"①

　　如前所述，柳青是一位密切关怀现实的作家。强烈的时代精神和积极投入的态度是他创作活力的重要保障。他的作品既能敏锐地发现和针砭时代中的重要社会问题，又能展示时代的生活和审美面貌。就《在旷野里》而言，正如有西方学者所说："为一切时代而写作的最可靠的方法，就是通过最好的形式，以最大的真诚和绝对的真实描写现在。"②如果说随着时过境迁，作品所展示的一些时代面貌和社会问题会成为历史，但对人性问题的关注则具有超越时代的意义。两性关系是人类永恒的主题，其中的相互理解问题、平等问题

---

　① ［匈牙利］卢卡契：《现实主义的历史》，苏联文学出版社，1939 年，第 318 页，转引自《马克思主义文艺理论研究》编辑部：《马克思主义与文学问题》，漓江出版社，1988 年，第 288 页。

　② ［美］赫姆林·加兰：《破碎的偶像（片段）》，《美国作家论文学》，刘保端等译，生活·读书·新知三联书店，1984 年，第 84 页。

以及爱情的新鲜度问题，在任何时代都存在。《在旷野里》对两性情感复杂性和微妙处的书写，既具时代背景特性，又具超越时代的永恒性。作品开头对列车车厢中场景的描绘，对乡村大地富有诗意的展示，能够让后来的读者充分感受极具时代色彩的美学特点，感受其理想和风格。

其二，作家精神主体素养的重要性。柳青的创作主体性与他深厚的思想和精神素养等有密切关系，其中最重要的是作家的人格精神。因为在任何时代，要坚持自己在现实面前的独立性，要保持自己的精神主体性，都并不容易，它需要有对时代的深刻认识，对历史的深刻思考，以及对文学的赤诚和热爱。如果缺乏这些方面，很容易被时代同化，产生不了独立思想，即使有一定独立思考，也很难坚持，更难在文学创作中表现。因此，对作家个体来说，人格精神是最重要的。这也是为什么即使在艰难时代也依然有坚韧的独立精神坚持者。但在正常情况下，对于绝大多数普通人来说，很难保有独自面对强大现实世界的勇气和能力。要提高这种勇气和能力，最重要的精神依靠是传统文化的责任感和使命感。比如，中国春秋时期的史家，之所以敢于面对数位亲人的死亡始终坚持书写"崔杼弑君"，是因为他对历史的坚信和作为历史学家的强烈使命精神。

由于多种原因的制约，当代中国作家存在较大的精神匮乏。这不仅是缺乏深厚的思想文化素养，更重要的是缺乏最基本的精神信仰——对价值、意义的信仰，对使命感的信仰，包括对文学的意义，对精神的意义的信仰。所以，在作家们的背后已经没有精神的传统、意义的源泉，这就很难建立起真正的自我主体，也难以创作出真正有独立思想的文学作品，从而严重制约了当代文学的成就。当代作家赵瑜曾表达过这样的反思，是非常切中肯綮，也是令人沉痛的："我们这一代作家许多人，既无中西学养亦无自身信仰，我们仅仅凭着一点聪敏悟性甚至圆滑世故，便可以混迹于所谓文坛，自然难成大器。更多后来者，所继承、所迷恋、所利用的，是写作在中国文化体制下具有敲门砖功能，甚至倾心于文坛艺苑极腐朽、极堕落的一面。"[①]

不能说柳青的精神具有完全的独立性。但无论是放在他生活的时代，还是比较起后来时段，柳青的精神人格都是很突出的。在他的内心深处是具有一定的价值坚持和精神信仰的，那就是对文学的热爱和对大众的责任感——作为一个人对于他人，作为一位知识分子对于普通大众的责任感。正如此，他能够在没有任何被迫压力下，放弃优厚的地位和舒适的生活，举家迁到乡村去，与农民们一道生活；能够在生活并不富裕的情况下，将《创业史》的巨额稿费全部捐献给农村；能够在纷繁的时代环境中，始终坚持深入的思考。特别是在经历艰难政治运动后，依然相信文学的力量，更能对现实做出超越以往自我的思考。

传统的毁灭也许就在瞬息之间，但建构传统却需要漫长的岁月。我们今天很多人在检讨历史时，习惯于苛责前人，却忽视了前人所处的历史背景，以及艰难中的坚持和勇气，更忽视了对自我的反省——设想如果自己生活在那个时代，自己会有什么样的表现，以及在今天现实中，自己的表现究竟如何，较之前人是否有优越之处？其实任何时代都有其艰难处，尽管表现形式不一样，但对人的压力和束缚却大体相似。站在道德高地上苛责他人非常容易，但是否真正拥有超越前人的自我其实更为重要。因为要突破时代拘禁，主体力量是至关重要的。客观说，我们今天很多人的精神品格，所拥有的独立主体性，总体上不但没有超越前人，反而还可能更差。一个典型的例子，如果说在几十年前，多少还有些知识分子能够甘于清贫，坚持信仰和原则，那么在今天，所谓的"知识分子"群体与普通大众还有什么区别？

也许，从优秀的前驱者那里汲取营养，比不顾历史背景的苛责

---

① 赵瑜：《寻找巴金的黛莉》，海天出版社，2016年，第72—73页。

更为重要。甚至说，以理解和尊重的态度看待前人，从中得到精神的滋养和勇气，借鉴经验和教训，正是传统的恢复和重建的重要内容。如果没有这种态度，历史的演变不过是多一个轮回而已，社会永远无法进步，知识分子的现代品格永远无法建立。

在"新时代山乡巨变"中振兴乡土小说

近二三十年以来，中国乡村社会发生了巨大转型，但以之为书写对象的乡土小说创作却出现了明显的衰落。这既表现在书写乡村现实的作品特别是长篇小说作品明显减少，更表现在年轻作家日益远离乡土书写，乡土小说的创作者数量呈现明显萎缩状态。

"新时代山乡巨变创作计划"的倡导和实施也许是乡土小说振兴的良好契机。一方面，乡村的现实变化是真实客观的存在，具有切实的书写意义。近几十年的乡村发生大的变革，特别是乡村振兴计划的实施，在很大程度上改变了乡村面貌，乡村的物质和文化生活都呈现出鲜明的新时代特征。这一过程中，既包含传统向现代的剧烈文化冲击，更有无数激荡人心的命运变迁，是孕育文学巨著的良好土壤。而且，经历了数十年的变迁，乡村社会形态正逐步趋向稳定，有利于作家们的深入把握和思考；另一方面，"新山乡巨变"作为国家推动和倡导的文学计划，可以在物质和精神等多个层面提供帮助和便利，推动作家深入书写乡村，让更多的作家投入对现实乡村的关注中来，也有利于扩大乡土小说的社会关注度。

当然，要将机会化为现实、让乡土小说真正振兴，并非易事。它既需要作家追随时代，增进对新时代新事物的认识，还需要改变和调整自己，对乡土小说创作进行一定的突破。

首先是创作姿态的调整。现代乡土小说一直以启蒙为精神主导，对乡村持批判和俯视的姿态。在今天，并非要完全放弃批判精神，但更需要与乡村保持平等和尊重的姿态。从文学创作层面说，只有摆脱居高临下的姿态，才能真正深入了解和关注书写对象，才能产生发自内心的理解和同情，从而抵达文学的本质精神；从接受层面说，平等和尊重的态度能够让读者感受到作家的真诚，才可能受到农村读者的认可，真正让乡土小说进入和影响乡村。路遥的《平凡的世界》之所以能够成为当代文学经典，长期受到读者的喜爱，最重要的原因之一就是作家对乡村和农民怀着深情，以及对其没有距离的关切和感同身受。

要真正做到这一点并非易事。漫长的文化积淀是制约我们改变写作心态的最大难题。在今天，我们不可能，也没必要要求作家再按照"十七年"时期的模式"深入生活"，但是，在文化心理上祛除知识分子的优越感，拥有对乡村和农民真正的关切，是作家们了解乡村的最重要前提。只有了解乡村，才能真正写好乡村，才能创作出真正优秀的乡土小说作品。从当前创作看，不少作家的创作姿态没有完成这一重要的调整。在当下很多乡土题材的作品中，特别是在对农民生活的书写中，我们可以感受到作家某种无形的文化和身份优越感，以及遥观和漠视的叙述姿态。如果缺乏平视的姿态和深入的关切，就不可能真正贴近人物生活和心理世界，也不能塑造出鲜活生动的人物形象，更难以真正真实客观地展示乡村生活。与之相关联，乡土小说在艺术表现上也应该适度考虑农村大众的接受问题。正如茅盾当年论述的："一种新形式新精神的文艺而如果没有相对的读者界，则此文艺非萎枯便只能成为历史上的奇迹，不能成为推动时代的精神产物。"（茅盾《从牯岭到东京》），如果没有广大农民读者的接受与认可，乡土小说创作就很难称得上成功。这并非要求作家放弃现代的文学形式，而是适当考虑包括农民在内的读者的接受水平，使作品的表达更生活化，与文学自身的追求并不矛盾，而是可能相互促进。

其次是思想意识的深化。在 20 世纪 90 年代，当乡村社会乍临文化转型，不少乡土小说作家表现出对乡村文化的眷恋，为其吟唱出失望而深情的挽歌。在今天看，这种姿态所蕴含的主要是作家的文人立场，却缺乏足够的精神高度。文学虽然不是简单的文化工具，但优秀的文学家应该具有更深远的文化视野，应该比普通大众看得更远、思考得更深，其作品才能启迪和影响大众。农业文明向城市文明的变迁是非常复杂的问题，远非一部文学作品可以深入讨论，但无可置疑的是，一个作家不能简单站在文化守护的立场，而应更具历史理性和思想高度。他可以对乡土文明的美好表达怀念，对城市文明进行质疑和批判，但其内涵绝不应该是单一的，也不能仅仅与普通大众站在同一高度上，而要体现出深刻的文学思想魅力，促人深入地思考和理解时代。

在今天，这一问题尤其显得突出。因为与当前中国乡村变化相伴随的，是更为复杂而全面的科技转型。高科技极大地改变了人们的生活，也进一步刺激了乡村社会的变化。甚至说，在当前中国，乡村社会和城市社会共同面临的问题，比其单独面临的问题更为突出。在这种背景下，即使是具有较高文化素养的人在思想上都难保持清醒，乡村大众更容易发生思想的混乱和迷茫。时代呼唤优秀的乡土小说家，期待他们的作品呈现出思想的深邃、开拓和创造性，对乡村社会面临的问题提供一定帮助，为其发展提供某些启迪。如此，乡土小说将自然地进入到新的境界和高度。

最后，是深度写作意识。"新时代山乡巨变创作计划"作为中国作协倡导的文学活动，当然有自己的现实要求。事实上，作家们投入对乡土现实的关注，进行乡土小说创作，本身就是对这一活动的积极回应。文学应该关注现实，但是，作家不能将文学创作写成简单的宣传话语，而是要具有文学的高度和深度，体现出文学的独特价值。这样才能既实现乡土小说振兴，也更好地呼应新时代的"山乡巨变"。

深度意识的具体表现就是要真正揭示乡村中的问题，从正视问题、思考问题、解决问题的角度来进行思考和写作。毫无疑问，当前乡村社会变迁中存在这样那样的问题。只有揭示和书写了这些问题，才能还原出生活的复杂和真实，才能实现文学的重要社会功能。需要特别提出的是，深度意识所需要的不是为了预设目标而人为设置的、结局不言自明的伪问题，而是真正源自生活、充满复杂纠结的真问题。作家提出这些问题的意义也许并不在于解决，甚至根本无法解决，但是，发现和提出问题本身就体现了文学的价值。目前的很多乡土小说在这方面有严重的匮乏。这并非说这些作品中没有展现矛盾，没有揭示问题，但是真问题、深刻的问题非常少见，更多的是人为制造的虚假问题。

当然，这并非说乡土小说只能写问题，不能写理想和希望。在"十七年"时期，对柳青《创业史》主人公梁生宝形象的相关讨论中，当时的作家、批评家就密切关注到这个问题。我一直认为，小说，即使是以写实为基础的现实主义小说，也是不要求局限于对生活的完全写实，而是允许虚构，允许呈现理想色彩的。只是其理想不是幻想和空想，而是具有现实合理性，符合生活和人物性格的逻辑。所以，在文学创作中具有问题意识不是否定文学的理想性，而是为理想性奠定坚实的基础，使其真正扎根于生活中。人物形象塑造也是这样。如果只有正面讴歌，把"新时代山乡巨变"的人物写成简单的英雄赞歌，那是塑造不出真正的新时代新农民形象的。只有将人物融汇到时代激荡和社会变化中，让人物在时代的问题和矛盾中洗礼、成长，才可能产生有血肉有灵魂的优秀人物形象，并真正描画出真实的乡村时代镜像。

"新时代山乡巨变"的时代呼唤乡土小说创作，乡土作家也有责任关注当前乡村社会这片热土。但是另一方面，它绝不能作为对乡土小说创作的一致要求。文学是个人化的产物，内涵应该丰富而不是狭窄。换言之，对于当前乡村社会的"变"，作家们可以从现实层面来关注，但也可以从更丰富的其他层面来书写。比如对乡村历史和文化传统的展示，对乡土社会与自然、生态乃至科幻之间的密切关联，都是可以开拓的乡土小说主题，是对乡土小说创作的丰富。在这一前提下，文学管理部门也需要有更开放的思想意识，鼓励乡土小说创作的多元发展，对反映"新时代山乡巨变"的创作给予更多的创作空间，让作家充分自由地接触到乡村现实，允许针对现实问题的"问题小说"问世和流传。

寻找生活中的善良与温暖

——评姚鄂梅短篇小说《单眼凝视》

在消费文化的影响下，当前社会生活中普遍存在着善与温暖的匮乏。对物质利益的单向度追求，导致诸如"碰瓷""帮扶老人被讹"现象的滋生，严重制约了人与人之间善意的表达，也导致人际关系之间的严重隔膜和相互不信任。如果说在不久之前，人们还在批判传统农耕文化中私人空间的匮乏，那么，在今天，人们普遍表达的是对往昔生活的追忆和怀念，为现实社会的人情淡薄而慨叹。姚鄂梅是一位密切呼应时代的作家，她的新作《单眼凝视》就对现实生活中的情感问题进行了挚切的关注。作品演绎了一段普通人之间的交往故事，揭示出掩藏在粗粝生活背后的人性温情，并表达了对善良和温暖的肯定和期待。

作品的故事很简单。书写的是房东与租客邻居之间，从冷淡到亲近又回归冷淡的情感过程。故事的一方是租房者李莉，一个普通的公司财务人员，带着女儿生活的离异单身女性。她的生活艰难，到处租房，反复搬家，还要忍受前夫的骚扰。艰难的生活经历，使李莉在与他人交往中怀着很强的戒备心理。比如，因为女儿粗心没有充分遵照她设定的安全规则而对女儿大发雷霆；对房东俞宁在楼道安装监控的行为也表现出过度的担心乃至焦虑。然而，李莉的本性是很善良的。当邻居老人遇到困难时，她毫不犹豫就给予帮助。而且对女邻居的误解也不介意，想方设法地为她寻找老人。正因为这样，她也让女邻居受到感动，并逐渐获得了女邻居的信任，相互之间一度建立起良好的关系。

故事的另一方是女房东俞宁。她的生活处境看似比李莉要好一些，但其实也不容易。丈夫靠开网约车谋生，自己要上班，家里有正在上学的孩子，还有一个患痴呆症的老人需要照顾。这种生活环境导致了她性格的粗糙和简单，甚至显得缺乏教养。比如她最初与李莉打交道，仅仅因为李莉不小心错收了她一个快递，就表现得非常粗暴。对母亲走失一事，她也在缺乏必要沟通的前提下，对李莉横加指责。但随着故事的发展，我们发现，俞宁的心地同样也不乏善良。她得到李莉的帮助，感受到李莉的真诚和热情后，也会尽量来帮助李莉。

由此，我们可以看出，《单眼凝视》虽然叙述的是两个女人的故事，但两人有着高度的同一性，她们都被生活磨砺得粗糙，甚至简单粗暴，但内心深处却始终是善良和温暖的。在一定程度上可以说，俞宁是后来的李莉，李莉是过去的俞宁。作者书写她们之间的日常故事，通过对她们心灵世界的透视，表达出的是对人性善良与温暖的挖掘和追寻。作品中，李莉善良的表现相对比较简单清晰，她赢得了俞宁的信任和友情，凭借的是真诚和善良。而俞宁的表现则较为复杂。相比于李莉，俞宁的年龄稍长，人生阅历也更丰富。这使她的性格更深沉，处理事情更沉稳，内心世界也被包裹得更紧实一些。最典型的是在处理李莉前夫的事情上。李莉的前夫来吵闹，俞宁有视频证据，但她没有应李莉的请求将证据交给警方，致使李莉无法惩戒前夫，也让李莉对她产生了严重误会，两人的关系由和谐重回冷漠。其实，俞宁在这件事情上的所作所为都是为了李莉好，为了不激化她和前夫之间的矛盾。"我是这么想的，有些事你现在可能还意识不到，你不一定有那么恨他，他也不一定有那么恨你。"她觉得如果警察介入，李莉和前夫的关系会更为撕裂，前夫甚至有可能会对李莉进行报复——事实上，正是这种缓和矛盾的处理方式，李莉前夫没有做出进一步的过激行为。然而，在整个事件的处理过程中，俞宁没有跟李莉做任何解释，只是在李莉搬家要离开时才把意思表达出来。而且，对李莉得悉真相后想表达善意和感谢的举动，她也选择了淡漠的回避。

作品的重点在于揭示两位女性的心灵世界，但通过对她们日常生活的展示，作品也客观上表达了批判现实的立场态度。这密切联系着作品书写的两位女性的现实和心灵处境。两位女性本质上都很善良，她们如同任何正常女性一样，或者准确说，如同任何正常人一样，都希望表现自己的善良，也渴望得到理解、关爱和温暖，但在现实中，她们完全不敢表达自己的善良，而是对任何人都充满戒备，甚至表现出一些与善良和温暖相对立的行为。毫无疑问，原因在于深层次的社会环境。现代生活造成了人与人之间的高度不信任，造成了人际关系的严重疏离，也造成了两位善良女性之间的相互戒备和隔膜。

作品结尾一段可见一斑："她喉头哽咽了一下，想去跟俞宁抱抱，但俞宁平静而淡漠的表情让她伸出去的手在空中转了向，撩起了头发，在打包中受伤的指头一阵疼痛，凑近一看，并无明显伤痕，但就是疼得厉害。"这段话既可以看作是李莉对俞宁的感动，更是她为两颗心不能坦诚相待、不能充分表露出真情实感而遗憾和伤心——确实，在这个个体都被生活磨蚀得坚硬、人与人的关系变得日益疏远的时代，这一要求已经很奢侈了。所以，李莉的疼痛，实际上也可以看作是这个时代的疼痛。

《单眼凝视》在艺术层面也非常成熟、精致。作品通过李莉的限知视角叙事，笔调也力求客观、冷静，使得作品的艺术风格呈现出冷峻、含蓄和节制的特征。与之相应，作品的内容非常平实，无论是写人还是叙事，都不追求巧合和夸张，没有刻意的戏剧性，而是像每个人都会碰到的生活日常那样平淡朴实。所以，作品展现出来的两位女主人公的生活场景，都是在琐碎中显示沉重，在细节中呈现艰难，其中既没有掩饰和遮蔽，也无炫情和张扬之举，充分显示出写实手法的艺术魅力，也切实再现了时代生活的真实面貌。

《单眼凝视》的另一个艺术特征是心理描写。作品采用的是女性视角，对女性心理的展示很细致真切。女性之间那种自尊、虚荣，以及自觉不自觉的竞争意识，虽然着墨不多，但都体现得淋漓尽致。比如李莉最初见识俞宁粗暴态度时的愤恨与无奈，俞宁看到李莉交往男性校友后心理的复杂和微妙等，都在不着色彩的细节中自然呈现。之所以能够这样，是因为作品能够充分切近人物，贴着女性的生活处境和独特生活感受。比如李莉对自己未来男友的考虑，就非常符合中年女性的心理：

> 她想要有个依靠，有股助力，不为自己，单为女儿……因为她这块田地太贫瘠了，女儿这粒种子不可能长得丰盈茁壮，必须给她找一股助力，出于这个目的，她这个妈妈必须在老去之前，燃烧自己仅剩的女性之躯为女儿贮存一点燃料。

此外，作品的语言也非常准确细致。既幽默冷静，又时而包含着哲理，与整体风格的含蓄和节制非常吻合，给人以很多回味和咀嚼的空间。在某些方面，似乎有些石黑一雄的味道。比如这两段语言的哲理和双关色彩：

> 打包纸箱，看上去温暖而干燥，摸上去却冰冷坚硬，手指所及，没一件柔软的东西，没一件有温度的东西，稍有不慎，就会划破皮肤。
>
> 所谓可掌控的人生，就是看似得到了某种自由，其实不过是在被动的跌撞中摸到一个抓手，死死拽住，还自以为掌握了主动权。

以及这一段话，包含的细致和冷幽默：

　　快递员总在争分夺秒赶时间，他们通常是留一只脚占住电梯，探出身子将包裹随手一抛，或者放在地上打冰球一样嗖嗖地甩过去。乱糟糟的包裹让她感觉很不好，似乎那不是她真金白银买来的，而是救援人员空投下来的急救物资。

孟子说过：人之初，性本善。对此观点，伦理学界不一定完全认同，但毫无疑问的是，人类社会绝对不可缺少善良和温暖。人与人之间的相互关心、沟通是正常社会维系的前提，甚至是人类繁衍不可缺少的条件。文学作为人类的重要精神产品，自然应该去发现和张扬人性中的善，让人类更善良，世界也更美好。传统文学理论反复强调文学"真善美"的品质，就是其体现。

　　在消费文化盛行的今天，已经很少人再谈文学真善美的话题，似乎文学已经不再需要关注善。但我以为，"真善美"是文学生存的基本意义。揭示真、张扬善、表现美，是文学永不过时的精神内涵。美国作家福克纳的这段话在任何时候都不过时："作家的天职在于使人的心灵变得高尚，使他的勇气、荣誉感、希望、自尊心、同情心、怜悯心和自我牺牲精神——这些情操正是人类的光荣——复活起来，帮助他挺立起来。诗人不应该单纯地撰写人的生命的编年史，他的作品应该成为支持人、帮助他巍然挺立并取得胜利的基石和支柱。"文学不是生活的奴仆，而应该比生活更高，引领生活朝更好的方向发展。

　　《单眼凝视》无疑很好地诠释了文学的"真善美"原则，作品内容看起来细小，但实际上蕴含的精神很丰富、深刻。作者努力挖掘和发现生活中的善良和温情，是为了更好去张扬它，让人们相互之间有更多理解、更多信任和交流，让现实生活再多一些善良和温情。

其背后蕴含的对人性善和美好生活的期待，都是文学善和美的精神的充分体现。

　　我们的时代需要这样的文学。它能够让读者在文学阅读中深入了解社会，特别是认识到社会与人性之间、生活表层与深层之间的复杂关系，从而去感受和发现生活中更多的善良与温情，增加对他人的理解和宽容；从文学角度说，它的朴实细致，能够让读者真切体会生活的细致，在作品中更多体会日常生活中的美，在对人性美好和善良的向往中得到心灵的启迪，在文学阅读中得到美和善的滋养。

　　《单眼凝视》是一篇短篇小说，但它很充分体现了姚鄂梅的创作特点。它对生活表现的细致真切，对善良人性的寻找和呼唤，以及含蓄和节制的笔调，是姚鄂梅很多作品的共同特点。在这个浮躁张扬和标新立异的时代，姚鄂梅的这些特点显然不太合时宜。所以姚鄂梅的作品尽管富有充分的时代特征和价值意义，却没有得到太多的荣誉与认可。但我相信，姚鄂梅的这种坚持是有意义的。待一切尘埃落定、潮汐退去之后，留下来的必然是那些具有真正价值的东西。

"汨罗江文学世界"：可能性及其方向

在中国现代文学史上，"湘西文学世界"是一个非常响亮而耀眼的名字。它由沈从文这一位作家创造，却辉耀了整个 20 世纪中国文学。

沈从文的湘西文学世界之所以如此闪亮，主要是两个原因。首先，它是对独特的湘西生活和文化的展示。沈从文有传奇性的湘西生活经历，而湘西又拥有瑰丽的自然风光、特别的乡风民情和地方文化，沈从文将这些融入他的笔下，汇成一个神奇而具有浓郁异域色彩的文学世界，描画出一幅别致、神秘又美丽的文学图景，从而赢得了读者的喜爱和文学史的认可。其次，也是更重要的，它体现了深刻的文明认知。在这些描画湘西生活的文学作品中，沈从文表达了与时代潮流有着很大差别的文明价值观。当时的世界，几乎所有人都在赞颂和欢呼现代性，但沈从文却在其作品中表达了对现代性的批判性反思，展示自己以"自然""人性"为中心的文明观念。这种思想的独特性使他卓立于时代文学，从长远看，这一反思更具有突出的前瞻性价值，显示出沈从文的思想高度，并确立了其文学史地位。

与湘西一样，汨罗江流域也是一个具有自然和文化独特性的世界。它的文化历史可以直接追溯到战国时期，与中国文学最重要的源头之一——屈原和楚辞有着非常密切的关系。而且，汨罗江流域的地理山水和人情民俗也颇具特色。20 世纪 80 年代中期，韩少功以汨罗江地域的生活和文化为思想激发点，发出了"文学的根"的著名感叹，开启了在中国当代文学中影响深远的寻根文学运动。而且，他还以其生活和文化为背景，创作了《爸爸爸》《马桥词典》《山南水北》等优秀文学作品，由此成为同时期极重要的作家之一。

近年来，或许是受到韩少功的影响和引领，汨罗江流域涌现出相当多的优秀作家，构成了一个小的群落。这些作家具有较强的地方性自觉意识，在不同层面、以不同方式来书写这片地域的生活，已经产生了较大影响。毫无疑问，从文化历史和既有基础来说，汨罗江流域已经具备了产生优秀作家和文学作品的充分潜质，如果发展顺利，完全可望产生像沈从文那样的伟大作家，构筑起一个可以闪耀于文学史的"汨罗江文学世界"。

当然，要做到这一点并不容易。我以为，以下几点也许是汨罗江流域的作家和文学工作者所需要注意的方面。

首先，要注意作家精神文化世界的深化。

任何作家在进行创作时，依靠的都是自己个性化的精神和思想。优秀文学作品也正是作家深刻思想和独立精神的体现。前面已经谈到了沈从文思想独特性和前瞻性的价值及来源。韩少功也是如此。他的创作建构于自己以外来者身份对汨罗江流域世界的瞩望，并且敢于突破"五四"以来形成的现代文化优越感，以平等、尊重的态度深入了解和挖掘地方文化，从而对时代文化有所超越，开创并最深刻地坚持了寻根文学运动，达到了这一运动的最深远处。可以说，深刻的思想和精神，是沈从文和韩少功获得文学成功最重要的前提。

这绝非要求作家们去重蹈某一作家的足迹。每个人的生活和文化背景都不相同，步向文学高峰的方式和路途都不一样，作家们必须选择自己的方式来思考和书写，无论思想还是文学方法都是如此。文学思想没有绝对的对错，考察标准是深刻性和创造性。同样，文学方法也是这样。还是以对汨罗江流域生活的书写为例。韩少功以外来者视角观察和书写汨罗江流域生活，获得了成功。但这种视角绝非唯一。从其他视角，比如从置身其中的内在视角来书写，也同样可以呈现深刻和独特，同样可以酿造出另一部《马桥词典》。所以，对于作家来说，最重要的是深刻的主体精神。如此，才可能带来思想的深邃和充分的创造性，才能显示出自己的与众不同，才能创作出真正具有创新性的作品。

作家主体精神深化的方式有多种，比如传统文化的深厚滋养，开阔的视野和多方位学习，这些都是不可缺少的重要方式。其中，需要特别提及对地方文化的润泽和感悟。沈从文和韩少功之所以能够创作出自己独特的文学世界，在很大程度上就是得益于地方文化的深厚滋养，特别是对文化的创新性理解和阐发。朴素自然的湘西世界，是沈从文"自由人性"思想观念的孕育地，沈从文对这一文化的深刻感悟和认知，是其在作品中进行创造性提升的重要前提。同样，汨罗江地域的神秘文化，也催发了韩少功小说和散文的思想与艺术个性。这与韩少功对汨罗江文化的充分尊重和深刻体悟，并将其融入自己的文学创作，有着直接的关系。可以说，深厚文化只是给作家提供了思想基础，文化孕育需要作家自我的内在投入，心灵的贴近、精神的认同和创造性的阐发都不可或缺，如此才能获得主体精神的真正深化。

其次，要注意对汨罗江流域现实和历史的深入体悟。

文化不仅存在于史籍，存在于传说和故事，更存在于现实生活中。沈从文和韩少功的感受和经验建立于20世纪30年代和20世纪80至90年代，他们的创作也都密切联系其时代，表达着对那个时代现实生活的认识和感受。也就是说，尽管两位作家所处的时代不同，创作风格有很大差别，但都有对大众的深厚关怀之情，对人们生活的痛楚和希冀的深刻了解。这赋予了他们的作品以生动性和鲜活性。今天的时代，与《边城》和《马桥词典》所书写的时代，已经有了很大差异，要创作出同样优秀的作品，必须立足于当下的社会现实，对其生活和文化进行深入体察，对其历史和现实予以深切关怀。

关注现实生活是最基础也是最重要的部分。当前文学中的"现实"似乎变得越来越窄，失去了曾经拥有的广阔含义。很多作家名义上书写现实，实际上是局限于自己的生活周围，很少拓展到更宽阔的世界，也缺少对他人和社会的关爱。这是对以往过于空洞、宽泛的现实的反拨，也与当前社会变化太大、太快，作家难以捕捉和把握有关。但事实上，正是在文化的变迁中，平常掩藏着的特色和底蕴才得到最深刻地体现，而且也是最鲜活和真切，最能引起人们关注的。我以为，在当前背景下，能不能书写现实，能否写好现实，是考验一个作家创作水准和文学高度的重要标志。汨罗江流域作家中有陈启文、黄灯等多位作家选择以非虚构的方式写作。在今天，这一体裁非常切合时代要求。信息化时代在提供真实的同时，也遮蔽了真实，增加了人们认识真实的难度。因此，非虚构写作有很广阔的前景，也应该成为"汨罗江文学世界"的重要一部分。但小说、散文等体裁同样需要切近现实，关注和深入现实。

现实之外，历史和文化也是非常值得挖掘的内容。文化与历史往往密切相连。或者说，历史本身就是文化的一部分，书写历史也是对文化的记忆。汨罗江有很悠久的历史，也具有独特的文化风俗，其社会演变和人物命运变幻足可演绎出生动的故事。就近现代而言，在云谲波诡的民族危难和奋起抗争中，汨罗江流域也潜藏有很丰富的历史遗迹等待作家们去探索和挖掘。毕竟，民族战争直接牵系着每一个国人的灵魂，而长眠于地下的牺牲者也密切关联着地方的荣誉和根脉。它们不应该被人遗忘，也足以成为文学不朽的主题。在这方面，熊育群《己卯年雨雪》具有一定的启示意义。它对民族战争的深入描写和独特思考，是它获得较大成功的重要原因。

最后是要形成集中而自觉的群体意识。作家创作本是个体行为，但在当前背景下，适当的群体性行为所形成的相互呼应的效果，对于一个地方的文学发展，特别是对于地方文学世界的建构，还是很重要的。今天的文学环境已经不再像沈从文和韩少功的时代，那个时期文学环境相对封闭，文学与社会各界的关联比较少。今天不一样，虽然文学对社会的影响力严重减小，但与社会文化的联系却更密切了。特别是自媒体文化、影视文化，它们对文学具有很大的推动力和影响力。对于作家个体来说，当然应该潜心创作，但对于地方文学组织者来说，适当借用新媒体，加强与社会文化的联系，聚集"人气"，却是很有必要的。具体来说，就是将汨罗江文化活动与文学活动紧密结合起来，在推动汨罗江地域文化建设的同时促进其文学发展，从而加速"汨罗江文学世界"的建构。

对作家和评论家来说，更多地建构地方文学世界的自觉意识也很重要。如在创作上（至少是部分创作上）努力关联汨罗江这一地域，深入挖掘地方生活和文化，突出地方的个性特征；文学评论家在进行作家作品评论时，也有意识凸显相关概念和特色，对这一文学世界进行积极的建构和维护：这些都很有意义。我们不要将这种文学世界的建构误解为一种个人行为，它其实是对整体的中国当代文学的积极贡献。因为当前的社会生活日益同质化，文学创作的个性也逐渐淡化和弱化。在这种背景下，具有独特个性的地方性文学是对个性化的突出和强化。它既是一种审美上的个性呈现，也是文化上的多元声音。而且，这种地方文学建构并不压制和淹没个性，而是可能在良性的竞争中凸显出更优秀的作家作品。就像20世纪初美国的"南方写作"促生了福克纳一样，我对"汨罗江文学世界"也寄予这样的期望。

图书在版编目（CIP）数据

文学的风景与思想的风致 / 贺仲明著 . -- 北京：
作家出版社，2025.6. --（中国当代文学研究与批评书
系）. -- ISBN 978-7-5212-3536-4

Ⅰ. I206.7

中国国家版本馆 CIP 数据核字第 2025DZ5518 号

文学的风景与思想的风致

作　　者：贺仲明
责任编辑：朱莲莲
封面设计：周思陶
出版发行：作家出版社有限公司
社　　址：北京农展馆南里 10 号　　　邮　　编：100125
电话传真：86-10-65067186（发行中心）
　　　　　86-10-65004079（总编室）
E-mail:zuojia@zuojia.net.cn
http://www.zuojiachubanshe.com
印　　刷：唐山嘉德印刷有限公司
成品尺寸：152×230
字　　数：251 千
印　　张：17
版　　次：2025 年 6 月第 1 版
印　　次：2025 年 6 月第 1 次印刷
ISBN 978-7-5212-3536-4
定　　价：52.00 元